Die Frau in der Literatur

Cécile Ines Loos (1883–1959)

Cécile Ines Loos

Der Tod und das Püppchen

Roman

Herausgegeben und
mit einem Nachwort versehen
von Charles Linsmayer

Ullstein Taschenbuch

Die Frau in der Literatur
Lektorat: Hanna Siehr

Ullstein Buch Nr. 30196
im Verlag Ullstein GmbH,
Frankfurt/M – Berlin

Ungekürzte Ausgabe

Umschlagentwurf:
Theodor Bayer-Eynck
unter Verwendung
eines Fotos
von Rolf Huber

Taschenbuchausgabe mit
freundlicher Genehmigung
der edition kürz Küsnacht/Zürich

Das Porträt der Autorin auf Seite 2
wurde höchstwahrscheinlich 1905/06
aufgenommen. Das Bild auf Seite 163
zeigt Cécile Ines Loos zusammen mit
ihrer Pflegemutter, 1888/89.
Die Abbildungen wurden freundlicherweise
vom Sohn der Dichterin, Leonardo Loos,
zur Verfügung gestellt.

Printed in Germany 1987
Druck und Verarbeitung:
Ebner Ulm
ISBN 3 548 30196 7

Juli 1987

CIP-Kurztitelaufnahme
der Deutschen Bibliothek

Loos, Cécile Ines:
Der Tod und das Püppchen: Roman /
Cécile Ines Loos. – Ungekürzte Ausg. –
Frankfurt/M; Berlin: Ullstein, 1987.
(Ullstein-Buch; Nr. 30196: Die Frau in der Literatur)
ISBN 3-548-30196-7
NE: GT

In wem die Erkenntnis licht ist,
in dem ist auch das ganze Wesen licht.

1

Ein Kind kommt in die Welt. In der Welt geht es in eine Stadt und in der Stadt in ein Haus. Im Haus findet es Leute, die es erwarten und die auf sein Kommen gerüstet sind. Mit diesen Leuten, die auf das Kind warten, muss es sein Spiel beginnen, und es kann ihm niemand sagen, wie es anfangen soll. Das ist alles ein Risiko. Manchmal trifft das Kind Eltern an, Grossmütter, Tanten und auch Dienstmägde. Es trifft auch Geschwisterchen an oder nicht. Es kann sich niemand wählen, es muss mit denen spielen, die da sind. Aber selbst wenn es eigne Eltern hat, können sie ihm nicht sagen, wie es das Spiel beginnen soll. Mehr noch als das: so, wie es anfängt, so muss es das Spiel auch vollenden. Anders, als wie es die ersten Hindernisse überwindet, kann es auch die andern nicht überwinden. Es kann es ein wenig rascher und ein wenig langsamer tun und sonst nichts, denn das ist sein Schicksal. So steht das Kind allein in der Welt, umgeben von seinen Sternen. Auch das Geheimnis seiner Herkunft ändert nichts. Die Geheimnisse, die uns umgeben, sind viel zu gross, als dass wir sie gebrauchen könnten. Auch für den ältesten Erwachsenen sind die Geheimnisse, die ihn umgeben, noch viel zu gross. Wenn man ihm sagte: «Du bist gar nicht auf der Welt, sondern auf einem Stern geboren, der mit anderen Sternen im Weltraum um eine Sonne kreist», so könnte er damit nichts anfangen. Sein Leben würde gleich bleiben. In Wirklichkeit wandern wir bloss in Vermutungen umher, wir wissen nicht einmal, was eine Rose ist, eine Biene und eine Goldspirale.

Im Salon des Hauses, wo das Kind eingetreten ist, hängen breite grüne Plüschvorhänge an den Fenstern, und die Scheiben sind bedeckt von einem leichten Spitzengitter mit gekräuselten Rüschen. Dann steht das Sofa da aus grünem Samt und hält ein schwarzes Seidenkissen im Arm, das in der Mitte mit Vergissmeinnicht bestickt ist. Das Seidenkissen ist wirklich in den Arm des Sofas eingebettet, neben der grossen

Plüschrolle, an der eine schwere, geknüpfte Quaste hängt. Vor dem Sofa steht ein Tisch mit einer bemalten Schale auf der flachen Hand. Im kleinen Glasschränkchen nebenan sind zwei hohe goldene Pokale, mit grünen und blauen und roten Steinen besetzt, und um den Rand der Pokale sind glänzende Buchstaben eingegraben, die so unerhört klug sind, dass sie niemand lesen kann. Denn die Buchstaben sind russisch, und wahrscheinlich trinken der Zar und die Engel aus diesen Pokalen. So denkt es das Kind. Wenn das Glasschränkchen offensteht, kann man mit einem Stäbchen an die Goldpokale anschlagen, dann gibt es einen wunderschönen Ton. Der Klang geht ringsum, und man ist selber mitten drin. Aber wenn man das nächstemal in den Salon kommt, ist das Schränkchen verschlossen und der Schlüssel versteckt in den Taschen der Erwachsenen. Es gibt keine Möglichkeit mehr, das Schränkchen zu öffnen. Hingegen auf dem Klavier stehen immer noch zwei Katzen. Diese Katzen aus Bronze werfen einander einen Luftballon zu aus grünem Glas. Der Ballon schwebt in der Luft, aber man sieht, dass er an einem Drähtchen befestigt ist. Beide Katzen hüpfen auf einem Bein. Auf dem Klavierdeckel neben den Katzen stehen noch Porträts von wunderbaren Damen, die wahrscheinlich französisch reden. An den Fenstern, hinter den gekräuselten Spitzengardinen, gibt es wieder Glasbilder mit Damen und Herren in Puffhosen und prächtigem Goldhaar. Auch das müssen Fremde sein, denkt das Kind. Einer dieser Herren bläst sogar in eine Trompete, und die Dame erwartet ihn hinter dem Rosenbusch. Solche Sachen gibt es auf der Welt, und man geht umher wie auf Samt. Aber auf dem Schränkchen, da steht noch ein Heiland aus weissem Marmor, ganz vornehm und ganz grossartig mit ausgebreiteten Armen, und er bewacht das Haus. Wenn man an Weihnachten in den Salon kommt, steht er hinter dem Tannenbaum und segnet die Leute. Sie sagen, der Heiland sei für die Menschen gestorben und hauptsächlich für die Kinder. Das Kind weiss es, und es ist etwas ungeheuer Feierliches dabei. Es ist fast etwas von Weihrauch und kleinen weissen Lämmchen. Und deshalb muss man still sein, wenn jemand vom Heiland erzählt.

Dann kommen Leute mit fremden Gesichtern ins Haus, die sonst nicht da wohnen. Diese Leute haben Koffer bei sich, wie man sie sonst nirgends sieht. Das sind Koffer von weit her und aus dickem Leder, und die dicken Lederkoffer riechen herrlich. Es riecht überall wie in einem Herrensalon. Diese merkwürdig schönen Leute reden auch eine ganz andere Sprache als diejenigen, die sonst im Hause sind. Sie reden eine Sprache unter sich, wie sie auf dem Rand der goldenen Pokale steht. Das Kindchen staunt, und es sagt mit seiner eigenen Sprache auch etwas hinein, das klingt fast wie russisch. Darauf küssen es die Leute und nehmen es auf die Arme. Sie sagen Namen zu ihm wie «Musinka». Das ist alles wunderbar, und die Leute verbreiten einen Geruch um sich wie eine Maiglöckchenwiese. Nur weiss man noch nicht, wo eigentlich die Wiese ist mit den Blumen.
Das könnte alle Tage so weitergehen, denkt das Kind. Es ist nicht übel. Die fremden Leute packen auch wieder fremde Sachen aus ihren Koffern. Puppen mit roten und goldnen Kleidern, Süssigkeiten, von denen man versteht, dass man sie nicht unten beim Bäcker holen kann. Es kommen auch sonst interessante Dinge aus eingenähten Kisten zum Vorschein. Da ist zum Beispiel Kaviar in bunten, viereckigen Schachteln. Dann wieder grosse, lange Fische, die steif sind wie ein Brett und ganz in glänzendes Seidenpapier eingehüllt. Alle Schachteln sind beklebt mit bunten Bildchen voll Schlitten und Pferden. Das muss ein feines Land sein, denkt das Kind, aus dem solche Leute kommen. Aus seidenen Beuteln holen sie Zigaretten hervor und Tücher mit Fransen, für Erwachsene, so dass alles leuchtet und glänzt auf dem Tisch wie die goldenen Pokale. Diese Tücher sind so weich und so zart, dass man sie durch einen Fingerring ziehen kann, aber wenn man sie mit den Händen ausbreitet, sind sie so gross wie ein ganzes Zimmer. Das ist das Leben der wunderbaren Dinge. Wenn die Leute aus Russland um Weihnachten da sind, trinkt man einen süssen Wein, der über das Glas hinunterschäumt. Einen süssen Wein, aus kristallenen Gläsern, mitten in der Nacht, und im Schnee läuten die Glocken. Das ist aber nicht alle Tage so. Plötzlich gehen die Leute wieder fort, und man

sieht sie lange nicht mehr, manchmal für viele Jahre nicht. Nur der Heiland steht auf dem Schränkchen und ist immer noch da. Er hat zwar auch etwas Geheimnisvolles an sich, und er besitzt eine Dornenkrone. Das ist alles wegen dem Tod. Und selbst wenn er die Leute in Ordnung hält, würde man ihn doch nicht weggeben, denn er hat sehr viel getan. Am meisten von allen Leuten, so weiss und glaubt es das Kind.

Aber eines Tages ist es im Garten umgefallen und hat sich einen Zahn ausgeschlagen, quer durch die Lippe. Das hat furchtbar weh getan. Dann hat man die Lippe zugenäht und das Kind ins Bett gelegt. Aber über dem Bett, da hängt wieder ein Bild vom Heiland mit der Dornenkrone, und darunter steht die Inschrift: «Das tat ich für dich, was tust du für mich?» An diese Überschrift muss man jeden Tag denken, denn der Heiland will es so haben. Wie nun das Kind am Morgen erwacht, kann es die Augen nicht aufmachen und auch nicht den Mund, wegen der Operation und wegen den Tränen, die es geweint hat. Aber nun wird es ihm plötzlich klar: Nun bin ich blind und stumm wie der Heiland am Kreuz. Das tatest du für mich – das tue ich für dich. Immerhin ist das nun furchtbar traurig, ein Leben lang stumm bleiben zu müssen, denn das Kind ist eben doch kein Heiland. Leise und betrübt fängt es wegen des vorzeitigen Opfers an zu weinen. Aber vom Weinen gehn die Augen und der Mund wieder auf, und das Kind ist gerettet.

Am Morgen sitzen die Leute im Wohnzimmer, Papa und Mama und manchmal auch Tatana im Liegestuhl. Wenn man gefrühstückt hat, nimmt das Dienstmädchen aus dem Schrank an der Wand die Gebetsbücher heraus. Das ist ein grosses Buch, zwei kleinere und dann noch eins. Traurig legt es die Bücher neben Papas Tasse und setzt sich in die Ecke hinter der Tür. Seine Schürze, die man auf Berndeutsch das «Fürtuech» nennt, steht rings um es herum wie eine Wand. Wenn Papa in den Büchern liest, begleitet es alle Worte mit einem besonderen Nicken. Bei «Strafen und Züchtigen» kraust es die Stirn, bei «Lieben» hebt es die Mundwinkel. Auch Mama ist traurig, und die kranke Tatana schliesst die

Augen. Das Kind sitzt da in seinem Ernst und weiss gar nicht, wo es sich anschliessen soll. Es weiss nicht, ob es besser ist, die Stirne zu falten oder zu lächeln, wenn man von Gott spricht. Er ist sehr weit und er ist fern, und dann wieder ist er plötzlich ganz nah. Fast bei dem Kind ...

Schliesslich aber geht doch alles wie auf Samt. Das Dienstmädchen ist brav und kehrt nach der Andacht wieder in seine Küche zurück. Auch der Hund und die Katze sind brav. Sie gehorchen augenblicklich. Der Hund hat sein Plätzchen im getäferten Zimmer unter einer Truhe mit verschnörkelten Füssen. Und die Katze schläft im Körbchen. Denn einen Zank dürfen sie ja nicht haben. Soweit sind sie schon erzogen. Und wie der Hund einmal das mit Butter bestrichene Sonntagsgipfelchen der Katze wegschnappt, bekommt er Schelte und muss es eigenhändig der Katze wieder zurückbringen. Aber das Kind muss fast weinen, weil der Hund schon so gut erzogen ist, und in seinem Herzen ist es bekümmert, wie alles noch enden soll in der Welt, weil niemand weiss, wie gut erzogen Gott eigentlich die Menschen haben will, wenn er mit dem Hund schon so abrechnet. Das ist ein ganz ängstliches Rätsel, trotzdem das Kind alles recht machen möchte. Aber wieviel ist alles?

So steht das Kind auf der Schwelle seines Lebens. Mit seinen Glanzlederschuhen tappt es noch ein wenig ins Tierreich und daneben ins Pflanzenreich. Aber auch schon sehr viel in das Reich der Menschen. Es hat doch schon offene Augen, und es sieht, dass auch die Tiere hinter dem Rücken der Erwachsenen allerhand Possen machen. Wenn man nicht auf sie achtet, stehn sie plötzlich auf einem Bein und werfen sich grüne Glasbälle zu. Hinter den vorgehaltenen Fingern müssen sogar die Erwachsenen manchmal lachen, obschon sie es eigentlich nicht dürfen. Und wer weiss, vielleicht lacht auch Gott hinter vorgehaltenen Fingern über die Kinder, obschon er nicht darf. Wie der Papa eines Morgens in der Bibel die Verse liest und die Sprüche, da sagt er plötzlich den Satz: «Tut Busse in eurem Herzen, denn das ist Gott wohlgefällig.» Aber das Wort «Busse» heisst auf Berndeutsch etwas ganz anderes. Es heisst einfach «Katze». Plötzlich geht die Tür

hinterrücks wieder auf zum Paradies. Die Tür, an die alle Kinder noch anlehnen. Ohne dass es weiss, wie es zugegangen ist, steht das Kind wieder mitten im Himmelreich, wo man noch ganz und gar froh ist. Dieser verhängnisvolle Satz aus der Bibel heisst: «Tut wie eine schwarze Katze, so seid ihr Gott wohlgefällig.» So hat das Kind bis zu seinem vierten Jahr gelernt, dass man mit Gott lachen kann.
Ehe das Dienstmädchen Anna ins Haus kam, war Marianne da. Marianne hatte ein breites, rundes Gesicht mit Grübchen in den Wangen. Sie hatte das Kind so lieb, dass sie es hätte auffressen können, mitsamt seinen Füsschen und seinen Händchen. Wenn sie es im Garten badete, glaubte Marianne, es sei ihr eigenes Kind. Sie zog ihm die Kleidchen an und trug es auf den Armen von einem Gartenbeet zum andern. Sie musste es in einem fort ansehen und immer wieder küssen. Sie gab ihm alle Namen und nannte es: mein Engelchen, mein Häschen und mein Herzchen. Dann setzte sie das Kind in den Wagen und fuhr mit ihm nach Hause. Aber plötzlich wurde Marianne krank. Sie musste in einen Spital gehen, und die Mama nahm das Kind mit. Auch sie liebte es und musste es fortwährend ansehen. Und dann kam eine furchtbare Trauer in sie. Und fast wünschte sie, sie hätte das Kind nie gekannt. Das Leben wäre ihr dann leichter vorgekommen. Das Kind erinnerte sie an etwas, das sie schon lange gesucht und nie gefunden. Sein Mund, seine Haare, seine Augen sahen genau so aus wie das, was sie nicht besass. Aber wenn sie es streichelte, wusste sie plötzlich, dass es ein fremdes Kind war. Das Kind gehörte einer toten Frau.
Marianne war bald nicht mehr im Spital. Eine Krankenschwester hatte berichten lassen, es gehe ihr schlecht. Dann sah das Kind sie nicht mehr. Man sagte ihm, sie sei gestorben. Und da war nun der Tod wieder ein ebenso geheimnisvoller Vorgang wie die Geburt. Niemand wusste, wohinein man starb. Etliche sagten, man komme unter den Rasen. Andere aber meinten, die Geburt sei ein Sonnenaufgang und der Tod ein Sonnenuntergang, und beides spiele sich ab zwischen Himmel und Erde. Aber man wusste nicht, wo der Himmel anfing und wo die Erde aufhörte. Wenn das Kind später in

den Garten ging, sagte es bei jedem Blumenbeet: «Marianne.» Beim Phlox sah es ganz deutlich ihr rundes Gesicht mit den Grübchen in den Wangen. Die Mama band dem Kind eine schwarze Schleife ins Haar. Sie sagte: «Das ist für Marianne.» Von da an wusste das Kind nicht mehr, wo sie war.

2

Anna steht am Brunnen und spült Wäsche. Mit einem riesigen Holzlöffel fischt sie die Wäschestücke aus der heissen Lauge und wirft sie in den Trog. Da ziehn sie langsam im Kreise, und wenn sie unter den Wasserstrahl der laufenden Röhren kommen, gehn sie plötzlich unter, kommen wieder herauf und suchen nochmals den Wirbel, so dass man denkt, es müsse für die Wäsche sehr lustig sein. Ein Stück schiebt das andere voran, und von ihnen lösen sich kleine Seifenflocken ab. Diese ziehn in Spiralen durchs Wasser, und dann verankern sie sich wie Zuschauer am Brunnenrand. Zuerst ist es ein ovaler Bottich voll Bettlaken, die gespült werden. Dann kommen Herrenhemden an die Reihe, Frauenwäsche mit Spitzen und Hemden mit Achselbändern. Lange, schmale Nachthemden einer Kranken, eine kleine Kinderwäsche von weissen Schürzchen mit langen Bändern und winzigen Taschentüchern. Zuletzt kommen noch ein paar grobe, grosse Baumwollhemden mit halblangen Ärmeln und einer flächsenen Schnur, die durch den Halsausschnitt gezogen ist. Einzelne Stücke schwimmen durch ein Ausflussrohr in einen kleineren Trog hinunter, aus dem Hunde Wasser trinken.

Anna ist froh bei ihrer Wäsche. Da kann man einmal den Herrschaftsleuten zeigen, was man ist. Wie sollte die schöne Frau, die den ganzen Tag Klavier spielt, ein Kinderhemd waschen können? Vom Fräulein mit den lahmen Füssen schon gar nicht zu reden. Solche Leute können nicht einmal eine Rösti machen, das hat man gesehen; wie Anna einen Tag fehlte, haben sie wahrlich statt Butter Rahmkäse genommen und in die Sauce getan. Und ausserdem benötigen sie noch Kochbücher!

Bei der Wäsche wird sich Anna ihres ganzen Wertes bewußt. Die Arbeit ist ihre Erhöhung, aber das Beten nicht. In der Hausandacht fühlt sie sich klein, gering und von aller Welt verachtet.

Mit dem Holzscheit fischt sie die schwimmenden Wäschestücke heraus und wirft sie in den Bläuezuber. Sie windet sie aus und legt sie auf eine Bahre mit zwei Tragstangen. Nie wirft sie einen Blick von der Arbeit weg, etwa nach einem Hund oder einem Kind. Hinter Dampf und Wäschestössen ist sie vor den Menschen verborgen, und das rinnende Wasser übertönt jedes Wort, das man an sie richten könnte. Es wäre für sie ein grosser Kummer, wenn sie jemanden um sich dulden müsste, der ihr helfen sollte. Auch in der Küche macht sie alles allein und im Dunkeln. Dort wäscht sie die Kartoffeln im Rinnstein, setzt sich an den Tisch und schneidet sie hernach in schmale Streifen. Sie wäscht das Essgeschirr auf, fegt und putzt, ohne ein einziges Mal aufzusehen. Das zu viele Schwatzen braucht ihr niemand nachzureden. Wenn man in der Küche mit ihr spricht, wird sie sofort grob oder gibt überhaupt keine Antwort. Nur wenn sie ins Wohnzimmer kommen soll, wird sie plötzlich scheu und hilflos, und nicht selten tritt sie den Rückweg an mit einer Stimme, die immer höher wird, bis dorthin, wo das Weinen beginnt.
Ehe sie diese Stelle in der Stadt antrat, wohnte Anna im Berner Oberland auf einem Hof, wo sie Kinder hütete. Diese Stelle hatte sie schon inne, als sie noch zum Pfarrer ins Konfirmandenjahr ging. Anna war keine gute Schülerin, denn sie hatte keine Zeit zum Lernen, und auch keine Lust. Solche schönen Sachen von Religion und von Jesus passen nicht für Arme, nur für Reiche, die auf Polsterstühlen sitzen und Zeit haben, auszuschlafen.
Am Tage, nachdem sie konfirmiert worden, war sie in einen kleinen Laden getreten, in dem man Strümpfe verkaufte, Schuhe, Ketten, goldene Ringe, Würste, Seife und Zucker und blaue Leinenkittel; aber im Hintergrund des Ladens, durch einen Vorhang vom Verkaufslokal getrennt, war ein winziges Photographenatelier eingerichtet. An diesem Montag nach der Konfirmation liess sich Anna photographieren, und zwar in ihrem Trachtenkleid, das ihr die Bäuerin geschenkt hatte, mit einem Strauss Edelweiss in der Hand, und hinter ihr sah man auf bemalter Leinwand die Berge, das

waren: die Jungfrau, der Mönch und der Eiger. Vor ihr stand ein kleiner Gartenzaun, der etwa einen Meter lang war. Nach einer Woche konnte Anna die Photographien abholen. Da lagen sie bereit in einem flachen weissen Schächtelchen, mit einem blauen Seidenbändchen umwunden, sechs Stück, und Anna bezahlte dafür das ganze eigene Vermögen von zwei Franken.

Durch diese Photographien geschah ihr das Merkwürdigste in ihrem Leben. Sie fand sich darauf dermassen schön, wie sie noch nie einen Menschen gesehen hatte auf Erden. Und zwar wusste sie nicht, auf welcher dieser sechs Photographien sie am schönsten sei. Sie legte die Bilder im Schächtelchen in die Schublade, und während des Kinderhütens musste sie plötzlich hinaufspringen in ihr Zimmer, sie noch einmal ansehen, alle sechs der Reihe nach, um sie zu überprüfen, ob sie noch immer gleich schön sei. Fast alle Mädchen im Dorf liessen sich solche Bilder machen, und auch die Burschen, und es war für alle immer eine grosse Freude und ein Stolz, sie anzusehen. Einmal hatte Anna beobachtet, dass ein Mädchen aus der Nachbarschaft seine Photographie ins Gesangbuch steckte, sie nach der Kirche einem Burschen gab. Wiederum konnte man solche Photographien an Stellen schicken, wenn Herrschaften sie verlangten. Auf jeden Fall war Anna mit diesen sechs Bildern nun für ihr Leben lang geborgen, sie konnte sie an Herrschaften schicken in ferne Städte oder, was ihr noch geheimnisvoller schien, sie einem Burschen nach dem Gottesdienst leise ins Gesangbuch schieben. Daraus musste sich unbedingt ein Fortgang ergeben, und zwar ein angenehmer, und das war der eigentliche Anfang ihres Lebens.

Anna hütete die Kinder, und am Sonntag ging sie in die Kirche und nahm das Bild mit. Auch während der Predigt musste sie es unaufhörlich betrachten, und es kam ihr vor, das Bild, das sie mitgenommen, sei das schönste von allen. Da waren die Berge im Hintergrund und sie selbst davor in einer Tracht mit grossen, steifen Puffärmeln, etwas aus schwarzem Samt und mit ein wenig Silber. In der Hand hielt sie den Strauss von Edelweiss.

Zwar kam eigentlich niemand in ihre Nähe, und das war auch vorderhand nicht nötig, denn das Bild war ja nun da, und es verging nicht mehr. Selbst wenn eines verloren gehen sollte, so waren immer noch fünf gleiche da, ganz ebenso schöne. Man konnte es verschenken, wann und an wen man wollte, so blieb es doch immer wieder das schönste Bild, das es auf der Welt gab. Die Gelegenheit eilte nicht, und unterdessen lebte Anna in ihrem eigenen Bilde.
Die Bäuerin fand, dass Anna zufrieden sei, und den Kindern kam sie lustig vor. Sie konnte ihnen sogar die Geschichte von einem Vogel erzählen, der von einer Seite der Strasse auf die andere hüpfte. Die Kinder mussten lachen, ob dies nun wegen Anna oder auch wegen des Vogels war. Immer wieder fragten sie: «Wie tat der Vogel?» Sie fanden die Geschichte schön, denn auch sie entstammte dem Bild. Es entstand sogar ein kleiner Witz aus diesem Bild. Eines Tages sagte Anna zur Bäuerin: «Wer weiss, wer weiss, vielleicht heirate ich eines Tages bald!» Darauf die Bäuerin: «Ja, weisst du denn schon, wen?» Und Anna: «Nein, das brauche ich auch gar nicht zu wissen.» Dann musste sie plötzlich lachen, denn es war ja nicht schwer zu erraten: sie heiratete einfach den, dem sie das Bild schenkte. Und da hatte sie sozusagen sich selber in der Hand.
Da sassen die Kinder der Bäuerin eines Abends vor dem Haus, während Anna strickte und das Jüngste im Wagen hin- und herschob. Ein Trupp Burschen kam vom Feld die Strasse entlang. Die Burschen pfiffen, und Anna lachte, weil doch die fünf Bilder oben in der Schublade lagen und das schönste davon im Gesangbuch. In Wirklichkeit hätte sie vielleicht gar nicht gewusst, welches sie dem Burschen schenken sollte. Wahrscheinlich würde sie ihm dann alle sechs geben und sagen: «So, nun kannst du eines auswählen ...» Und darum musste sie lachen, weil sie eine solche Auswahl von sich selber hatte. Die Burschen gingen vorüber und schauten alle nach ihr, bis endlich der hinterste schrie: «Einen solchen Totsch würde ich auch nicht heiraten.»
Von da an hatte Anna das Bild aus dem Gesangbuch genommen und es zu den fünf andern in das Schächtelchen

zurückgelegt, denn nun konnte sie nichts Neues mehr denken. Dies war der Anfang des Lebens gewesen, und jemand hatte diesen Anfang genommen, wie man ein zerknülltes und hässliches Papier nimmt und wegwirft in den Kehricht und noch viel weiter fort, so dass man es gar nicht mehr finden kann. Nach einem Jahr hatte Anna der Bäuerin die Stelle aufgesagt und eines der sechs Bilder einer Herrschaftsfrau in die Stadt geschickt. Und wiederum nach einem Jahr musste sie das Bild wieder einer andern Herrschaftsfrau einschicken.

Endlich war sie dann in das Haus zum Pelikan gekommen, in eine Familie von Travo, zu einem Herrn, einer Frau, einem kranken Fräulein und einem Kind. Vom Fräulein hatte ihr jemand gesagt, dass sie die Schwester von jemand sei, das Kind dagegen sei wiederum das Kind von jemand. Mehr wusste Anna nicht darüber. Ausserdem gab es in diesem Hause ziemlich viel Arbeit und noch einen Hund und eine Katze, und dazu manchmal fremde Leute, deren Sprache man überhaupt nicht verstand und die Anna zum Abschied in der Küche ein blankes Geldstück unter einen Teller legten. Dem Herrn, der Frau und dem Kind musste sie das Essen allein in einem Zimmer auftragen und dem kranken Fräulein wieder allein in einem andern Zimmer. Aber sonst war Anna versteckt im Garten oder in der Küche oder im Keller, es sah sie niemand mehr, und somit konnte auch keiner mehr «Totsch» zu ihr sagen. Herrschaften, so hatte sie es sich gemerkt, sehen ihre Dienstboten für gewöhnlich nicht einmal an. Nur das kranke Fräulein sagte zu ihr: «Anna, ich will Ihnen einen Franken geben, und dann gehen sie baden in der Badanstalt.» Aber Anna hatte nicht gewusst, was solche Redensarten eigentlich zu bedeuten haben. Stadtleute sagten manchmal merkwürdige Dinge, auf dem Land wusch man sich ohne Anstalten. Was sie aber erst von einem «fremden» Kind denken sollte, das wusste sie vollends nicht, denn bisher hatte sie nur von eigenen Kindern etwas gehört. Das Kinderfräulein im untern Stock hatte am ersten Tag zu ihr gesagt: «Sehen Sie einmal her: Ihre Herrschaft hat dunkle Haare und dunkle Augen, aber das Kind ist ja blond. Das passt doch nicht. Es ist nämlich nur ein Angenommenes. Es kommt aus einer fremden Stadt und gehört einem Orgelspieler.» Daraufhin hatte Anna verstanden, dass das Kind überhaupt kein Kind sei, sondern eben etwas Angenommenes, ganz und gar Unerklärliches, das man aber in diesem Fall jetzt «das Kind» nenne.

Allerdings hatte die Herrschaftsdame das Kind gleich mitgeschickt, um Besorgungen zu machen. Sie sagte: «Sehen Sie, Anna, Michaela wird ihnen nun zeigen, wo die Molkerei ist, der Metzgerladen und die Bäckerei. Sie nehmen nun also das Kind und den Hund mit sich.» Darauf setzt das Kind sein schwarzes Pelzmützchen auf den Kopf, und die Mama knöpft ihm das Mäntelchen zu. Nachdem das Kind mit seinen kleinen Fingern auch noch Gummischuhe übergezogen hat, sagt es höflich wie ein Erwachsener: «Wollen Sie bitte mitkommen, Anna.» Aber Anna ist so erschrocken, als hätte sie ein Engel auf offener Strasse gegrüsst. Dann hat sie dem Kind die Hand gegeben, und auf der andern Seite muss sie einen Korb halten und ausserdem noch den Hund Schnauz an einer Leine. Denn der will fast auch wie ein Herr behandelt sein. Anna ist sich selber vorgekommen wie ein Ross, das man am Halfter führt, denn es ist etwas derart Merkwürdiges mit einem Kind, das nicht einmal ein wirkliches Kind ist, sondern nur etwas Angenommenes, und das Gummischuhe trägt und Fingerhandschuhe wie ein Erwachsener, und ausserdem kommt noch ein Hund mit an der Leine. Anna denkt, am liebsten möchte man ausschlagen und dem Kind einen Fusstritt versetzen, ungefähr so, wie man es unter seinesgleichen tut, und dann wäre alles viel leichter zu ertragen. Aber solche Dinge darf man nicht tun, sondern muss neben den Herrschaftskindern einhergehen wie ein Pferd an einem Halfter, sonst jagen einen die Leute fort, und man muss seine Photographie an eine neue Stelle einschicken.

Das Kind und Anna gehen eine steile Treppe hinunter, die von der oberen Stadt in die untere führt. Plötzlich sagt das Kind: «Sehn Sie, Anna, dort sind die Berge!» Und weil es gerade am Erklären ist, wo der Bäckerladen sei, fügt es

hinzu: «Das ist die Jungfrau, der Mönch und der Eiger, und denken Sie, von dort besitze ich eine Puppe, einen Sennenjungen.» Anna schaut auf, und da stehn gerade vor ihr die Berge, und unten von einem Fabrikgebäude her riecht es stark nach Tabak. Anna sieht ganz wild in die Berge hinein und über das flache Land, als hätte man ihr etwas gestohlen, diesen Schatz dort in den Bergen, und obendrein ist es ein Sennenjunge, das wird ihr nun plötzlich klar. Diesen hätte sie heiraten sollen, diesen Sennenburschen, statt hier in der Stadt zu wohnen bei einem Kind, das sich benimmt wie ein Erwachsener. Nun ist sie furchtbar unglücklich, und der Wind hat ihr das Haar zerzaust, so dass es über die Augen hängt wie eine Mähne, dann fängt noch die Nase an zu rinnen, und weil sie kein Taschentuch hat, muss sie sich mit dem Rockärmel trocknen. Das Kind zieht wie ein vornehmer Herr sein Taschentüchlein aus der Schürze und sagt: «Bitte, benutzen Sie das, Anna.» Anna kommt es vor, als fahre sie in einen Tunnel mit all diesen Dingen von Bergen und Taschentüchern, die das Kind hervorzaubert. Fast ist sie sicher, dass ohne das Kind die Berge nicht da gestanden hätten. Plötzlich fängt sie an zu heulen: «Ich kann doch nichts dafür, dass ich nicht schön bin!» Da muss auch das Kind weinen, und es sagt: «Anna, ich schenke Ihnen meinen Sennenjungen.»
In der Molkerei geht es etwas besser. Es riecht wenigstens nach Kühen. Anna kann nicht mit Kindern umgehen. Die vorige Herrschaftsfrau hat ihr gesagt, sie sei grob. Kinder reden von Bergen und Sennenjungen, und das ist alles genau so wie mit der Photographie im Gesangbuch. In der Molkerei spaziert ein Sennenhund umher. Er schnuppert an allen Leuten und auch an Annas Füssen, und da muss sie lachen. Es sind Mägde da und eine Schöpferin, die nimmt das Geld ab und steckt es in eine schwarze Ledertasche. Anna hat von ihrer Herrschaft auch einen Geldbeutel bekommen, und wie sie zahlt, sagt man: «Das ist nun die neue Magd bei Travos.»
Das Kind findet es lustig in der Molkerei. Die Bauernburschen fassen es bei den Händen und drehn es im Kreise herum. Dann setzen sie es merkwürdig zart auf ein Bänk-

chen. Sie sagen, das ist eben ein Kind mit Handschuhen und Gummischuhen, man muss Sorge tragen zu ihm, sonst könnte es zerbrechen. Anna freut sich nun auf den täglichen Molkereiweg, das ist fast wie eine Art Heimat. Fortan wird sie nicht mehr mit dem Kinde hingehen müssen.

Wie sie nach Hause kommt, sagt die Frau zu ihr: «Anna, ziehen Sie doch bitte dem Kind die Schuhe und die Strümpfe aus; es ist noch zu klein, es kann es nicht selbst tun.» Da kniet Anna in der Küche am Boden vor dem Kind, das auf einem Schemelchen sitzt, und hält das Füsschen auf der gestärkten Schürze. Plötzlich gibt der Gummischuh mitsamt dem Schuh nach, und das sieht nun genau aus wie ein ausgerissenes Bein, und ausserdem steht die Herrschaftsfrau daneben. Das Kind nimmt sein Füsschen in die Hand und sagt: «Es macht nichts, Anna, es tut nicht weh.» Die Frau geht aus der Küche, und Anna gibt keine Antwort. Nachdem sie dem Kind die Finken übergezogen hat, sagt sie: «Geh weg ...» Aber wie das Kind aus der Küche gegangen ist, steht sie an der Tür und sieht ihm nach, wie es mit seinen roten Finken durch den Korridor springt.

3

Zu Ostern hat Anna neue Zähne bekommen. Einen Vorderzahn hatte sie sich selbst mit der Beisszange ausgerissen, und darüber war es dem kranken Fräulein Katarina von Travo übel geworden. Sie hat angeordnet, dass Anna ein Gebiss bekommen soll, und hat es für sie bezahlt. Fräulein Katarina von Travo zahlt viele kleine Spezialitäten im Haushalt, denn wenn sie auch lahme Füsse hat, so ist es doch ihr Anliegen, dass sie auch etwas zum Leben beiträgt. Sie findet es nicht richtig, dass andere für sie aufkommen sollen, sie ist ehrlich und genau im Gemüt. Sie schreibt auch die Einnahmen und die Ausgaben in ein Buch und prüft nach, ob man nicht etwas zu viel für sie ausgegeben habe. Das wäre ihr grösster Kummer, ihre Rede ist Ja und Nein. Fräulein Katarina von Travo schenkt zu ihrem Geburtstag allen Kranken im Spital Semmeln zum Frühstück; sie findet, man müsse an einem Ehrentag auch an andere denken. Fräulein Katarina von Travo sagt: «Wieso ist die Erde rund? Und wer kann es beweisen?» Sie würde nicht gern etwas glauben, was nicht bewiesen ist. Andere Leute wiederum bekümmern sich nicht so genau um die Erde und hoffen einfach, sie sei rund. Sollte sie es aber wider Erwarten nicht sein, so können sie auch nichts dafür. Fräulein Katarina von Travo glaubt auch an den Himmel als eine wirkliche goldene Stadt über den Wolken. Sie glaubt an eine Vergeltung von Gutem und Bösem, an Erzengel, an das flammende Schwert als an lauter Gegenständlichkeiten, wie auch an Palmen, an die Krone und an die Waage der Gerechtigkeit. Das ist ein schöner und ein klarer Glaube, wie ihn sich jeder Pfarrer von seinem Zuhörer wünschen kann. Fräulein von Travo ist nie davon abgewichen. Dazu kennt sie viele fromme Bücher von anerkannten Christen, auf deren Gedankenwegen man ohne weiteres in den Himmelswohnungen landet. Was ihr weniger leicht zu glauben fällt, das sind die ungangbaren Extravaganzen und das Zwischenreich all jener Dinge, die sich nicht rubrizieren noch nach Mass und Gewicht berechnen lassen und die dennoch das ganze Leben ausmachen, wie Millionen von Schneeflocken am Ende nur eine einzige vorzügliche Winterdecke über der Erde bilden, weil Ziele und Masse das sind, was sich von selber ergibt. Viele Menschen haben schon versucht, ein Programm aufzustellen für die Erde. Aber das Merkwürdige ist, dass jeder Mensch ein Programm mitbringt, gleichviel, ob es nun darin besteht, nach einem Programm zu leben oder nicht. Dazu kommt noch, dass auch die Erde selber ein Programm hat, das zuweilen besteht in Kämpfen, Rebellionen und Katastrophen, und auch wieder in Segen, Güte und Ernte, und die dennoch in nichts anderes einmünden können als in eine einzige, klare und ganz vorzügliche Ordnung, die niemand überschauen kann.

Anna wurde zum Zahnarzt geführt. Die Mama ging mit, und das Kind musste zu Hause bleiben. Beim Zahnarzt wird Anna auf einen silbernen Stuhl mit roten Samtlehnen gesetzt. Es ist ein Herr da in einem weissen Mantel, und dann noch eine Frau in einer weissen Schürze. Alles ist ähnlich wie beim Photographen, nur noch viel schöner. Der Herr im weissen Mantel stellt ein Fläschchen aus einem Schränkchen auf ein Glasbrett, dann trägt er dafür andere Sachen wieder vom Glasbrett ins Schränkchen zurück. Er giesst etwas Wohlriechendes in ein Glas, aber Anna darf es nicht trinken. Gehorsam lässt sie es zum Munde heraus. Der Arzt sagt, das sei recht, und sie sei eine gute Patientin. Anna seufzt, als ob ihr jemand das Paradies von ferne gezeigt hätte. Der Arzt dreht an einer Kurbel, und plötzlich fährt sie ihm mitsamt dem Stuhl entgegen wie auf einem Thron. Noch nie in ihrem Leben ist sie einem Manne so nahe gekommen, sozusagen von Mund zu Mund. Sie weiss zwar, dass man solche Dinge nicht denken darf, aber nun sind sie eben da. Hinter der Brille des Arztes sieht sie seine Augen, die gross sind, dunkel und sehr freundlich. Er hat auch schwarze Haare, und auf der Stirne fallen sie in eine Locke zusammen. Die Frau mit der weissen Schürze kommt herzu und legt ihre schmalen, sauberen Hände an Annas Ohren. Der Arzt sagt, sie solle jetzt nur den Mund aufmachen, es tue ihr nicht weh. Anna schaut unverwandt in seine Pupillen, und es kommt ihr in den Sinn, dass sie die Photographie auch einem andern hätte schenken können, der dann nicht «Totsch» zu ihr gesagt hätte. Der andere wäre ihr vielleicht ebenso nahe gekommen, wie jetzt der Zahnarzt in seinem weissen Mantel. Plötzlich bemerkt Anna, dass der Zahnarzt einen Schnurrbart hat, da möchte sie am liebsten lachen. Der Zahnarzt beugt sich über sie, und sein weisser Mantel liegt auf ihrer grauen Bluse. Er macht etwas in ihrem Mund, das sticht wie eine Biene, aber merkwürdigerweise tut es ihr nicht weh. Mit Watte hält er ihre Lippe fest, die immer ein wenig zuckt. Dann kommen die Zähne heraus, man merkt nichts davon. Mit einem kleinen Geräusch fallen sie in einen Wasserbehälter. Sie kommen zum Munde heraus wie Stecknadeln aus einem Samtkissen. Anna schliesst die Augen. Die Welt ist süss und schön, alles voll Blumen, und mitten im Frühling steht «ER».

Dann ist die Operation beendet. Der Arzt rückt den Sessel langsam wieder herunter. Anna schwebt von ihm weg in die Tiefe und ist wunschlos glücklich. Die Frau mit den schmalen Händen sagt: «Sie sollten ein wenig auf dem Sofa ausruhen.» Da legt sich nun Anna hin, und sie denkt, so ungefähr könnte es sein, wenn ich jetzt ein Kind bekäme. Das ist alles so, mit dem Blut und dem Wasser. Aber nun ist sie doch auch eine Bäuerin, und sie kann nicht so lange Federlesens machen wie die feinen Stadtleute. Das ist unanständig, auf einem Kanapee zu liegen, sie muss sich tatsächlich schämen. Schnell steht sie auf, gibt dem Arzt und der Frau die Hand und geht mit dem Taschentuch vor dem Mund nach Hause.

Auch dort hat man ihr bereits eine Wärmeflasche ins Bett gelegt, sie soll mindestens einen Tag an der Wärme bleiben. Da kriecht nun Anna ins Bett am hellichten Morgen, so dass es ihr fast vorkommt wie ein Hochzeitsfest, und den blauen Überwurf mit den Fransen hängt sie über den Stuhl. Es ist eigenartig, ganz eigenartig, muss sie denken, aber im Bett schlottern ihr die Hände, denn sie hat doch ein wenig Fieber. Die Herrschaftsfrau bringt ihr das Essen, Suppe und ein aufgeschlagenes Ei darin. Das stellt sie auf den Tisch, Anna kann es leicht erreichen. Am Nachmittag schläft sie, und wie sie aufwacht, kommt ihr das Zimmer sehr leer vor. Im Traum hat sie gemeint, es stehe ein silberner Stuhl darin, und da wohnten drei Menschen, er und sie und das Kind. Es steht zwar ein Tisch da und zwei Stühle, aber auf dem zweiten sitzt nie jemand. Nach menschlichem Ermessen wird auch nie jemand darauf sitzen. Vielleicht einmal das Kind, das hat schon da gesessen, und dann hat es an der Kommode alle Schubladen herausgezogen. Es hat auch das schmale weisse Schächtelchen aufgemacht, in dem die Photographien liegen. «Das sind Sie, Anna», sagt es höflich. Es nimmt ein Bild heraus und stellt es auf die polierte Nähschachtel, vor die Schachtel stellt es eine winzige Blumenvase, und weil es kein Blümchen findet, rollt es ein Bändchen zusammen wie eine Rose. Da steht nun Annas Bild geschmückt im Zimmer. Das Kind turnt an zwei Stühlen, dann sagt es: «Soll ich Ihnen ein Lied singen?» Und gleich fängt es auch an: «Der Kuckuck und der Esel, die hatten einen Streit ...» Anna weiss nicht, wer der Kuckuck sein könnte und wer der Esel. Darauf geht das Kind hinunter, weil man es gerufen hat, und das Zimmer ist wieder ebenso leer wie zuvor.

Anna liegt im Bett und schaut ihr Bild an, das auf der Kommode steht. Die Vase mit dem Bändchen hat sie wieder in die Schublade versteckt, denn ein Bändchen ist doch keine Rose. Und man kann nicht falsche Sachen um sich haben. Aber nun begreift sie, dass das Kind doch nur ein Kind ist, und nichts anderes. Denn ein Erwachsener würde doch nicht aus einem Band eine Rose machen. Solche dummen Sachen machen nur Kinder.

Anna sieht schön aus mit den neuen Zähnen, sie sind gross und breit und stehn ihr gut zu Gesicht. Sie muss in einem fort lachen und sieht aus wie zwanzig. Ihre Lippen sind für die Zähne etwas zu klein, sie kann sie in der Mitte nicht mehr zuschliessen. Aber dadurch, dass sie immer ein wenig lachen muss, wird sie selbst freundlicher. Man braucht nur fünf Minuten im Tag die Mundwinkel zu heben, sogleich kommen freundlichere Worte aus dem Munde. Hingegen wenn man die Stirn in Falten legt, meint man zuletzt, es seien alle

Leute Verbrecher. Das ist alles nur eine Gewohnheit, ein schwaches Herz macht den Menschen ängstlich und nervös, eine kranke Leber macht ihn wütend, und der Mensch ist der Gefangene seines eigenen Körpers.
Anna ist viel umgänglicher geworden, seitdem sie neue Zähne hat. Wenn sie am Abend das Büro kehrt und den Staub mit dem feuchten Lappen wegnimmt, kommt oftmals noch Kneuberger hinzu, der Magaziner, und plaudert ein wenig. Kneuberger trägt ein langes graues Überhemd mit einem schwarzen Ledergürtel. Er ist verheiratet, aber da dies schon lange her ist, hat er es beinahe vergessen. Kneuberger sagt zu Anna: «Ja, ja, das Meitschi da drüben vom Coiffeur, das treibt es ja toll, jeden Abend spaziert es mit einem Studenten zum Fluss hinunter, man weiss nicht, was da noch passieren kann. Das wird man ja wohl eines Tages sehen.» Anna glüht: «Ja, man kann wohl denken, was so ein Meitschi treibt!» Und plötzlich platzt sie heraus: «Die wird noch ein Kind haben, ganz von selber.» Sie hat ein Lachen in sich wie ein Pferd, etwas zwischen Zorn und Freude. Kneuberger erzählt noch mehr Dinge aus der oberen und der unteren Stadt, die er gehört hat. Anna und Kneuberger stehen unter der Ladentür wie zwei Katzen auf einem Bein und werfen einander einen grünen Luftballon zu, und hinter ihnen schaukelt langsam die Petroleumlampe in der messingenen Ampel.
Trotzdem bleibt Anna irgendwo in der Leere. Nie sitzt jemand auf dem zweiten Stuhl. Auf ihren starken Armen trägt sie das kranke Fräulein die Treppen hinunter zum Rollstuhl. Ein graues, weiches Tuch, darin das Fräulein eingewickelt ist, schlingt sich ihr um den Hals. Anna nimmt die Ränke auf den gewichsten Treppen wie eine mutige Fee. Im Vorgärtchen legt sie das kranke Fräulein in den Rollstuhl und deckt es mit einer schottischen Decke bis zum Halse zu. Dann nimmt sie die Hände des Fräuleins und legt sie auf die Decke.
Auch das Kind ist da und geht auf der linken Seite des Krankenwagens. Manchmal ist es ein wenig wild und möchte davonspringen. Aber das kranke Fräulein sagt: «Halte dich ruhig, Michaela!» Kranke Menschen glauben, Gesunde

dürften sich auch nicht bewegen, wogegen Gesunde nicht wissen, dass Kranke sich nach Ruhe sehnen. Ein Reicher denkt wie ein Reicher, und ein Armer wie ein Armer. Ein Kind denkt wie ein Kind. Jeder kann sich nur das vorstellen, was er selber ist. Könnte er sich etwas anderes vorstellen, als was er ist, so wäre er ein Wunder Gottes. Wenn das Kind die Lederlehne des Rollstuhls dennoch mit den Händen verlässt, sagt Anna: «Michaela, kannst du deiner Tante nicht gehorchen?» Dann kommt das Kind zurück, und das kranke Fräulein hat eine Falte auf der Stirn, weil es glaubt, es gebe ein Programm, wonach Kinder einen Krankenstuhl nicht verlassen dürfen. Anna dagegen lächelt mit den neuen Zähnen, weil sie nicht mehr anders kann als lächeln.

Aber darum fehlt ihr doch etwas. Sie weiss nicht, wo das ist, was ihr fehlt. Manchmal denkt sie, es sei in der Kirche. Wenn sie am Sonntagmorgen in die Kirche gehen könnte, mit dem Gesangbuch in der Hand, so würde sie es finden. Aber das kranke Fräulein kann sie am Morgen nicht entbehren, und so kann Anna erst am Nachmittag in die Kirche gehen. Und dann findet sie das nicht mehr, was sie sucht. Am Nachmittag gehn nur die Mägde in die Kirche, alte Frauen, die nicht gut hören, und krumme Männer. Auch der Pfarrer ist nicht schön am Nachmittag, er hat ein verdriessliches Gesicht. Am Nachmittag läuten bloss betrübte Glocken für arme Leute, denn für die reichen und für die frohen läuten sie am Morgen.

Anna hat doch etwas herausgefunden, was ihr hilft. Es hat zwar eigentlich keine Beziehung zum Leben, aber irgendwie nützt es doch. Wenn sie am Morgen nicht in die Kirche darf, wo alles schön ist und sonntäglich, so geht sie dafür von Zeit zu Zeit, statt das Fräulein anzuziehen, in den Salon. Dort legt sie sich der Länge nach auf das Sofa und schluchzt herzzerbrechend in das schwarze Seidenkissen mit der hellblauen Vergissmeinnichtstickerei. Die Füsse mit den groben Schuhen legt sie ganz einfach auf die grüne Plüschrolle, genau so, als ob dies irgendein Laubhaufen wäre und nicht das Salonkissen der Herrschaft, das sie Samstag für Samstag andächtig unter dem Fenster klopft und bürstet. So liegt Anna im Salon und heult und kocht nicht. Die Dame kommt herein und sagt: «Aber Anna, was ist das?» Nach einer Weile kommt der Herr im Schlafrock und sagt auch: «Das geht doch nicht an ...» Aber Anna ist es endlich wohl, und wieso sollte sie aufhören zu heulen? Sie hat es doch verdient. Anna heult stundenlang weiter, und niemand kann etwas dagegen tun. Das kranke Fräulein wird in seinem Zimmerwagen dahergebracht. Sie sagt: «Anna, das ist Gott nicht wohlgefällig, so zu heulen an einem Sonntagmorgen, statt seine Arbeit zu tun.» Anna wird unsicher auf dem Sofa, aber zum Glück fährt das Fräulein fort: «Was haben Sie denn eigentlich? Erzählen Sie mir Ihren Kummer.» Da brüllt Anna los: «Ich weiss schon lange, dass ich nicht schön bin, es braucht es mir niemand zu sagen.» Nun beginnt ein noch viel tieferes Weinen. Anna schüttelt sich auf dem Sofa, dass ihr die Haarnadeln vom Kopf fallen; der braune Zopf ringelt sich auf und tanzt auf dem Rücken wie ein Tier auf allen vieren. Das Fräulein sagt: «Gehn Sie am Nachmittag ein wenig in die Kirche, das wird Sie auf andere Gedanken bringen.» Anna hat nun ausgeweint und erhebt sich steif wie ein Brett. «Liegen Sie etwas ab auf Ihrem Bett», sagt das Fräulein, «das Mittagessen werden wir allein besorgen.» Da schmettert Anna die Türe zu und schreit: «Ich brauche keine Gnade.» In der Küche wirft sie das Essen zusammen, und am Nachmittag um drei Uhr geht sie mit dem Gesangbuch artig in die Kirche, wie ein Ross an einem Halfter. Am Abend lächelt sie wieder und liest beim kleinsten Licht in der Küche das Sonntagsblatt. Wenn man sie nun anredet, hat sie eine ganz hohe, zarte Stimme wie ein Chorknabe. Diese Ergüsse wendet sie von Zeit zu Zeit an. Sie helfen ihr das Leben ertragen, und im übrigen bleibt sie gehorsam wie ein Tier.

Das Kind hat angefangen, den Namen Katarina in Tante zu verwandeln, und sagt jetzt: Tatana.

4

Das Kind hatte die Puppe mit dem Russenkopf bekommen. Diesen hatte Archajew, ganz in Watte gehüllt, von Moskau mitgebracht. Früher besass die Puppe einen Kopf aus Papiermaché, der hatte gemalte Locken und gemalte Augen. Diese Freude, die das Kind hatte, als es die Puppe unter dem Tuch fand, auf dem Geburtstagstisch seines fünften Lebensjahres! Sie war fast so gross wie das Kind. Sie war ein Kind des Kindes; mit einem einzigen Aufschrei hatte es sie in die Arme geschlossen. Es liebte sie zärtlich. Die Puppe bestand aus einem Lederleib mit Porzellanhänden und gewöhnlichen Lederfüssen ohne Zehen. Die Füsse waren das am wenigsten Schöne an ihr, und man konnte sie nie barfuss gehen lassen, denn alles, worauf sie ging, war nur ein flaches Stück. Aber innen besass die Puppe einen Mechanismus. Wenn man auf einen Knopf drückte, konnte sie «Mama» sagen. Sie sagte es wenig deutlich, es klang nur wie die Stimme eines Kindes, das noch im Herzen wohnt. Aber man vernahm sie dennoch, sie war verschwommen, leise und weinerlich. Das Kind drückte auf den Knopf, die Puppe sagte «Mama», und die richtige Mama musste dazu lachen. Plötzlich kam ihr eine Hoffnung ins Herz: sie würde dennoch ein Kind haben, und zwar eines aus ihrem eigenen Herzen. Das würde ihr eines Tages antworten, und dann liebte sie beide Kinder gleich stark. Gewiss, das fremde, gute kleine Kind würde sie gleich lieben wie das eigene. Es war dann auch nicht mehr schwer, es war dann ganz anders, es war dann Dank. Und das fremde sollte es nie merken, dass es nicht das ältere Schwesterchen sei. Sie freute sich darauf, beide Kinder zu lieben.
Das Kind nahm die Puppe überallhin mit. Es nahm sie in den Garten, ins Bett, auf die Spaziergänge mit, und auch am Esstisch sass sie auf einem Stühlchen neben ihm. Der Hund Schnauz wusste nicht, wieso er durch ein lebloses und dummes Ding abgesetzt wurde. Diese Puppe wurde in die

Arme genommen, geherzt, und er konnte von ferne zusehen. Unruhig rückte er auf seinem Hinterteil hin und her und verstand nichts von der Welt. Er schloss die Augen und fing leise an zu zittern. Einmal, als er die Puppe allein traf, beschnüffelte er sie gründlich und leckte auch ein wenig an ihr, aber er fand, dass nichts los sei mit ihr. Die Katze gab sich überhaupt nicht mit Puppen ab. Sie sah sie nicht einmal und wusste nicht, dass das etwas vorstellen sollte. Die Katze hatte nur den Begriff von einem weichen Kissen, und da lag sie eines Tages ausgebreitet auf dem Puppenwagen und begrub die Puppe Alice unter sich.

Anna ging es mit der Puppe ungefähr gleich wie dem Hund Schnauz und der Katze. Sie wusste nicht, was man mit solchen nutzlosen Dingern anfangen sollte. Hingegen hatte sie mit der Zeit von den Herrschaftsleuten gelernt, dass man auch Puppen nicht einfach zerstören darf und dass diese, so merkwürdig es schien, im Leben der Herrschaften eine Bedeutung haben. Sie sah es mit eigenen Augen, dass die Frau am Fenster sass und Puppenkleider nähte, und selbst das kranke Fräulein Tatana stickte auf Canevas mühsam ein Jäckchen. Da begriff Anna, dass etwas los sein müsse mit solchen Dingern. Dass eine junge Frau für die Puppe ihres Kindchens ein Kleidchen nähte, das mochte noch hingehen, das war eine Mode. Aber dass selbst das kranke Fräulein, das doch fromme Bücher las, Puppenkleider stickte, war überraschend. Bei der Hauswäsche musste sie fortan auch die Puppenkleider mitwaschen, und ausserdem sagte man zu ihr: «Waschen Sie das bitte sorgfältig, Anna.» Und da wagte sie nicht mehr zu widerreden. Ja, wenn man aus dem Garten nach Hause kehrte, geschah es ihr manchmal, dass sie selber die Puppe samt den Kissen und den Decken unter den Arm nehmen musste, weil das Kind andere Spielsachen in den Händen trug. Einmal war ihr sogar etwas Ausserordentliches passiert; wie sie die Puppe nach Hause trug, drückte sie versehentlich auf den Knopf, da schrie die Puppe in ihrem Arm «Mama». Später allerdings hatte sie weniger Glück mit ihr. Beim Aufräumen fuhr sie der Puppe mit dem Besenstiel durch den Kopf, und da verschwand Alice.

Die neue Puppe Olga mit dem Russenkopf wirkte zuerst fremd. Sie besass wunderbare braune Locken aus echten Haaren, und in diesen Locken steckte ein goldener Kamm mit einem blauen Stein. Die Puppe hatte grosse, strahlende Augen mit Wimpern, die sie hob und senkte. Der Mund war wie ein Stück Koralle, und der Kopf ganz aus Porzellan, weiss und glatt, mit zarten Rosawangen und sehr fein geformten Ohren. Der Leib war gleich geblieben, man sah ihn ebenso wenig wie früher. Man sah nur die Hände. Aber das Kind hatte Alice geliebt, die Puppe mit der verstossenen Nase. Die Puppe Olga kam ihm vor wie ein auferstandenes Kind, das man plötzlich im Himmel wiedersieht; da ist es ganz verwandelt. Die Puppe war fremd, wunderbar und heilig, und der Mechanismus, der im Körper «Mama» schrie, war vergangen. Selbst Anna war über diese Puppe Olga erschrocken, die nach jeder Bewegung langsam die Wimpern hob und senkte. Ein solches Wesen war ihr noch nie vorgekommen, es war schöner als ihre Photographien. Keine von allen sechsen hätte an sie herangereicht.
Das Kind isst und trinkt, und es ist immer noch ein kleines Spielpüppchen der Familie, aber nun geht es bereits zur Schule. Die Puppe Olga sitzt unterdessen auf ihrem Stühlchen zu Hause, und wenn das Kind heimkommt, kniet es vor ihr nieder und schaut sie an. Leise ruft es sie beim Namen, aber die Puppe antwortet nicht. Das Kind rutscht auf den Knien näher und ruft nochmals «Olga». Erwartungsvoll blickt es hinein in ihre blauen Augensterne. Und da ist plötzlich die Puppe geboren, jenes wunderbare und überirdische Wesen, das durch sein Schweigen alle unsere Fragen beantwortet und löst. Zu der Puppe kann man sagen: «Ich lüge.» Sie lächelt mit ihrem schön geschwungenen Mund: «Es macht nichts, wenn du es nur selber weisst.» Zu der Puppe kann man sagen: «Ich hasse.» Die Puppe schaut geradeaus mit den grossen blauen Augen. «Ich stehe zwischen dir und dem Hass.» Man kann zu ihr sagen: «Wer bin ich?» Bescheiden liegt die Puppe nackt und ausgestreckt auf einem Holzstoss wie auf einem Altar: «So siehe.» Und zur Puppe kann man sagen: «Sie töten uns, sie bringen uns um,

sie lieben uns nicht.» Strahlend lächelt sie wie eine Monstranz: «Fürchte dich nicht, ich bin bei dir ...»
Das Kind schliesst einen Bund mit der Puppe Olga. Bis jetzt hat ihm zwar niemand gesagt, dass es allein auf der Welt stehe. Aber die Tage sind nicht mehr fern, da es diese Worte zum erstenmal hört. Und dann muss es gerüstet sein. Man wird zu ihm sagen: «Du hast keinen Vater und keine Mutter, nicht einmal ein Tantchen gehört dir. Das sind alles fremde Menschen, die gehen eines Tages einen fremden Weg, weil sie nicht dasselbe Blut tragen wie du. Diese Bahnen müssen sich wieder lösen. Du hast kein Anrecht an alle Tanten und Onkel, die dich umgeben. Und auch die Mama, die dich angenommen und dich lieben will wie ein eigenes Kind, wird eines Tages einen fremden Weg gehen, denn wir sind alle unseres Lebens nicht mächtig, nicht fähig, seinen Gang zu bestimmen. Aber die Puppe gehört dir. Sie wird das Einzige sein, was dir gehört. So lerne dich beizeiten halten an das, was dir allein und einzig gehört, so bist du nie verlassen.» Auch das Schneeglöckchen, das im Februar die Eisdecke durchbricht, hat sein Leben begonnen, als die Tage noch warm waren. Wir sind klüger, als wir meinen, und jeder rüstet sich für seine Zukunft. In der Kindheit legt Gott die Schutzmacht an für den Menschen.

In den Winterferien geht man auf die Eisbahn. Archajew, die Mama und das Kind tragen klappernde Schlittschuhe am Arm. Zuerst geht man den Schlossberg hinunter, dann dem Fluss entlang, der an den sieben Flühen vorbeifliesst, über eine kleine Brücke, da ist man am Eisplatz. Es ist ein strenger Winter, das Eis ist blau in der Sonne, und der Schnee knistert wie Gebäck, wenn man in den dicken Filzschuhen darübergeht. Archajew trägt eine schwarze Litewka und eine graue Pelzmütze. Er kann sich auf dem Eise so schnell umdrehen, dass er hundert Köpfe hat. Die Mama fährt mit den Händen im Muff in langsamen, weiten Bogen davon wie ein Schwan, während das Kind noch unbeholfen herumstolpert. Dann kommen die Grossen wie zwei Vögel und nehmen es in die Mitte, da fliegen sie alle miteinander davon in die Sonne. Die

Freude ist so gross, dass man sie kaum mehr spürt. Die Freude ist seidig und weich wie die Luft, klar wie das Eis und schön wie die russische Puppe Olga mit den dunklen Locken und dem goldenen Kamm darin und dem blauen Stein in der Mitte. Man fährt in einem fort rings um den Teich, der so gross ist wie die ganze Welt. An Meeren fliegt man vorüber, an grossen und mächtigen Schiffen mit Segeln, an Seelöwen und auch an klingenden Zirkussen. Man fliegt vorüber an schneebedeckten Bergen, an Wäldern und Städten, und Menschen haben fast keine Bedeutung mehr. Jedesmal, wenn man umgeht, ist es wieder anders, denn in der rasenden Eile der Bewegung hat man gar nicht Zeit, alles wahrzunehmen. Die Bänkchen am Rande für die Zuschauer sind noch leer, man ist fast allein auf dem Eisplatz, ausser zwei oder drei Buben, die sich umhertummeln. Immer ist es Morgen. Nur Morgen und lauter Sonnenaufgänge und sonst nichts. Nie mehr kann etwas so sehr den Eindruck von Heimat und Glück erwecken wie dieser leere Eisplatz am Morgen, auf dem man nicht nur die Winkel kennt, die da sind, sondern auch alle andern, die gar nicht da sind.

Die Mama und der Vetter fahren jetzt allein. Das Kind sitzt auf dem Bänkchen und ruht sich aus. Mama und der Vetter fahren nicht mehr so schnell. Gelassen ziehn sie davon wie zwei Vögel, die heimwärts fliegen. Beim Vorbeifahren hört das Kind verschiedene Sätze. Die Mama sagt: «Ja, ganz allein, furchtbar einsam, ich habe meine Eltern nie gekannt. . .» Beim zweiten Umgang sagt die Mama an derselben Stelle: «Nein, nein doch, sehr, sehr! Er ist der beste Mensch der Welt. Aber siehst du, Archajew, vielleicht bin ich ihm irgendwie fremd. Und ich habe dann nicht so den Mut . . .» Wie sie beim drittenmal vorbeikommen, fahren sie ganz langsam am Bänkchen vorüber. Archajew hat die Hände auf den Rücken gelegt. «So und so schwierig . . .», sagt er. «Ich verstehe dich vollkommen, Silla.» Die Mama schaut gegen das Städtchen: «Und doch würde es alles verändern! Dann hätte ich mein Leben, mein Ziel. So bin ich nicht ganz die Frau, nicht ganz die Schwester, und es ist nicht ganz das eigene Kind.»

In der Pause ruht man sich aus auf der sonnigen Holzlaube, wo im Sommer die Badekabinen offenstehn und die rot und weiss gestreiften Markisen wie Fahnen in die Luft hinausflattern. Im Winter gibt es da oben Brot und Tee und heisse Kastanien, und man setzt sich an die Tischchen und plaudert ein wenig miteinander. Plötzlich sagt das Kind: «Mama, wieso bin ich nicht ganz das eigene Kind?» Da muss Archajew laut lachen, er nimmt das Kind in die Arme und sagt: «Wer wird denn solch kluge Frage stellen? Komm, wir fahren zusammen nach Russland.» Er stellt das Kind auf das Eis und nimmt kreuzweise seine Händchen in die seinen. Archajew macht sich ganz niedrig wie das Kind, und nun fliegen sie, fliegen sie. «Da wohnt Schneewittchen», sagt Archajew, «da wohnt Knecht Ruprecht, da wohnt der Zar, da wohnen die Engel.» Wie sie zurückkehren, lacht das Kind: «Ich bin gar kein fremdes Kind, Mama.»

5

Der Garten liegt drei Schritte vor der Stadt, gegenüber dem Schulhaus. Auf zwei Längsseiten hat er einen Bretterzaun und am Kopfende eine Holzwand mit Pfirsichspalieren. Dort sitzen weißschimmernde Libellen regungslos in der Sonne und schwirren plötzlich wie silberne Pfeile davon. Auf der Strassenseite ist ein niederes Sandsteinmäuerchen, vor dem hohe vielfarbige Phloxstauden blühn. Über der Aufstiegstreppe steht ein mächtiger Kastanienbaum, und darunter ein Bänkchen. Im Mai weben die Blüten einen rosafarbenen Teppich über den Kies, und im Juli wirft der Baum grosse, breite Schattenhände auf den Boden. Im oberen Gartenhäuschen schläft Herr von Travo nach dem Mittagessen in der Hängematte, oder er liest die Zeitung. Zuweilen schickt er den Hund Schnauz mit einem Zettel im Maul ins untere Gartenhäuschen, wo die Frauen sind, dann legt man ein Buch in ein Körbchen, und Schnauz versieht den Nachrichtendienst. Zu anderen Zeiten liegt Archajew auf der Bank im oberen Gartenhäuschen und raucht russische Zigaretten. Jenseits des Gartenzauns springt ein junges Mädchen mit dicken langen Zöpfen und lustigen schwarzen Augen von der Treppe seines Hauses herunter, um ausgerechnet zur selben Zeit mit Archajew zusammenzutreffen. Wieder zu anderen Zeiten spielt das Kind Schiff auf den Bänken, wobei es die rot und weiss gestreiften Markisen als Segel benutzt, um nach Amerika zu fahren. Der Hund Schnauz und die Puppe Olga verwandeln sich in Hunderte von Passagieren, die entweder gerettet oder vom Sturm verschlungen werden.

Das andere Gartenhäuschen ist das Haus der Frauen. Tatana, Mama und Anna sitzen darin und arbeiten. Die Mama näht schwarze Kleidchen, Schürzchen und Röckchen für Michaela Tanner. Auf die Kleider setzt sie bunte Abschlussborten aus grüner und roter Seide. Anna muss die Heftfäden herausziehn, und plötzlich sagt sie: «Das ist praktisch, wenn jemand stirbt, kann man nur die Abschlussborten wegtrennen, und es sind Trauerkleider.» Tatana meint: «Anna, Sie führen auch die eigenartigsten Redensarten.» Zum Vieruhressen kommen der Papa, die Grossmutter und eine Tante. Die Grossmutter und die Tante sind Witwen und wohnen im gleichen Haus. Sie sind auch gleich angezogen und haben immer dieselbe Arbeit bei sich. Sie stricken Strümpfe für alle Kinder der Welt, fortwährend und das ganze Jahr. Wenn die Mama unter ihnen ist, sind sie alle froh. Sie ist für die andern wie eine aufgehende Sonne, und das Leben scheint ihnen dann leicht, es geht fast von selber. Die Mama ist schön und freundlich und behält jedem sein Plätzchen im Herzen; nie sagt sie ein unangenehmes Wort. Selbst wenn sie traurig ist, sind die andern immer noch nicht unglücklich. Sie fühlen bloss, dass sie teilhaben an einer merkwürdigen und unverstandenen Sache, die in ihrem eigenen Leben nie geschah. Wenn die Mama dabei ist, scheint es dem Kind, die ganze Welt gehöre ihr, und sie könne über alles regieren. Tatana findet ihr Leiden behütet, und Herr von Travo hat das Gefühl, er sei der glücklichste Mann in der Stadt. Aber wenn die Mama weggeht, ist das Leben dumpf und schwer und unerträglich lang. Herrn von Travo kommt es dann vor, er müsse bloss Leute erhalten, und daneben habe er ein sehr einsames und schwieriges Leben, in dem man nur die Freudenrufe des fremden Kindes höre.

Trotzdem haben es alle lieb. Das Tantchen möchte es am liebsten den ganzen Tag bei sich haben, nur müsste es dann stille sein. In der Dämmerstunde erzählt sie dem Kinde Geschichten, in denen etwas ganz Leises geschieht. Sie sagt dem Kind Verschen vor, und es sagt sie nach. Manchmal sind das leise Schritte einer Fee, die durch den Wald kommen, und wieder sind es Häschen und Rehe, und das Kind meint dann, am liebsten möchte es den ganzen Tag in dieser Stille voller Glöcklein und Glück und summender Bienen bleiben. Aber plötzlich sagt Tatana: «So, jetzt kannst du arbeiten.» Das verleidet dann dem Kind, stundenlang bei der Arbeit still zu bleiben; beim Erzählen ist es etwas anderes.

Wie Michaela ins Haus gekommen ist, hat Fräulein von Travo gesagt: «Ich werde das Kind erziehn. Ich habe am besten Zeit dazu. Ich werde mir ein Buch kaufen und es darnach bewachen, dass es keinen Schritt nebenaus gleitet im Leben.» Jeder hat das klug gefunden,und man sagt allgemein: «Es ist wahr, Tatana hat am besten Zeit, das Kind zu erziehen. Sie hat ja sonst nichts zu tun, und sie ist krank, das ist ihr ein kleiner Zeitvertreib.» Auf diese Weise hat die Erziehung angefangen.

Die Menschen glauben, man müsse einem Kind zwei- und dreimal etwas gründlich sagen, und wenn es dann nicht gehorche, müsse man es strafen, bis es erzogen sei. Das ist so, als ob man aus einer Tanne einen Apfelbaum machen wollte und aus einer Rose eine Tomate. Die Menschen wissen nicht, dass man den Himmel verändern müsste, um so etwas zu erreichen. Glücklicherweise sind die Menschen auch besser verankert in ihren Gesetzen. Die Erziehung ist trüglich und verleitet zu Abwegen, aber die Sterne sind untrüglich und führen zum Ziel. Im übrigen kann man nur entwickeln, was da ist, und nicht, was nicht vorhanden ist. Doch neben der Erziehung kauft Tatana dem Kinde Süssmus, sie kauft ihm Erdbeeren und Eier, sie strickt ihm Handschuhe und Überschuhe, damit es nicht friert. Am liebsten möchte Tatana, dass das Kind hundert Jahre alt würde. Und so ist nie etwas im Leben ganz gut, und es ist auch nie etwas ganz schlecht, und zwischendurch muss sich der Mensch selber entwickeln, denn dafür ist er ein Mensch. Es hat keiner ein Recht, seine Erziehung ganz zu beklagen, denn auch die ungelernte Schneeflocke prägt zwischen Kälte und Wärme das Muster für ihren eigenen Stern.

Das Kind würde nun zwar gerne arbeiten. Es ist nicht dumm, und es kommt ihm jeden Tag etwas anderes in den Sinn, was es notwendigerweise tun sollte. Es würde zum Beispiel der Puppe Olga eine Mütze stricken aus roter Wolle mit einer blauen Quaste und vielleicht noch mit einem Perlenrand ringsum. Nach dieser Mütze würde es ein Lesebuch schreiben für Käfer. Es würde schreiben, der Käfer macht summ, der Käfer macht brumm und fliegt im ganzen Kreis herum. Es hätte allerhand zu bauen und könnte auch Schlittschuhe erfinden für den Parkettboden. So hätte das Kind seine

Sorgen und Pläne im Kopf und wäre den ganzen Tag beschäftigt. Aber nun sagt Tatana: «Hier hast du weisse Baumwolle und Nadeln, nun kannst du Wickelbänder stricken für arme Kinder, das ist weit nützlicher als die ewige Spielerei.» Da werden es nun Bänder und Bänder und Meter und Meter, und das Kind wird faul, und es denkt, wenn ich nur endlich aufhören könnte. Aber die Erziehung nimmt ihren Fortgang. Zur Abwechslung kommen auch Fusskissen daran. Eines für Tante Baba, eines für die Grossmutter und eines für Onkel Fritz. Diese Fusskissen müssen mit feinen Kreuzen bestickt sein. Graue, schwarze und braune Würfel mit einem blauen Stich in der Mitte, und immer wieder ein ähnliches Muster. Und das Kind stickt grau und braun und schwarz, und jede Reihe muss oben angefangen werden, denn der Deckstich darf nicht anders laufen. «Den blauen Punkt in der Mitte», sagt Tatana, «sticke ich dann selbst, dieser braucht für das ganze Kissen nur einen einzigen Faden.»

Und da ist nun der Nachmittag, und die Hitze in den grünen Blättern, und die Sonne draussen; auf dem Mäuerchen verstecken sich sogar die Eidechsen, weil es ihnen zu heiss wird. Das Kind arbeitet, und die Stille rutscht wie Sandkörner in seinen Körper, bis er ganz davon angefüllt ist. Tatana ihrerseits strickt mit weicher weisser Wolle langsam und lautlos immer weiter und weiter. «Die Arbeit ist kein Spielzeug», sagt Tatana. Aber plötzlich denkt das Kind: ‹Gott ist ein Blitz, und er kann alles ändern.›

Ebenso geht es mit dem Unkrautjäten im Garten, mit dem Beerensammeln, alles ist eine bittere Arbeit, und das Kind weiss nicht wozu und für wen, als nur, dass die Zeit ausgefüllt sein muss. Manchmal muss es doch etwas sagen: «Jetzt kommen noch sieben schwarze Kreuze daran.» Aber dann gibt es jedesmal einen kleinen Kampf, und Fräulein von Travo denkt: ‹Das wenigstens sollte ein Kind fertigbringen, dass es schweigt, wenn man es ihm befiehlt.› Wenn die Mama kommt, erlöst sie das Kind und nimmt es auf einen Spaziergang mit. Aber nun muss es fortwährend zurückdenken, dass Tatana allein im Garten liegt auf dem Krankenstuhl, der Wollknäuel kann herunterfallen, und niemand hebt ihn auf. Und es begreift, dass es selbstsüchtig ist, sich zu freuen und herumzuspringen, wenn andere leiden. Auf dem Spaziergang sammelt es Margriten und bringt sie Tatana. Aber darum weiss es doch am andern Nachmittag nicht, dass es den Lärm meiden sollte. Kinder meinen immer, der Lärm sei die grösste Freude des Lebens.

Dafür öffnen sich die Türen der Welt. Wenn man ein Schulkind ist mit einer weiss und blau getupften Ärmelschürze, so gehört man schon in eine Arbeitsgemeinschaft. Man ist nicht mehr allein abhängig von Eltern und Tanten und Grossmüttern, sondern nun melden sich bereits die Mitmenschen. Dass sie noch klein sind, tut nichts zur Sache.

An den Tagen, wo man nicht in den Garten geht, spielt das Kind im Hof vor dem Haus. Es kommen Nachbarskinder dazu, und eines hat ein weisses Zicklein. Diesem Zicklein rennen die Kinder nach, immer wieder um den einzigen Baum im Hof. Da ist ein Knabe in blauen Samthöschen und vier Mädchen in zarten blauen und rosa Kleidern mit wogenden, gestärkten Schürzen. Plötzlich wird es den Kindern mit der Ziege langweilig, und sie beschliessen, auf den Estrich zu gehen. Auf ihrem Weg treffen sie Anna an, die auf den Knien für den kommenden Sonntag die Treppen wichst. Die Puppe Olga ist auch dabei, und Anna sagt: «Ihr könnt doch den Deckel nicht heben im oberen Stock.» «Wir tun, was wir wollen», antwortet stolz der Knabe, der ebenfalls ins Haus gehört. Anna schliesst den Mund, um böse zu sein, aber die Lippen gehen in der Mitte nicht zu. Die vier Mädchen finden sich grossartig mit ihrem Kavalier. Schliesslich sind sie auch Menschen, und man muss nicht meinen, dass Kinder immer nur Kinder sind. Auf dem Estrich sind verschiedene Kammern, zu denen man den Schlüssel nicht besitzt, während wieder andere unverschlossen sind. In einer Kammer steht ein altes Schaukelpferd ohne Schwanz. Der Knabe setzt sich darauf und sagt: «So bin ich früher geritten.» Und er ahmt mit einem ängstlichen dummen Gesicht seine Stellung nach und hält sich mit beiden Händen am Kopf des Pferdes. Die Mädchen lachen aus vollem Hals. Aber schliesslich suchen die Kinder etwas anderes als nur Erinnerungen. Auf dem Estrich ist es interessant; plötzlich kommt eine fremde Lust in sie, etwas anzustellen, was noch niemand getan hat. Es ist ein schöner Frühlingstag, in der Luft riecht es nach blühenden Bäumen. Sie steigen noch eine Treppe höher, da finden sie einen Holzstoss von groben Tannenklötzen für die Waschküche. Weiter hinauf führt nochmals eine Treppe, die durch einen Holzdeckel abgeschlossen ist. Von dort aus könnte man eine prächtige Aussicht über die Dächer haben. Der Knabe stemmt sich gegen den Deckel, der nicht nachgibt. Er sagt: «Das ist mir überhaupt zu dumm.» Dann stiefelt er plötzlich auf den Holzstoss wie auf einen Berg und setzt sich oben darauf. Die Mädchen haben es erfasst und setzen sich neben ihn wie Pfirsichblüten.

«Gib einmal deine Puppe her», sagt jetzt gebieterisch der Knabe zu Michaela Tanner. Die Mädchen fühlen instinktiv, dass man sie nicht verweigern darf. Es ist eine heisse Hast in ihnen, alle lachen grimmig auf den Stockzähnen. «Wenn jemand kommt», sagte der Knabe, «so schiessen wir ihn nieder. Nun wollen wir einmal sehen, was in dieser Puppe ist.» Olga wandert auf den Holzstoss hinauf. Vor dem Knaben senkt sie die langen, gebogenen Wimpern, der Mund lächelt, und die angenähten Porzellanhändchen fallen nach hinten. Die Mädchen sitzen da mit klopfenden Herzen wie junge Wölfinnen. Sogar Michaela Tanner vergisst; dass dies ihre eigene Puppe ist. Der Knabe zieht ihr das Kleidchen aus. «Nicht zerreissen», sagen die hausfraulichen Herzen. Die Puppe ist im Unterrock, der Knabe löst die Bänder und die Achselträger. Dann zieht er ihr mit einem Ruck das Hemd aus, nun ist die Puppe nackt. Das ist weiter nichts als ein weisser Lederleib, auf den ein Porzellankopf geleimt ist. Zur besseren Befestigung hat er auf der Brust vier Stiche aus rosa Seide. Auch die Porzellanhände sind im Leder eingenäht. Der Knabe wendet die Puppe um. Seine Ohren leuchten wie rote Mohnblumenblätter. Aber die Puppe ist ringsum gleich. An den Ecken des Rumpfes sind die Beine angenäht. Enttäuscht gibt der Knabe die Puppe zurück, mit dem Kopf nach unten. Dann steht er auf und macht ein Brünnchen über den ganzen Holzstoss. «Da habt ihr's», sagt er. Es weiss keines von den Kindern, wer was hat, aber sie fühlen, dass sie von jemandem betrogen worden sind. Um es wieder gut zu machen, heben im gleichen Moment auch die Mädchen ihre leichten Blumenkleider auf und tun dasselbe wie der Knabe. «So!» sagen sie alle im Chor. «Da habt ihr's!» Dann steigen sie befriedigt vom Holzstoss herunter, alle fünf miteinander, mit roten und heissen Wangen. Olga wird unordentlich in ihre Kleider geschoben wie eine Ehebrecherin mit zerzaustem Haar. Ein wenig gespreizt, steif und feierlich ziehn die Kinder wortlos wieder die Treppe herunter und sind sich eines grossen Ereignisses bewusst. Wie sie bei Anna vorbeikommen, sagt sie: «Wie sieht denn die Puppe aus?» «Das geht Sie nichts an», antwortet Michaela. Anna schliesst die Lippen. Noch nie hat das Kind so unhöflich zu ihr gesprochen. Im Hof spielen die Kinder wieder mit der Ziege. «Komm, kleines Zieglein, komm», schreien sie überlaut und freundlich, «komm doch zu uns!» Nach dem Nachtessen zieht Michaela der Puppe das Kleid aus und ein Nachthemd an. Sie bürstet ihr die Haare und streichelt und küsst sie. Dann faltet sie ihr die Hände: «Lieber Gott, mach mich fromm, dass ich zu dir in den Himmel komm.»

«Bring einmal deine Olga her», sagte Tatana. «Anna hat erzählt, sie sei ganz verwüstet, was ist denn geschehen?» Das Kind hält die Puppe sanft im Arm. Mit hochaufgeschlagenen Wimpern schaut Olga in die Ferne. Der Mund glänzt wie ein Stück Koralle. Das Kind heftet seine Augen auf Tatana, langsam zieht es den Blick wieder zurück. «Nichts», antwortet es, dann spaziert es langsam und singend mit der Puppe auf dem Arm im Zimmer auf und ab, wie eine Klosterfrau mit dem Gesangbuch. «Gute Nacht, Anna», sagt es und reicht ihr die Porzellanhand der Puppe. Leise sinkt das, was hätte hässlich werden können, wieder in die Herzen zurück wie Regen zur Quelle. Wasser in Wasser ...

Das Kind liegt auf dem Bänkchen im Garten, mit dem Kopf auf dem Schoss der Mama. Über dem Gartenhäuschen vor ihnen steht der Mond, fast auf der Spitze des Daches; sein Schatten hat sich vom weissen Kies an die Mauer zurückgezogen. Der ganze Garten ist weiss, selbst der Rasen, der Zaun und das Mäuerchen. In der Ferne sieht man die Stadt und das Schulhaus. Alles ist durchsichtig wie Glas und wie Nebel. Mitten im Glas schwebt eine Libelle. Es ist kaum zu denken, dass Menschen in einer so durchsichtigen Stadt wohnen könnten. Sie müssten dann Libellen sein. Ganz hoch oben, klein und glitzernd, stehen die Sterne am Himmel. Je mehr man hineinschaut, desto mehr sind es. Und von jedem Stern gibt es einen Ton wie auf dem Klavier, wenn man mit einem Finger auf die Taste tippt. Ganz anhaltend ist der Ton, und er geht durch den Körper. Es ist nicht gesungen und es ist nicht gespielt, sondern es ist ein Summton von einem Stern zum andern, wie von einem grossen Kreisel. Der Ton geht hinauf und hinunter durch alle Oktaven. Die Mama sagt: «Alle diese tausend Welten gehören Gott.» Und der Papa erwidert: «Es ist kein Gut und kein Bös', alles ist Gott.» Dem Kind fallen die Augen zu. «Kein Gut und kein Bös', alles ist Gott.» Im Schlaf hebt es die Hand in die Höhe wie zu den Sternen, dann legt es sie vorsichtig auf die Schulter der Mama. «Libellen», sagt es und lächelt...

6

«Nicht dein Vater, nicht deine Mutter», sagt Herr von Travo. Anna stellt neue Kränze an den Sarg. Immerfort läutet es an der Ausgangstür, man weiss eigentlich gar nicht, wieso. Die Frau im Sarg ist nicht die Mama. Es ist jemand ganz anders, den man nie gesehen hat. Und doch ist auch die Mama nicht da. Wie gerne möchte man zu ihr sagen: «Mama, weshalb läutet es denn beständig an der Ausgangstür?» Sie würde es wissen, und sie würde eine Antwort geben. Aber die Mama dreht allem den Rücken. Sie sitzt am Tisch, und es kann leicht sein, dass sie auch weint wie alle andern. Sie trägt ein dunkelviolettes Kleid mit einem Samtgürtel, und vorne in der Schnalle hängen ein paar verwelkte Mohnblumen. Die Mama hat die Hände vor sich hingelegt auf den Tisch. Das Kind sieht sie ganz deutlich, diese braunen, kleinen Hände mit den grossen Poren in der Haut. Aber man darf Mama jetzt nicht stören, denn sie will ungesehen sein, deshalb dreht sie allen den Rücken. Unterdessen kommen immer mehr Leute in das Zimmer. Die Grossmutter steht an dem Sarg und weint. Sie sagt: «Ach, und das kleine Kindchen.» Das Kindchen ist einen Tag früher geboren worden und gestorben, und es ist ein grosses Unglück, wie man es selten antrifft. Nun legt man beide in dasselbe Grab. Tatana ist schneeweiss und zittert am ganzen Körper. Im vergangenen Sommer ging es ihr so viel besser, sie konnte bereits an Krücken gehen. Das hatte alles die Mama fertiggebracht, aber nun ist sie nicht mehr da, und Tatana weiss nicht, wer nun mit ihr gehen wird. Niemand weiss mehr irgend etwas, alle sind verwandelt vom Tod. Der Papa sagt zu Michaela: «Das ist nicht deine Mutter, und ich bin nicht dein Vater.» Und es ist auch nicht die Grossmutter, und es ist nicht das Tantchen. Nur Anna und die Puppe blieben übrig, die allein gehören sonst niemandem. Und da schliesst sich eine Wand zwischen dem Kind und den andern. Fortan wird das Kind allein sein, ganz allein. Allerdings sucht es noch nach einem Anhaltspunkt. Seine Augen irren starr und erschrocken über die Trauergesellschaft, die zusammensteht wie eine einzige Familie. Alle mit Taschentüchern an den Augen. Nur Anna hat nicht viel Zeit zum Weinen, denn sie muss die Kränze holen; aber dafür trägt sie eine schwarze Schürze aus einem Stoff, den man Alpacca nennt. Auch das Kind ist schwarz gekleidet, man hat nur die bunten Seidenborten weggenommen am Röckchen, denn die Mama hat ja gewusst, dass es so herauskommt, aber sie hat gemeint, das Kind gehöre in die Familie. Das hat sie ganz sicher gemeint. Und nun läuten die Glocken, und man trägt die Mama weg, ohne dass sie es noch einmal sagen kann. Nun darf das Kind auch gar nicht weinen, denn es nützt doch nichts, der Tod ist bereits da. Er ist im Zimmer, im Haus und auf der Treppe, er ist auf dem Estrich, und er kann wahrscheinlich nicht übers Dach fortgehn. Und überdies ist der Tod in der ganzen Stadt, es wissen es alle Leute: die junge Frau von Travo ist mit ihrem Kindchen gestorben. Man kann sich vor dem Tod nicht mehr retten, er verfolgt einen sogar auf den Friedhof, und dort sitzt er noch auf jedem Grabstein, denn überall steht es genau geschrieben, wer tot ist. Nie hätte das Kind gedacht, dass der Tod so verrückt schnell sein kann. Beim Schwesterchen, da hat es noch von Herzen geweint. Da war es noch traurig, weil es das Schwesterchen verloren hatte. Aber nun ist alles ganz anders. Nun geht es ja das Schwesterchen gar nichts mehr an. Und unbegreiflicherweise ist die Mama mit dem Tode für immer weggegangen. Nie mehr kann sie zurückkommen und das Leben wieder bringen.

Nun ist es ein ganz anderes Leben. Es ist jetzt ein Leben im Tod. Manchmal hat das Kind noch eine schwache Hoffnung. Vielleicht könnte die Mama auch einen Brief schreiben. Einen Brief in einem weissen Umschlag mit einer roten Marke darauf. Dieser Brief läge einfach auf dem Grab. Und im Brief stünde: «Ich bin gar nicht tot.» Aber dieser Brief kommt nie. Im Gegenteil, nun geht man jeden Tag aufs Grab und weint. Und man erzählt alles, was die Mama früher getan hat, und was sie nie mehr tun kann. Mehr noch als das, man erzählt sogar, was andere früher getan und nicht hätten tun sollen. Und dann setzt man ein weisses Kreuz aufs Grab, mit dem Spruch: «Ich bin die Auferstehung und das Leben, wer an mich glaubt, wird leben, ob er gleich stürbe.» Dem Kind gefällt der Spruch nicht. Denn im Grunde genommen ist genau das Gegenteil von dem passiert, was eigentlich hätte geschehen sollen. Und wahrscheinlich ist es mit allen Gräbern gleich. Tatana und der Papa sagen: «Es geschieht dann in tausend Jahren.» Ach du mein Gott, was sind denn schon die tausend Jahre auf Erden! Und wer wird sich dann noch daran erinnern, dass er einst lautlos im Herzen geweint hat. Dann weiss es niemand mehr. Anna sagt: «Die Mama ist jetzt im Himmel, und wenn du brav bist, so schaut sie auf dich herunter.» Aber wo ist der Himmel, und was heisst brav sein! Das ist genau so wie mit den tausend Jahren. Es geht alles viel zu lang, und es ist alles viel zu weit weg für das Kind, als dass es sich mit seinen Gedanken daran halten könnte. Im Gegenteil tauchen jetzt ganz andere Dinge auf: in der Schule gibt es schlechte Noten. Ein anderes Mal darf man den Geburtstag nicht feiern, weil man in der Schule wieder nicht brav war. Jetzt heisst alles nur noch Schule und Bravsein. Nirgends kann man mehr leben, weder zu Hause noch auf den Schulbänken. Überall heisst es: «Die Mama ist gestorben, und du schämst dich nicht, so wenig zu lernen!» An Weihnachten liest man unter dem Tannenbaum in der Bibel: «Es wird eine Zeit kommen, da die Toten die Stimme Gottes hören.» Aber das geht lang. Schweigend und weiss breitet der Heiland seine Hände über die Gaben aus, deren es jetzt weniger sind, weil die Mama gestorben ist. Das tat ich für dich, was tust du für mich?

Im Sommer gibt es im Städtchen ein schönes Fest. Man nennt es die Solennität. Trommler und Pfeifer gehen dem Zuge voraus, und zwischen jeder Schulklasse kommt ein Musikkorps. Da ist alles voll von weissen Kleidern und Kränzen. Man geht sogar in die Kirche und bekommt Geld. In den Proben für dieses Fest bekommt man Schokolade statt Geld. Auch junge Frauen und Männer freuen sich plötzlich wieder wie die Kinder und schauen ihren Kleinen aus den geschmückten Fenstern nach. Man fragt: «Ist der Zug schon vorbeigekommen?» Und dann auf der Festwiese, da gibt es Luftballons, Karussells, es gibt Flöten und Pfeifen. Manchmal sprengen auf Pferden noch Neger daher mit einem richtigen Speer in den Händen. Das ist ein Fest, wie es kein zweites geben kann, und ein einziger Jubel vom Morgen bis am Abend. Wer da nicht mitmachen kann, der kommt sich vor wie eine verlorene Seele.

Aber nun zählt auch das alles nicht mehr. Am Morgen des Festes fährt man mit der Eisenbahn weg. Gerade hört man noch Kanonenschüsse und Kirchenglocken. Man weiss, wie die Moosrosen riechen zusammen mit Reseden im steifen weissen Spitzenpapier. Im Schrank auf dem Estrich hängt das Kleid vom letzten Sommer, darunter steht die Schachtel mit den Lackschuhen, den blauen Seidenstrümpfen und dem kleinen Vergissmeinnichtkranz, den die Mama mit grüner Seide in die Haare genäht hatte, damit er nicht ungeschickt mitten im Fest herunterfalle. Langsam laufen an den Scheiben ein paar Tränen herunter. Tatana sagt: «Du wirst doch nicht etwa wegen des Festes weinen, in dem Jahr, wo Mama gestorben ist?» Das ist natürlich alles wahr, und das Kind weiss es, dass man jetzt nicht weint und nicht lacht. Später fährt man zwar mit einer Drahtseilbahn zu einem hohen Ort hinauf, wo man die Berge sieht, so nah und so hoch, als könnte man nur über sie hinweg gleich in die Wolken schreiten. Vielleicht gibt es doch Dinge, die diese tausend Jahre abkürzen würden, denkt das Kind. Vielleicht braucht man nicht alles durchzuerleben. Aber zuletzt ist es auch mit dieser Freude wieder aus, denn es gibt nun auf Erden nichts mehr, was das Leben noch einmal verändern könnte. Vergebens versucht das Kind ein Wendeltreppchen nach dem andern in seinem Innern zu erklimmen. Überall kommt der Abschluss, und auch die Puppe Olga kann nichts mehr helfen. Es ist die unbekannte Schuld, da zu sein, während die Mama mit dem eigenen Kind weggegangen ist. Den umgekehrten Fall hätte man bloss betrauert, aber er hätte niemanden verletzt. Eines Tages wird dieser Stein im Herzen herunterrollen, aber für den Augenblick hält ihn noch etwas auf. Beinahe senkrecht fährt das Bergbähnchen von Mürren hinunter nach Lauterbrunnen. Dann ist man wieder im Flachland. Am Bahnhof steht immerhin die Grossmutter und schliesst eines nach dem andern in die Arme und auch das Kind. «Wie hast du mir gefehlt!» sagt sie. Auch Anna findet es heimatlich, dass das Kind wieder vom Wohnzimmer in die Küche rennt.

Und doch geht jedem Unglück eine Hilfe voraus. Gewöhnlich ist die Hilfe unscheinbar und das Unglück dafür gross. Aber wer zur rechten Zeit die Hilfe ergreift, bleibt auch im grössten Unglück gerettet. Und der Instinkt des Menschen enthält seine Lebenssicherheit.

Auf der Kommode im Schlafzimmer, angelehnt an eine Bronzevase, die von einer Negerin gehalten wird, steht ein Zettel und darauf die mysteriösen Worte: Klein Michaela von Toscana. Das Kind liest die Meldung, und da es nur Russisch als Fremdsprache kennt, sagt es sich: «Das muss russisch sein.» Im gleichen Augenblick weiss es auch die Antwort, die es sucht, seitdem es die Mama im Sarg gesehen. Diese Antwort heisst ganz einfach: Klein Michaela von Gott. Oder, um es gangbarer zu übersetzen: Prinzessin Gottes. Plötzlich und lautlos lösen sich auf einen Schlag zwei schwere Schicksalsfragen. Die eine heisst: du bist nicht ihr Kind. Und die zweite: du bist die verlorengegangene Prinzessin Gottes. Solche Antworten können Kindern und auch andern Genien furchtbar schnell einfallen.

Auf dem Bett sitzt die Puppe Olga in ihrer gestickten russischen Tracht mit dem goldenen Kamm in den dunklen Locken. Sie lächelt in die Ferne mit grossaufgeschlagenen Augen. «Weisst du, Olga, wem wir gehören?» sagt das Kind. «Wir beide gehören nämlich Gott.» Aber Olga weiss das schon lange und lächelt genauso strahlend weiter wie vorher. Aber nun geschieht das Merkwürdige. Nun geschieht das Wunder. Von diesem Augenblick an gibt es nichts Böses mehr auf der Welt. Nie mehr kann jemand sagen: du gehörst mir nicht. Nie mehr kann jemand sterben und weggehen. Nie mehr kann einem jemand auch nur das allergeringste zuleide tun, nicht einmal mehr eine böse Lehrerin und ein böser Lehrer, die aus lauter Lust schlechte Noten in das Zeugnis

schreiben, weil man es zu Hause abgeben muss. Die Prinzessin Gottes geht das nichts mehr an. Sie ist auf die Welt gekommen, nur um zuzusehen, wie es da etwa zugeht, und sonst zu nichts. Nie mehr braucht sie etwas übelzunehmen, weil die Menschen ja nicht wissen können, wer sie ist, folglich können sie ihr auch nichts zuleide tun. Höchstens können sie es einem hilflosen Kind zuleide tun, aber in Wirklichkeit ist das Kind die Prinzessin Gottes.
Im Hause weiss niemand etwas von dieser Verwandlung. Nur die Puppe Olga weiss es, und sie sagt es nicht. Über dieses verwandelte Kind kann aber auch niemand mehr eine Kontrolle ausüben, weil niemand weiss, wer es ist. Tatana kann es nicht, denn das Kind vergibt alles zum voraus. Der Papa hat sich nie darum bemüht, eine Kontrolle auszuüben. Er hat andere Sorgen, dazu weiss er aus seiner eigenen Jugend, dass Kinder zuweilen allerhand Dummheiten machen. Er nimmt das in Kauf und legt ihm keinen Wert bei. Auch die Grossmutter scheidet aus, denn im allgemeinen ist sie gütig und lieb, und dann hat sie einen kleinen Stolz auf das Kind. Sie hat zum voraus prophezeit, dass ausser ihr niemand mit einem fremden Kind umgehen könne. Und sie ist auch sicher darin. Wenn sie fremden Kindern Märchen oder schaurige Geschichten erzählt, horchen sie alle zu mit offenen Augen und offenem Mund. Immer wollen sie noch weiterhören, selbst wenn die Leute im Märchen schon lange gestorben sind. Wenn Kinder an langweiligen Strümpfen stricken müssen, nimmt ihnen die Grossmutter die Arbeit heimlich weg, und plötzlich ist der unmögliche Strumpf um eine Handbreit gewachsen. Die Grossmutter strickt sogar zwei und drei Fehler hinein, damit die Arbeit nicht so unwahrscheinlich schön aussieht. Dann steckt sie den Kindern Bonbons in die Taschen, in einem Päckchen etwas Zuckerkandel und in einer Tüte ein Büschelchen rote Kirschen. Eine solche Grossmutter ist wie eine Fee, und keines der Kinder, die sie besuchen, würde je ein Sterbenswörtchen von ihr verraten. In ihrer Abwesenheit übernimmt die Tante, die bei ihr wohnt, die ganz gleichen Kommissionen, so dass es aussieht, als gäbe es nur eine einzige gute Grossmutter

ringsum. Mit ihr zu konkurrieren, wäre in Tat und Wahrheit schwer. Und auch Lisebethli, das Dienstmädchen der Grossmutter, steht mit im Bunde.
Zwar macht die Prinzessin Gottes selbst in dieser Güte einen Unterschied. ‹Es ist dennoch nicht recht, jemanden wegen des Strickens zu belügen›, denkt das Kind. ‹Es ist sogar ganz und gar falsch. Für das Lügen muss man vielleicht eines Tages in die Hölle gehen. Das kann sein, und doch wäre es ganz ebenso sinnlos, eine so gute Grossmutter zu verraten. In diesem Fall muss man eben das Lügen in Kauf nehmen, sowohl für die Grossmutter als für Tatana. Und bei Lügen muss man viel überlegen.›
Tatana sagt: «Hast du das alles selber gestrickt?» «Jawohl, ich habe es getan», antwortet fest und sicher das Kind. «Du hast aber viele Fehler hineingestrickt», sagt Tatana weiter. «Jawohl, das habe ich vielleicht getan», antwortet das Kind. Tatana zieht die Nadeln aus dem Stück und trennt den Strumpf bis zum letzten Fehler auf. Es gibt ein Häufchen gekräuselter Wolle, und man muss es wieder nachstricken. Das Lügen ist nicht angenehm, aber das Nachstricken dafür eine Ehrensache.
Trotzdem ist das alles miteinander dennoch ein Leben wie in den Baumwipfeln. Das Kind kommt sich glücklich vor wie eine Fee oder lieber noch wie ein Feenknabe in der unbeschränkten Freiheit der Himmelskinder. Anna besorgt weiter den kleinen Haushalt, den Garten und auch das Bureau des Herrn Arwin von Travo. Ausserdem muss sie auch noch das Grab in Ordnung halten. Am Samstag putzt sie das Marmorkreuz mit Seifenpulver, damit es am Sonntag auch schön aussieht. Und man kann sagen, kein Grab ist so gepflegt wie das ihrer Frau. Das macht sich nun Anna zur Ehre, und es muss niemand denken, dass sie etwa weniger Respekt habe, weil die Frau im Himmel ist. Anna weiss zwar auch nicht viel über den Himmel, man kann es sich nicht so recht vorstellen, wie da die Städte in der Luft stehen. Aber man sagt, es kommen auch nur die Seelen der Menschen in den Himmel, es kann sein, dass es dort infolgedessen auch andere Häuser gibt. Da es nun Fräulein von Travo besser

geht, kann Anna auch am Sonntagmorgen in die Kirche gehen. Nur nützt auch das nicht mehr viel, denn nun sind sie alle miteinander betrübt und jedes auf seine Weise vereinsamt.

7

Herr Arwin von Travo sitzt in seinem Bureau. Er besitzt die grösste Druckerei der Stadt. Hier kommen das Tagblatt heraus, Kalender und auch viele religiöse und wissenschaftliche Bücher. Herr von Travo ist eine sehr angesehene Persönlichkeit im Städtchen. Er ist gross und schlank und trägt einen schwarzen Spitzbart. Er weiss über viele Dinge Bescheid, und man kann ihn gut um Rat fragen. Er hat auch Prinzipien, die er dann und wann äussert. Sie heissen etwa: rasch, genau und freundlich. Aber über das hinaus erfährt man wenig über ihn. Man sieht ihn oft abends in seinem schwarzen Havelock einsam in der Dämmerung spazieren. An der Uhrkette trägt er einen Schmuck aus Amethyst, und am kleinen Finger einen schwarzen Siegelring mit goldener Gravierung. Das ist das Wappen der von Travos. Meist trägt er graue Wildlederhandschuhe, und wenn man ihm begegnet, weiss man sofort, dass das ein vornehmer Herr ist. Dann wieder fährt er in einer Kutsche an den Bahnhof, man sieht ihn verreisen, und die Leute sagen, er habe etwas zu tun an Konferenzen. Auch über seine Familie weiss man nichts. Über seine Frau wusste man einzig, dass sie eine Fremdländische war, die Schwester krank, ein Bruder gestorben und das Kind angenommen. Mehr erfuhr niemand. Man wusste nicht, war er glücklich oder war er unglücklich. Den meisten kam er gerecht vor und den Landleuten insonderheit schön; wenn sie mit ihm sprachen, hatte er fast ein Lächeln. Er machte sie auch auf kleine Nachteile aufmerksam, die sich etwa in der Satzwendung ihrer Inserate ergaben. Die Bauern sagten von ihm: «Er ist halt ein Studierter.» Manchmal sah man ihn auch am Mittag in seinem schwarzen Havelock über einen Hügel schreiten, etwa über das Gsteig, mit den Händen auf dem Rücken. Wem er begegnet, den grüsst er lautlos und korrekt. Wenn Schnauz zu weit über die Felder springt, so steht Herr von Travo still, pfeift und wartet, bis der Hund wieder zurück ist. Das ist alles, was man von ihm erfährt.

Anna sagt, er sei kränklich, und sie glaube, der Herr habe es auf der Brust.

Vom Bureau sieht man auf den Marktplatz mit dem achteckigen Brunnen. An den Markttagen kommen die Landleute und stellen hier ihre Holzstände auf. Sie verkaufen in der Stadt Blusen und Kittel, Strümpfe und Honig. Hinter die Burg der Holzstände stellen sie die Rosse und die Leiterwägelchen, und mancher nur seine Kuh. Dann breiten sie Heu vor ihren Tieren aus und hängen den Pferden den Hafersack unters Maul. Vom Verkaufsstand geht da und dort einer hin und steckt dem Pferd schnell eine Brotkruste zwischen die gelben Zähne. Ein anderer deckt vorsorglich seine Kuh. Es riecht wunderbar auf dem Markt, nach gestärktem Bauerntuch, nach Heu und nach Quitten. Am Kachelimärit stellen sie noch blaues Geschirr auf mit Edelweisszeichnung. Am Holzpfahl einer Bude hängen grosse, farbige Bilder von Tell, vom Trompeter von Säckingen, vom Heiland oder auch von einem Kaiser. Die Leute wissen zwar nicht, wer dieser Kaiser ist, aber es ist auch nicht nötig; dann und wann kauft ihn doch einer und hängt ihn in der Wohnstube über der Truhe auf.

An den Markttagen ist Anna immer aufgeregt. Sie muss hinter die Buden gehen und ein wenig am Heu riechen. Sie streichelt auch die Kühe, und dann muss sie laut lachen. Mit den Burschen kann sie schäkern. «Das ist aber ein schönes Kühli», sagt sie wohlwollend. Ans Heiraten braucht sie jetzt indessen nicht mehr zu denken. Seit die Frau gestorben ist, hat sie gesehen, dass es auch nicht viel nützt, zu heiraten. Man muss doch weg, und zu was erst anfangen mit Mann und Kind, bloss um sie wieder zu verlassen. Anna hat definitiv beschlossen, ledig zu bleiben. Auch Herr von Travo geht gern über den Marktplatz, er findet, er gehöre hierher zu diesen Leuten und sei ein wenig ihr Vater, ihr Berater, denn er kennt sie fast alle persönlich. Wenn Anna ihren Brotherrn auf dem Markte trifft, kommt er ihr vor wie ein Bauernbursche, zu dem man reden kann, wie man will. Sie vergisst, dass er ein feiner Herr ist, mit einem schwarzen Havelock und einem Spazierstock mit einem silbernen Knopf. Plötzlich bricht sie in Lachen aus. «Seht einmal, Herr von Travo, da sind noch schönere Helgen als in Eurem Laden.» Aber zu Hause redet sie ihn nie an. Wenn er die Treppe heraufkommt, so verschwindet sie ohne Gruss in der Küche.

Auch das weisse Postpferd mit dem gelben Wagen hinter sich kommt auf den Marktplatz. Es kommt von der unteren Stadt herauf, vom Bahnhof, und dann durch die breite, gewundene Strasse, die unter dem Viadukt durchgeht, hinauf in die obere Stadt. Über der letzten Kurve auf der Anhöhe steht hoch, mager und protestantisch die Kirche. Unter ihrem Schieferhut trägt sie das Zifferblatt wie ein einziges Auge mitten in der Stirn und schaut nach vier Seiten: nach dem Schloss, nach dem Bahnhof, nach der Hochschule und nach dem offenen Land. Und diese vier Dinge sucht sie immer wieder miteinander in Einklang zu bringen, die Ankommenden, die Sesshaften, die Kultur und das Vaterland. Das ist ihre Aufgabe, und zwischenhinein muss, wie sonst auch, jeder seinen Weg selber finden, wie er ihn am besten gehen kann.

Die Post bringt immer viele Pakete für Herrn von Travo, und Kneuberger muss sie in die hinteren Räume schaffen. Da kommen Zeitungen, Mandate und Anweisungen, und Anna sagt: «Da geht viel Geld ein.»

Zu anderen Zeiten gehört der Marktplatz allein den Schulkindern, das ist an den Festtagen und hauptsächlich an der Solennität, diesem einzigen Fest. Wenn der Zug in die Stadt einzieht, öffnen sich alle Fenster, und wer nur irgendwie kann, hängt heraus und schaut um die Ecke. Voran ein Musikkorps mit roten Federbüschen auf dem Kopf. Mit aufgeblasenen Wangen und im Takt schieben die Männer ihre Trompetenläufe hinein und heraus. Dann folgt eine Schulklasse, und wieder Musik. Lehrer, Kinder, Fahnen und Schleifen und flatternde gewellte Haare. Nach den Trommlern kommen die Pfeifer im mittelalterlichen schwarzen und weissen Kostüm, und in der Mitte der Tell mit dem jungen Schweizerknaben an der Hand, auf den er von Zeit zu Zeit einen besorgten Blick wirft, ob er auch den eidgenössischen Takt nicht verliert mitten in allem Radau. Die Kleinen tragen Girlanden aus Efeu und Tannenzweigen quer über

die Brust, und die Knaben halten Fähnlein in der Hand. Dann folgen die grossen Schüler. Der Turnlehrer im schwarzen Bart und Frack trägt in weissen Handschuhen mit dem schönsten Mädchen zusammen einen Blumenbogen mit Schleifen und beginnt so das Muster für die Schlangenlinie des Umzugs. Rechts und links fliegen Bänder und Rockschösse. Und nun geht das in endlosem Reigen durch alle Gassen und Gässlein, bis man endlich auf der brütenden Festwiese, noch einmal erhöht und bejubelt, landet. Immer wieder ist es der Turnlehrer mit Bart und fliegenden Rockschössen, der vor jedem Fenster erscheint, und alle die schönen Mädchen hinter ihm zu zwein, bis jeder sie gesehen und noch einmal erlebt hat. Und es können Menschen achtzig werden und es noch einmal sehn mit der gleichen Begeisterung. Denn was wäre ein Fest ohne die Blumenbogen, den Turnlehrer, der diesen wunderbaren Reigen beginnt, und die schönen Mädchen! Ja, selbst wenn man die Augen schliesst, wandelt immer noch der Blumenzug durch die Pupillen. Und wer weiss, ob er nicht noch in der Mitte der Augen steht, selbst wenn man das finstere Tal der Erde in der ganzen Schlangenlinie durchschritten. Vielleicht bleibt von allem nur noch die Freude übrig, gelebt zu haben.
Aber da fuhr auch der Totenwagen vorbei an dem Brunnen, zwar in entgegengesetzter Richtung, als er von der Wohnung kommend den Marktplatz überquerte. Und auch hier waren Blumen und ein langer, langer Zug und zuvorderst im Zuge die junge Frau von Travo mit dem Kind. Aber da sandte ihnen die Kirche den Segen nach mit furchtbaren und schweren Glockenschlägen, die immer wieder das Herz trafen und nicht aufhören konnten bis zum Friedhof. Und dort fingen die Glocken von neuem wieder an. Aber nun wurden sie angeführt von einem ganz hellen Totenglöcklein, das seinen Weg durch die Gräber nahm. Und immer wieder kam es, rief und stiess noch mehr Leute durch die enge Friedhoftür. Noch ein Feld weiter, noch eine Reihe. Komm, denn diese Gräber sind schon besetzt...
Herr von Travo kam das Leben unwirklich vor. Lebte man eigentlich? War man tatsächlich in persona anwesend? Er

schaute auf den Marktplatz hinaus. Was war die Person? War das, was man Körper nannte, vielleicht nur ein Abgesandter, der für uns Umschau hielt? Weniger als das: ein Gefäss, ein Futteral, in dem man steckte? Ein Golem, dem man Befehle gab? «Liebe!» sagte man zu ihm, und der Golem tat es, er tat es ungeschickt, ach, so linkisch und so unzureichend, und nicht so, wie man es meinte! Und was war das, was er liebte? Das war die letzte Frage. Und zuletzt warf man alles weg, denn wenn man es anrührte, war es Staub, Asche, was es von jeher gewesen, und sonst nichts! Und das andere, das befahl, sprach und lachte im Menschen, erlitt überhaupt keinen Tod und keine Geburt. Es war da, aber nicht nach dem bekannten Gesetz der Welt. Plötzlich sah Herr von Travo das Kind Michaela vor sich. Es stand am Fenster und drückte seinen Mund an die Scheiben, um etwas zu sagen. Er hörte es zwar nicht, aber es sagte «Papa» zu ihm. Er sah es an der Bewegung seiner Lippen.

Herr von Travo hatte viele verborgene Gedanken in sich, von denen er aber zu niemand sprach. Und am wenigsten zu seiner Schwester. Katarina von Travo sagte: «Ich glaube an Gott und nicht an Götter.» Zudem war sie klug, und ein Entschluss blieb für sie ein Entschluss, diesen konnte sie auch den andern unmissverständlich klarmachen. Sie glaubte an die Menschen und wollte ihnen helfen. Im schwächlichen Körper regierte um so mehr die starke Seele. Wie hatte sie zu Hause den Brüdern geholfen, und sogar der Mutter. «Tue das, und es wird richtig sein», sagte sie, «tue es bitte.» Aber als die Mama kam, sah sie sofort die Lücke. Tatana gab sich aus, und der andere tat das Gegenteil von dem, was sie wünschte, weil es ihm zu bitter erschien. Da stand nun die Mama in dieser Lücke und füllte sie aus, indem sie für Tatana sorgte, ohne dass sie darum bat. Sie liebte Tatana und wollte nichts dafür. Aber es waren nicht alle Menschen so. Er zum Beispiel brauchte Entgegenkommen. Aber, mein Gott, wie eigenartig war der Mensch! Er sehnte sich nach Entgegenkommen, und war es da, so lehnte er es ab. So war es ihm ergangen, dem Bruder und der Mutter. Silla dagegen, seine Frau, war absichtslos. Weder wollte sie jemand beeinflussen, noch von jemand beeinflusst werden. Und gerade deshalb war sie so unvergesslich, weil sie so unfassbar war. Er hätte nicht einmal sagen können, ob sie ihn wirklich geliebt hatte oder nicht...

Nein, es gab kein Gutes und kein Böses. Herr von Travo fühlte, dass es etwas weit Höheres und Richtigeres gab als diese beiden alltäglichen Begriffe. Zwar hatte er es noch nicht herausgefunden, was es war, aber er suchte darnach. Vorderhand nannte er das Gott, gleich wie eine verhüllte Gestalt, weil die Menschen auch den Dingen, die sie zwar als reell fühlen und doch nicht kennen, immerhin einen Namen geben müssen. Deshalb auch waren sie auf den Gedanken gekommen, alles, was ihnen in der Welt und den Menschen als gut und sympathisch vorkam, Gott zu nennen, das übrige aber, das Unverstandene und weniger Sympathische nannten sie im Gesamten Teufel. Es war folgerichtig, und trotzdem stimmte es nicht. Denn das Sympathische und das Unsympathische waren eben doch im Grunde genommen nur das Unbekannte eine. Ein Zwei gab es ja nicht. Tatsächlich, die ewigen Geschichten mit dem Teufel mussten einmal überwunden werden, dann war plötzlich alles gut. Aber unterdessen züchteten die Menschen noch neue Teufel.

Das Kind ist allein. Es ist nun schon acht Jahre alt und ein tüchtiges Mädchen. Am Abend gehen der Papa und Tatana immer noch aus. Im Sommer spazieren sie aufs Grab. Man sagt: «Michaela, mach deine Aufgaben und gehe punkt halb neun ins Bett.» Auch Anna geht aus, mit dem Korb am Arm, darin hat sie eine Ärmelschürze und eine Fegbürste. Alle Abende geht sie hinauf ins Bureau, um es zu reinigen. Sie putzt die Vitrinen mit den Zeitungen und den Büchern, und regelmässig trifft sie auch Kneuberger dort. Der weiss immer etwas. Diese Abende sind für Anna die reinsten Salonvorstellungen. Es ist etwas Wunderbares darum, einen Menschen belehren zu können. Was Kneuberger nicht schon alles in Annas Kopf hineingestopft hat von Liebesgeschichten, Politik, Witzen, Rätseln! Im wahren Sinn des Wortes ist sie von ihm befruchtet. Und Anna schimpft mit Kneuberger über die Franzosen, dann über die Engländer und die

Deutschen, und dann noch über die Italiener. Sie schimpft über jeden, den sie nicht kennt. «Söttig Säuhünd! Die sollte man alle aufhängen.» Nur die Liebe ist ihr seit dem Tode der Frau uninteressant geworden.

Das Kind ist im Salon. Das ist immer noch ein Ort geheimer Anziehung. Auch lässt man den Schlüssel jetzt stecken, und sogar das Schränkchen steht offen. Immer noch liebt das Kind die beiden russischen Pokale. Mit dem Stäbchen schlägt es daran, langsam und zart, zuerst an einen Pokal, dann von einem zum andern, schliesslich noch an ein Glas und an ein Silberschälchen. Das gibt einen Klang, beinahe wie damals von den Sternen im Garten. Wahrscheinlich besteht jeder Stern aus einem andern Metall, und deshalb klingen sie verschieden. Der eine ist aus Gold, der andere aus Silber, aus Stahl, aus Kristall. Das Kind erfindet solche Sachen und glaubt sie augenblicklich. Unter diesen Klängen kann man sich auch Trommeln vorstellen, Pauken, ferner Gesänge und sonst noch ganz unbekannte Instrumente, die alle zueinander passen. Vielleicht tönt auch Holz. Das Klavier dagegen ist langweilig, denn es hat immer nur ein und denselben Ton. Aber die Metallschälchen haben viele Töne.
Das Kind wickelt sich in den grünen Samtvorhang. Unten auf der Strasse geht mit langen Schritten Herr Wohlgemut spazieren. Das ist ein stattlicher Mann, der viel weiss und den ganzen Tag redet. Er besitzt eine Villa und ein Kaufhaus. Manchmal wird er auch zornig und nimmt kleine Buben auf offener Strasse an den Ohren. Er besitzt viel Autorität, und da weinen die Kinder. Hernach macht Herr Wohlgemut einen Spass daraus, und dann sind die Eltern wieder zufrieden. Auch zu Michaela Tanner hat er gesagt: «Dich möchte ich einmal gründlich durchklopfen.» Dies aber hat dem Kind keinen Spass gemacht, und es denkt: ‹Dies fehlte mir noch zum Glück, dass mich auch fremde Leute durchklopfen. Tatana hat schliesslich ein Recht dazu, aber Herr Wohlgemut nicht.› Wie er nun so stolz da draussen umherspaziert, da kommt dem Kind etwas in den Sinn. In der Küche holt es Brot, dreht die Krume zu einer Kugel und

wirft sie Herrn Wohlgemut durch das offene Fenster gerade ins Gesicht. Hernach versteckt es sich eilig im Samtvorhang. Herr Wohlgemut, unten auf der Strasse, weiss nicht, was ihm geschieht, aber er ist überzeugt davon, dass etwas mit Absicht geschieht. Er wendet sich um, aber er sieht Michaela Tanner nicht. Eine zweite Brotkugel trifft ihn genau auf die Nase. ‹Da hast du's›, denkt das Kind entrüstet, ‹ich will dir helfen, andere Leute zu bestrafen.› Nun aber hat auch Herr Wohlgemut die Situation erfasst, und sofort wendet er seine Füsse gegen die Haustüre, die dorthin führt, wo Michaela Tanner wohnt. Und nun beginnt der Kampf des Lebens. Das tatest du für mich, und das tue ich für dich.

Das Kind bleibt im Salon, und Herr Wohlgemut steigt die Treppen herauf. Er ist schwer und gross, und man hört, wie er mit der Hand nachrutscht am Geländer. Rasch hat das Kind den Schlüssel von aussen abgenommen und schliesst von innen ab. Den Schlüssel nimmt es in die Tasche. Weil in der Salontür ein gewelltes Glasfenster ist, legt es sich innen rasch vor die Tür auf den Boden, und man sieht keinen Schatten mehr im Zimmer, und auch keine Bewegung. Nach wie vor steht das Fenster offen. Herr Wohlgemut öffnet die Appartementtüre und ruft laut: «Komm heraus, Michaela!» Dann geht er ins Wohnzimmer. Steif und gerade stehn alle Möbel da, nirgends liegt eine Zeitung umher. Das Zimmer sieht aus wie ein Sarg. Er geht in die Küche: nichts. Still, abgewaschen und aufgeräumt. Er geht in den Abort: eine weisse, leere Porzellanschüssel und ein Besen hinter der Türe. Er ist im Schlafzimmer. Das Kind hört, wie er sich auf die Knie herunterlässt. Er schaut unter den Betten nach. Kein Ton, kein Schnauf. Dann ist er im Zimmer, wo Tatana mit dem Kinde schläft. Ebenfalls nichts. Er hebt die Decke weg und schreit nochmals: «Komm sofort hervor, Michaela!» Nach einer Weile langsamer und ungern: «Ich tue dir nichts.» Die Schritte sind vor der Salontür. Hier ist einzig und allein abgeschlossen. «Mach auf», sagt er und rüttelt am Schloss. Das Kind atmet mit offenem Munde, damit es leiser tönt. Er rüttelt immer und immer wieder. «Du bist da drin, kleine Kröte!» Kein Schatten im Zimmer, so sehr er durchs

Glasfenster späht. Nichts, nicht einmal ein Luftzug. Er schaut durchs Schlüsselloch. Alles leer, kein Schlüssel da. Er schnauft laut wie ein Blasebalg. Er stiefelt die Treppen hinauf, eine Etage und zwei. Ohne Echo tönt seine Stimme auf dem Estrich: «Michaela!» Die Kammern sind verschlossen. Vielleicht ist es beim Dienstmädchen. Er schaut auch hier durchs Schlüsselloch. Nichts, alles leer. «Verdammt!» Dann kommt er wieder herunter, öffnet noch einen Schrank im Hausflur. Leintücher sind darin und eine grosse, zusammengelegte gelbe Steppdecke. Er konstatiert, dass sie vom Konkurrenzgeschäft stammt. Es ist zum Teufel Holen! Das Kind muss doch da sein! Wie weggewischt, weggefegt! Schwer stapft er mit seinem Gewicht die Treppen wieder hinunter. Dann brüllt er noch einmal: «Michaela!» Die Tür fällt ins Schloss.

Leise erhebt sich das Kind. Vorsichtig und langsam dreht es den Schlüssel. Mein Gott, es ist neun Uhr! Anna könnte da sein, Papa und Tatana! Leise schleicht es ins Schlafzimmer und liegt nach einer Minute im Bett, mit der Decke hoch über dem Kopf. Endlich ist es geborgen. Wer will sagen, dass es nicht geschlafen hat? Es glaubt es bald selbst, dass es immer im Bette war, denn so schnell kann sich kein Mensch ausziehen. Eigentlich müsste man zu dieser Geschichte sagen: «Du hattest recht, und damit Schluss!» Vielleicht noch das: «Tu es nicht wieder, so schön war es nicht!» Das ist das Ende. Das Kind versteckt sich im Bett, und es hofft, dass alles bei diesem Ende bleibt. Wie so ausserordentlich geschickt wäre es doch, wenn es so bleiben könnte! Anna kommt nach Hause, geht in die Küche und merkt nichts, als dass sie den Essschrank offen gelassen hat. ‹Das ist merkwürdig, wie man vergesslich sein kann›, denkt sie und erschrickt. Das Brot liegt am Platz. Sie macht den Schrank zu.

Plötzlich steht vor dem Kind der neue Tag. «Morgen», sagt es sich. «Morgen!» Nun kann es nicht mehr schlafen. Es weiss alles, und es kann es zum voraus beschreiben. Herr Wohlgemut kommt herüber. Er bringt die Brotkugeln mit sich, und wenn Michaela aus der Schule kommt, sagt Tatana: «Komm einmal her, Michaela. Kennst du diese Brotkugeln?»

Vielleicht wird es dann in eine Kammer auf den Estrich gesperrt, und Herr Wohlgemut kann es durchprügeln, soviel er will. Würde das etwas ausmachen? Nein! Dafür würde es ihm bei einer andern Gelegenheit einen Stein an den Kopf werfen. Aber Tatana würde es ansehen! So! Sie würde sagen: «Das also hast du getan? Du hast den Heiland getötet, Gott, die Engel, alles, alle, alle.» «Nein», sagt das Kind, «ich werde lügen. Von allem weiss ich null und nichts.» Es wirft sich in den Schlaf und in die Lüge dazu. «Nichts. Niemand ist gekommen. Nichts habe ich gehört. Nichts habe ich getan. Hilf mir, lieber Gott, dass ich gründlich genug lüge.» Wie Tatana und Papa heimkommen, schläft das Kind tatsächlich. Tatana sagt: «Es hat manchmal einen so sonderbaren Zug um den Mund, fast wie ein Erwachsener.»
Am Morgen erwacht das Kind früh und traurig wie vor einer Hinrichtung. Nun ist der Tag da, wo man standhaft lügen muss. Still isst es sein Frühstück, und still geht es zur Schule. Es geht zuvor noch auf die kleine Holzlaube und küsst die Puppe. Langsam schlägt sie die Augen auf und sieht ganz blau in des Kindes Augen. «Olga», sagt es, «ich muss lügen.» Es tritt seinen Gang in die Schule an wie ein gebrochener Mann. ‹Vielleicht könnte noch etwas Gutes geschehen›, denkt es.
Am Mittag kommt es still und gemessen aus der Schule. Es ist alles genau so wie vorausberechnet, wie aus der Vogelschau. Tatana sitzt am Fenster und strickt. «Komm einmal her, Michaela», sagt sie. Dann nimmt sie einen Brief vom Tisch mit einer grossen, weitläufigen Handschrift und langen Unterschleifen. Tatana liest: «Ihr Adoptivkind hat...» Darauf legt sie fünf Brotkugeln auf den Tisch. Sie sind schwarz wie Flintenkugeln. «Kennst Du diese Brotkugeln?» sagt Tatana. «Nein», antwortet das Kind, standhaft wie bei einem Gelübde.
«Rufe Anna herein!»
Anna muss das Brot bringen, und man untersucht, ob die Kugeln zum angeschnittenen Laib passen. Anna sagt: «Wir haben kein Schwarzbrot im Hause, es ist nicht von unserm Kind.» Das Kind muss auf den Stockzähnen lachen, aber nur

wegen dem Witz, dass sie tatsächlich glauben können, Brotkugeln blieben in Kinderhänden schneeweiss. Sonst ist da nichts zum Lachen. Ein Adoptivkind ist nicht ein gewöhnliches Kind. Ein gewöhnliches Kind könnte einer Tante um den Hals fallen und sagen: «Er hat mich verprügeln wollen.» Aber ein Adoptivkind kann das nicht tun. Ein Adoptivkind ist ein Ehrenkind. Das bringt keine Schande. Ein gewöhnliches Kind kann manchmal eine Schande bringen, und da müssen die Eltern dann doch lachen, weil es eben das eigene ist. «Dann bestehst du also darauf, dass du mit der Sache nichts zu tun hast?» sagt Tatana nicht unfreundlich. Langsam hebt das Kind seine Augen auf wie die Puppe Olga. «Nein», sagt es klar und feierlich. «Um so besser», sagt Tatana. Des Kindes Blick fällt in eine Ecke, und es schaut nicht wieder auf. «Man darf nicht weinen», sagt es zu sich selber. «Weinen ist eine Annehmlichkeit, die man sich selber leistet. In gutmütigen Fällen kann man sie anwenden, aber nie im Ernstfall. Wenn die Mama stirbt, darf man nicht weinen, denn die Toten kommen nicht mehr zurück, und es nützt nichts. Und wenn man lügt, dann darf man erst recht nicht weinen. Dann muss man standhaft sein.»

Das Kind ist nicht mehr froh. Still geht es in die Schule, still kommt es zurück, denn alles bleibt auf Pikett gestellt. Schweigend zieht es die Puppe Olga an und aus. Sie reden jetzt nicht mehr viel miteinander, sondern nur noch wie zwei Freunde, die im Gefängnis dasselbe Unglück teilen. Manchmal legt das Kind die Porzellanhände der Puppe um seinen Hals und vergräbt sein Gesicht in ihren Kleidern, wie es das bei Mama getan hat. Es riecht irgendwie nach Leder und Seife. Ein grosser Trost ist es nicht. Die Mama hatte einen Geruch wie eine blühende Wiese, vielleicht auch wie ein Lindenbaum. Schweigend ordnet es am Morgen die Locken der Puppe unter dem goldenen Kamm. Mit bläulich schimmernden Lidern schläft die Puppe Olga in ihrem Bett wie ein totes Kind. Überall hängt der Verdacht wie Nebel in den Blüten. Zu ganz ungewohnter Zeit sagt jemand: «Wie war das mit den Brotkugeln von Herrn Wohlgemut?» Es wäre besser, man wäre tot. Nur Anna glaubt nicht daran, weil es nicht dasselbe Brot war. Und der Hund Schnauz bellt unter der Haustür: «Was geht denn eigentlich hier vor? Wo führt das zuletzt alles hin?»

8

Das Kind ist eingesperrt in einem Grenzgebiet. Vor ihm und neben ihm gehen Türen zu. Niemand kann sie mehr von aussen öffnen. Es bestände nur eine ausserordentlich schmale Möglichkeit, etwa wie eine Türspalte. Aber durch die Türspalte könnte nur die vorurteilslose und gute warme Sonne hineindringen. Alles andere hat nicht mehr Platz in der Türspalte. Vor dem Kinde sitzt die Puppe Olga, und die Puppe Olga bedeutet Gott. Sie ist eine Göttin und eine liebe gütige Göttin, die das Leben versteht. Die Puppe Olga würde einen Dieb verstehen, einen Mörder und auch ein hilfloses Kind. Die Puppe Olga trachtet zwar nicht darnach, jemanden zu verstehen, aber sie ist da und lächelt, und siehe: es lösen sich auch die schwersten Riegel.

Das Kind möchte vorwärtsgehn und gut und brav sein ohne alle Lüge, und dann würde sich die Vergangenheit von selber ordnen. Nach ein paar Jahren würde es sagen: «Ach, wie war ich erschrocken, als Herr Wohlgemut die Treppe heraufkam...» Aber nun besitzt es noch nicht die Erfahrung der Erwachsenen, so dass es sich mit ihnen über diesen Fall verständigen kann, ohne Anklage und in einem Ton, der von selber alles gut macht. Andererseits können auch die Erwachsenen nicht werden wie die Kinder. Sie wissen zuviel, und überdies meinen sie, sie hätten alle ihre Erfahrungen von jeher gewusst. Nie wären sie geboren worden als ein Kind, das ganz von vorne anfängt. Es gibt Erwachsene, die würden sogar behaupten, sie hätten mit sechs Jahren gewusst, dass Amerika von Columbus entdeckt worden sei oder dass aus einer Raupe ein Schmetterling entsteht.

Sie meinen, solche Kenntnisse hätten sie mit auf die Welt gebracht. Wenn aber ein Mensch von fünfzig Jahren derart schlagrührende Erkenntnisse rein aus seinem Innern hervorbringen könnte, so wäre er schon lange ein Weltwunder. Vielleicht haben Erwachsene das mit sechs Jahren von jemand erzählen hören. Und dann ist es etwas ganz anderes.

Die Geschichte von Herrn Wohlgemut hingegen kann das Kind von niemand erzählen hören, weder mit sechs noch mit fünfzig Jahren. Und darum muss es sie selber suchen.
Ein paar Angehörige der Familie haben gesagt, es sei besser, man schicke das Kind in die Kirche. Es sei nun gross genug, und da könne es doch die Wahrheit Gottes kennenlernen, die den Menschen Wegweiser ist in allen Nöten. Herr Wohlgemut bleibt immer noch das Familiengespräch, und man zieht den Fall in Erwägung wie eine politische Lage. «Wenn das Kind dies nun getan hätte», sagen die einen, «wäre es entsetzlich.» Die andern meinen: «Nein, so etwas Entsetzliches tut kein Kind.» Man ist in der Familie dafür und dawider. Und im allgemeinen bleibt es ein grosses Rätsel. Herr von Travo denkt, so etwas könnte jedes Schulkind fertigbringen, es hätte ihm selber auch passieren können. Aber er hat den Kopf voll von Plänen und andern Gedanken, und er achtet sehr selten auf das, was die Leute sagen. Zum Kind bleibt er nach wie vor harmlos und gütig.
In der Kirche singt man das Lob des Herrn, und Anna blättert im Gesangbuch, da fällt irgendwo ein getrocknetes vierblättriges Kleeblatt heraus. Das Kind kriecht unter die Bank und hebt es auf. Anna weiss nicht mehr, wann dieses Glückszeichen in ihr Gesangbuch gekommen ist. Sie weiss nicht, ob sie es einst selber gefunden hat in der allgemeinen Wiese, oder ob es ihr jemand geschenkt hat. Auf jeden Fall wäre es eine Sünde, ein vierblättriges Kleeblatt liegenzulassen. Dazu ist es nun da, und vielleicht gehört das Glück eben doch ins Gesangbuch. Anna und das Kind singen zusammen vom selben Blatt. Das Kind muss lachen, wenn Anna singt. Sie kann es nicht recht, und sie singt ungefähr wie ein Vogel, etwas undeutlich im Text und nicht ganz sicher in der Musik.
Das Kind lacht. «Sing au!» sagt Anna. Aber das Kind sieht unaufhörlich auf Annas Lippen, und dann sagt es: «Gelt, Anna, das ist lustig, so zu singen!» Nun taucht des Pfarrers Kopf über der Kanzelbrüstung hervor. Es folgt sein Körer und dann seine Hände. Unter dem Kinn zwei weisse Bäffchen. Er öffnet ein Buch und blättert darin. Er schliesst es

wieder und nimmt ein anderes Buch, und dann wird der Text verlesen. Der Text ist interessant, und man weiss zum voraus, dass es nicht lange dauert. Dann ergreift der Pfarrer die Zügel der Gemüter seiner Zuhörer, und man fährt davon wie in einem Wagen durch die verschiedenen Gassen und Gässlein des Herzens. Teils geht es bergauf mit der Predigt, und teils geht es bergab. Hier steigt einer für eine Zeitlang in den Gedanken ein, dann steigt er wieder aus und setzt sich zur Ruhe. Man fährt herum in himmlischen Gefilden von Demut und Sanftmut, und plötzlich erkennt man wieder die Merkwürdigkeiten dieser und jener Familie. Das Kind trägt ein weisses Kleid mit schwarzen Schleifen auf den Achseln. Neben ihm sitzt eine Frau mit einem Capothut und einem Busch von schwarzem glänzendem Hafer aus Jett, der bei jedem Atemzug zittert. Auf der anderen Seite sitzen Herren mit gestreiften Hosen, übergeschlagenen Beinen und schwarzen Fräcken. Die Hüte behalten sie in den Händen. Der Papa und Tatana sind nicht da, denn sie vertragen die Länge der Predigt nicht gut. Es wird ihnen buchstäblich übel davon. Anna schaut mit offenem Munde zum Pfarrer auf, denn das hat sie so gelernt.

«Ist denn das Gesetz mächtig oder die Sünde, und was sollen wir hierzu sagen?» Das Kind weiss es nicht. Aber es findet es furchtbar langweilig. Weil aber die Schleifen auf den Achseln immerfort die Ohren kitzeln, so zerrt es sie herunter; damit geht das Kleidchen auf, und plötzlich sitzt das ganze Kind da im Unterröckchen. Die Frau mit dem Jetthafer sieht das Kind durch ihre Brille an, und Anna bindet die Schleifen wieder zu. Vielleicht ist sie ein wenig böse, aber die Lippen lächeln. «Anna», flüstert das Kind, «wenn ich gross bin, gründe ich eine neue Kirche, denn das ist alles nur etwas Dummes.» Anna runzelt die Stirn. Plötzlich sagt sie: «He, los doch noch ein wenig, es ist ja bald fertig.» Aber der Pfarrer ist nun im besten Zug, und er fährt mit seiner Predigt fort wie in einem Wagen und nimmt gewissenhaft auch die kleinsten Ränklein, die je in der Seele vorkommen können. «Wenn nun aber ...», sagt er, und das Kind weiss, dass es nun lange dauert. Vielleicht hört die Predigt überhaupt den ganzen Tag nicht mehr auf. Aber wegen Anna sitzt es nun still, und es denkt, Anna sei doch eigentlich sehr lieb. Plötzlich legt es seine Hand in Annas Hand. Die ist innen ganz rauh wie eine Nussschale. Anna fühlt, wie in ihren Händen etwas verborgen liegt, weich und klein wie ein Vögelchen in seinem Nest. So eine Kinderhand. Wie die Predigt fertig ist, sagt das Kind: «Anna, haben Sie es gehört, wenn ich gross bin, baue ich eine neue Kirche.»

Die Orgel spielt hoch oben wie bei den Engeln, und dann wieder tief unten wie in der Hölle, aber es ist beides gleich schön. Vielleicht ist es in der Hölle noch etwas trauriger als bei den Engeln, die immerzu jubilieren können. Die Töne der Orgel zittern im Holz der Kirchenbänke. Sie zittern in den Händen, in den Kleidern, sogar in den Zähnen und überall. Sie durchströmen das ganze Herz. Das Kind denkt: ‹Der Ton ist in mir.› Und mitten in diesen Ton baut es nun in seinem Kopf die neue Kirche auf. Und da geht es nun plötzlich ganz leicht, weil alle schweigen. Und die neue Kirche weitet sich aus, sie wird breit und nicht mehr so hoch und so eng und so spitz und giftig, nun wird sie schön und gross und hat viele, viele Türen und Fenster, und es kommen alle Leute hinein, Tausende und Tausende ... Im Herzen des Kindes, da wo der Ton wohnt, repetiert jemand die Worte wie Aufzeichnungen.

Viele Türen, viele Fenster, sagt die Stimme. In der Mitte eine breite, grosse Treppe mit vielen Stufen.

«Vielen Stufen.»

Ein roter Teppich darauf und wunderbar schön.

«Wunderbar schön.»

Dann oben, in der Mitte, ist der Altar.

«Der Altar.»

Und die Leute gehen die Treppe hinauf, viele, viele nacheinander, und dort verneigen sie sich vor etwas. Vielleicht küssen sie es auch.

«Küssen es auch.»

Genau so, wie das Kind die Puppe Olga. Zu beiden Seiten der Treppe steigen die Leute wieder herunter, langsam und glücklich.

«Langsam und glücklich.»
Und es ist alles viel, viel schöner als an der Solennität, wo man auch rechts und links vom Taufstein steht und Geld bekommt und bei den Proben Schokolade. Oben in der Mitte steht die Orgel. Die Orgel mit den tausend Tönen. Und jemand spricht vor der Orgel, aber nur einen einzigen Satz und nicht mehr.
«Und nicht mehr.»
Aber dieser eine Satz ist schön, und alle verstehen ihn. Er heisst «Liebet alle einander». Die Damen sind weiss gekleidet und tragen Blumen, und die Männer tragen eine Uniform, wie man sie auf den Bildern sieht mit den Kaisern. Das ist grossartig, denn es ist ein Fest, und man sitzt nicht stundenlang da und langweilt sich in den Bänken. Es sind keine Frauen dabei mit schwarzem Jetthafer auf dem Hut, die einen scheel ansehen dürfen. Denn gerade das ist nun vorbei. Es gibt auch keine Männer mehr mit gestreiften Hosen in der Kirche. ‹Das passt nicht›, denkt das Kind, und weil es gerade ein wenig praktisch ist, so beschliesst es, die Kleider für die Leute selbst zu nähen für den Fall, dass es die Menschen nicht ganz verstehen. Und dann läuten die Glocken.
«Läuten die Glocken.»
Anna und das Kind gehen Hand in Hand aus der Kirche. «Gelt Anna», sagt das Kind, «in die neue Kirche stellen wir keine Pfarrer mehr hinein, und auch keine Frauen mit Capothüten und keine Männer mit gestreiften Hosen. Das ist alles miteinander nicht schön.» Anna zieht den Hut ein wenig ins Gesicht, denn der klebt immer zuoberst auf dem Kopf und ist mit einem schwarzen Gummiband unter dem aufgerollten Zopf befestigt. Die Leute stossen und drängen nach. «Das ist Travos Adoptivkind», sagt jemand, «die haben scheint's eine Affäre mit Wohlgemuts.» Vor dem Kirchenportal scheint die Sonne. Alles ist ganz weiss vor Licht. Man kann kaum hineinsehen. Die Blumen, die Bäume, die Häuser, alles steht in der Sonne wie neu geschaffen.
Zu Hause muss das Kind vor dem Mittagessen noch schnell die Kirche herstellen mit seinen Bausteinen. Es hat es gerade im Kopf. Auf den Fussboden stellt es eine Reihe von

Säulenklötzen nebeneinander, dann baut es sie kreisförmig auf bis zu den Fenstern. In der Mitte kommt die breite Treppe, und darauf legt es ein rotes Stöffchen, das es irgendwo gefunden hat. Es fehlt ihm nur noch blaue Seide für die Vorhänge. Da muss es zu Tatana gehen, denn irgendwo hat sie immer einen Vorrat von Stoffresten. Eigentlich sollte es zwar neu und schön sein. Aber Tatana sagt: «Decke du lieber den Tisch am Sonntag früher. Es geziemt dir etwas mehr Ernst.» Das Kind deckt den Tisch, aber die Kirche kann es jetzt nicht vollenden. Immer noch fehlt ihm der blaue Stoff. Und es vergisst ihn nicht durch Tage hindurch, nicht einmal nach Jahren. Es weiss ganz genau, wie das aussehen würde, diese zarte, weiche himmelblaue Seide ... Dann hat es die Lösung gefunden. Die Lösung in der Affäre Wohlgemut. Denn schliesslich ist es sehr unangenehm, immer einen Herrn Wohlgemut im Rücken zu haben. Einen Menschen, der einen sonst gar nichts angeht und nicht einmal verwandt ist. Es ist auch lächerlich und dumm, diese Brosamen, es verdirbt einem die ganze Freude. Ganz gewiss sündigen andere Leute noch viel mehr als bloss so. Und dann hat es eine Methode gefunden, diese blöde Geschichte aus der Welt zu schaffen. Wie das Kind eines Nachmittags aus der Schule kommt, sagt es zu Tatana: «Glaubst du, dass es Dinge geben kann, von denen man nicht weiss, wie sie geschehen?» Tatana nimmt den Zwicker von den Augen, den sie kürzlich angefangen hat zu tragen. «Wie zum Beispiel?» sagt sie. «Zum Beispiel», sagt das Kind freudig, «meine Schulsachen könnten verlegt sein. Das Buch im Pult eines andern Mädchens, die Bleistifte auf dem Schrank und ein Heft im Papierkorb. Und wer hat das getan? Niemand, denn es war niemand in der Schule, ehe ich kam. So geschehen manchmal Dinge ohne unser Wissen!» Nun hat es eine Redeschlacht geschlagen wie ein Advokat, denn es ist doch ganz glaubwürdig, ebenso glaubwürdig wie die Brosamen, und damit verschwindet die ganze Affäre Wohlgemut im Hintergrund, denn nun muss Tatana unbedingt lachen.

«Wer hat deine Schulsachen verlegt?» sagt Tatana und setzt den Zwicker wieder auf. «Vielleicht ist es ein Engel ge-

wesen», sagt das Kind kleinlauter, denn natürlich war es ja selber dieser Engel. «Das sind Ungehörigkeiten», sagt Tatana, «und ich werde mich in der Schule darüber beschweren.»
Nun fällt der Stein senkrecht in des Kindes Herz und rollt bis zu seinen Füssen herunter und hält es am Platze fest, so dass es nicht mehr fortkann. Auch in seine Arme ist die Lähmung gefahren und ins Herz. Das Kind steht da, und es kann Tatana weder umarmen noch zu ihr sprechen. Denn wer würde das nun verstehen, und wer könnte es verstehen? Vor einer Viertelstunde noch ist es voll Jubel nach Hause gerast mit der Freudenbotschaft: Ich bin unschuldig! Und nun steht es da wie ein Mörder. ‹Weshalb habe ich es bloss getan, weshalb, weshalb?› schreit es in seinem Herzen. Man kann doch nicht Dinge verstecken, damit sie keiner findet. Es hat sie versteckt, und es hat sie gefunden, beides in einer Person.
Tatana nimmt ruhig die Strickarbeit auf. «Wo lag das Buch?»
«Im Pult der vorderen Reihe.»
Das Kind besinnt sich deutlich, denn natürlich lag es dort.
«So», sagt Tatana. «Wo lagen die Bleistifte?»
«Auf der Schrankecke», sagt mechanisch das Kind, und es zählt wahrheitsgetreu nach, wo es die Sachen hinversteckt hat.
«Wann gingst du in die Schule?» fragt weiter Tatana.
«Ein Viertel vor zwei», antwortet das Kind. Und es erinnert sich genau, dass die Kirchenuhr dreimal schlug.
«Wer war in der Klasse, ehe du kamst?»
«Niemand», sagt wehmütig das Kind.
Tatana legt die Arbeit in den Korb und holt Papier und Feder. Am Rand schreibt sie Zahlen hin: erstens, zweitens, drittens ...
Drüben im Zimmer sitzt Olga in einem braunen Samtkleidchen auf ihrem Stühlchen. Schweigend nimmt sie das Kind in die Arme. Die beiden Porzellanhändchen der Puppe fallen um seinen Hals. Das Kind hält die Puppe von sich weg und schaut ihr in die Augen. Immer hin und her wandern die Augen des Kindes zu denjenigen der Puppe. Aber nun hat es schwere, schwere Sorgen. Dann zieht es die Puppe aus, steckt

sie ins Nachthemd und legt sie zu Bett. «Schlafe, Olga», sagt es, «schlafe», und seine Stimme kommt ihm vor wie von weit her. Nach dem Nachtessen geht es selber still zu Bett und sagt sein Gebetchen auf. Tatana küsst das Kind auf beide Wangen und sagt zu ihm: «Sei gut . . .» Dann hört es, wie der Papa die Geschichte erfährt. «Es ist schon wieder etwas passiert mit dem Kind», sagt Tatana, «und es ist ebenso rätselhaft wie die Geschichte Wohlgemut.» «So so», antwortet der Papa und liest die Zeitung. Anna räumt das Zimmer auf und sagt: «Ja, das werden wieder so dumme Leute sein, die so etwas machen.» Das Kind rollt in den Schlaf. Ganz hoch von einem Berg herunter und immer weiter, immer weiter, es kann gar nicht mehr anhalten und nicht mehr aufstehn. Endlich fällt es da hinunter in ein Tal und bleibt liegen. Aber im Tal liegt das Grab der Mama und daneben sein eigenes Grab. Auf dem Grabstein steht das Wort «Ehre». Es steht gross und in Gold geschrieben. Am andern Tag ist der Brief beim Schuldirektor angelangt, und es wissen es bereits die Grossmutter, die Tante und Onkel Fritz.

9

Diesmal kommt die Sache vor das Schulgericht. Der Pfarrer, der zugleich Schuldirektor ist, hat sie in die Hand genommen. Es sind Briefe geschrieben worden, und auch Besuche hat man gemacht, hin und her, und man stellt die Frage: «Wie verhält sich dieses Kind sonst im allgemeinen?» Und man gibt zur Antwort: «So so, la la.» Herr von Travo sagt: «Es ist ein Kind wie andere, ich sehe nichts Besonderes an ihm.» Die Grossmutter sagt: «Man hat es halt verschüchtert, nun weiss es selber nicht mehr recht, was wahr ist.» Tatana sagt: «Immerhin sind das alles Tatsachen, und Tatsachen kann man doch nicht vergessen. Die Wahrheit muss ans Tageslicht kommen, denn ich will nicht, dass auf unserm Kind ein Flecken haften bleibt.» Im übrigen ist Tatana froh, sich an eine hohe Erziehungsinstanz anlehnen zu dürfen, denn sie kann unterscheiden, dass die Erziehung nicht etwas Einfaches ist, sondern etwas unerhört Schwieriges. Wie auch das Ergebnis ausfällt, sie möchte es unbedingt recht machen, denn der Fall scheint ihr seltsam. Man nimmt nun auch andere Kinder ins Verhör, und es stellt sich dabei heraus, dass ein Kind zehn Minuten vor zwei auf der Schultreppe stand, und auch ein anderes sein Rechnungsbuch nicht finden konnte. Ganz klar ist das freilich nicht, und am leichtesten wär' es, zu sagen: «Das Adoptivkind hat es getan.»
Das Kind wird zum Pfarrer beordert. Man bindet ihm eine neue Schleife ins Haar und zieht ihm eine saubere Schürze an, dazu ein helles Mäntelchen mit einem Trauerband am Arm. Tatana sagt: «Antworte genau auf das, Michaela, was du gefragt wirst, und nichts weiteres.» Dann gibt sie dem Kind einen Kuss, und durchs Fenster sieht sie ihm nach. Das Zimmer im Pfarrhaus ist mit hellem Holz getäfert, und in der Fensternische steht ein Efeustock, dessen Ranken bis zur Zimmerdecke hinaufklettern. Hier stehen keine Bronzekatzen auf dem Klavier und auch keine Photographien von schönen Damen, wie zu Hause, und noch weniger russische

Pokale. Alles im Pfarrhaus ist gerade, herb und sauber. In einer Ecke hängt ein grosses, dunkles Holzkreuz.
«Setz dich», sagt der Pfarrer zum eintretenden Kind. Dann nimmt er aus einer Schublade ein Papier und einen Bleistift und schaut mit verschränkten Armen vor sich hin. Er trägt Schuhe aus dickem, festem Leder, gut gewichst, und das Schnürband bindet er zweimal um den Knöchel. In diesem Zimmer riecht es nach Tabak.
Das Kind denkt: ‹Wenn du jetzt klug wärst, würde ich dir alles, alles erzählen.› Plötzlich kommt ihm Archajew in den Sinn. Wenn nun Archajew der Pfarrer wäre? Oder der Pfarrer Archajew...? Das wäre zu komisch! Archajew dürfte auf jeden Fall in die neue Kirche kommen, sogar mit gestreiften Hosen. Zu Archajew würde es sagen: «Nun hatte mir doch Herr Wohlgemut so gedroht, er würde mich durchprügeln.» Und Archajew würde sagen: «Was, das hat er getan? Das ist ja ganz ein entsetzlicher Mensch, das ist ja ein Tiger, das ist ja ein Haifisch, ich finde, das ist ja ein Menschenfresser!» Und da müsste das Kind so lachen! Und am nächsten Tage ginge es in den Laden zu Herrn Wohlgemut und würde ihm die Hand geben und sagen: «Herr Wohlgemut, es tut mir sehr leid, dass ich so unartig war zu Ihnen, ich will es nie wieder tun.» Archajew würde es bei der Hand nehmen und sagen: «Nun siehst du, nun ist ja alles schon gut.» Und er würde ein russisches Lied singen:

«Meine Brüder kommen,
Meine Brüder gehn.
O schurra, schurra, schurra,
Teufelchen geh fort...»

Wenn Archajew der Pfarrer wäre! Aber so ist nun hier die Situation gar nicht.
Der Pfarrer vereinigt alle zehn Fingerspitzen zu einem einzigen Punkt vor sich.
«Du behauptest also», sagt er, «die Bücher, Hefte, Bleistifte lagen nicht mehr in deinem Schulfach, als du das Klassenzimmer betratest.»
«Nein, Herr Pfarrer», sagt das Kind.

«Wo hast du also dann die Gegenstände gefunden?» Das Kind denkt genau nach und bestimmt richtig den Platz. Es wird doch nicht einfach lügen und sagen, es habe sie an anderen Orten gefunden, wenn es nicht wahr ist. Und es lügt wirklich nur das Notwendigste! Und es lügt im Grunde genommen nur deshalb, weil man es nicht das Richtige fragt.
«Zwischen diesem und jenem Buch», sagt es, «zwischen diesem und jenem Heft.»
Der Pfarrer schreibt die Antworten auf und vergleicht sie mit den Antworten an Fräulein Katarina von Travo. Diese stimmen genau. Es scheint, als ob das Kind Tatsachen erzähle. Im übrigen weiss es genau, wo es die Dinge hingelegt hat, denn es hat ein gutes Gedächtnis und irrt sich nie. Auch die Zeit stimmt und das Alibi. Ein Kind sagt aus, dass es Michaela Tanner auf der Strasse angetroffen habe, als es ein Viertel vor zwei in die Schule ging.
Wenn der Pfarrer nun fragen würde: «Aber wer hat denn die Gegenstände dorthin gelegt?» denkt das Kind, dann müsste es furchtbar lachen, und fast muss es lachen, dass der Pfarrer immer diese Frage überspringt. ‹Es ist merkwürdig›, denkt es, ‹dass die Grossen nie wissen, was die Hauptsache ist.› Dennoch ist die Lage sehr ernst, und es ist durchaus nicht zum Lachen, es ist viel eher zum Weinen. Der Pfarrer legt die Arme vor sich auf den Tisch.
«Und dennoch lügst du», sagt er. «Du bist ganz und gar verlogen, von A bis Z.»
Das Kind schaut gross und regungslos den Pfarrer an, seine Augen, seine Nase, seine Runzeln, seinen Mund und seinen schräg abfallenden Schnurrbart. Aber da ist alles zu. Die Sünde und das Gesetz. Der Pfarrer weiss, dass er alles weiss. Durch nichts in der Welt könnte man ihn überzeugen, dass er doch nicht alles weiss. ‹Ich kann es ihm doch nicht sagen›, denkt das Kind. ‹Ich kann ihm doch nicht in die Luft hinaus sagen, dass ich lüge. Er weiss ja gar nicht, dass ich lüge!› Langsam nimmt es seine Augen weg vom Gesicht des Pfarrers und schaut hinunter auf seine Hände.
‹Nur Olga weiss es›, denkt das Kind. ‹Olga allein weiss, dass ich lüge.›

«Geh nach Hause», sagt der Pfarrer. Gross öffnet er die Tür, und das kleine Kind spaziert hinaus.
«Wem soll ich es sagen, wem soll ich es sagen?» spricht das Kind andauernd vor sich hin, und im Galopp rennt es nach Hause, von Stein zu Stein wie über tausend Abgründe.
Das Schulgericht ist angesagt. Der Pfarrer, der zugleich Schuldirektor ist, schreibt: «In Anbetracht dieses ausserordentlich schweren Falles von Lüge und Verstocktheit Ihrer Adoptivtochter» – dies schreibt man aus Rücksicht für Herrn von Travo – «haben wir uns entschlossen, die Angelegenheit dem Schulgericht zu übergeben. Wir bedauern sehr...»
Auch Herr Wohlgemut bekommt einen Brief, und er fühlt sich geehrt und findet es am Platz, dass man solche kriminalistische Vergehen öffentlich bestraft. Es tut ihm leid, dass er zum Wohl des Kindes keine sympathischere Einstelllung nehmen kann. Seinen eigenen Fehler in diesem Stück übersieht er ja vollkommen, denn erstens darf man wohl zu einem Kinde noch sagen, was man will, und zweitens hat sein Gedächtnis solche Bagatellen überhaupt nie registriert. Verschiedene Eltern von Kindern bekommen ebenfalls Briefe, auch Lehrer und Lehrerinnen, sich an diesem wichtigen Tag einzufinden.
Die Grossmutter lässt das Kind zu sich kommen. Sie setzt es auf ihre Knie und sagt: «Sag es doch mir, mein Herzchen, sag es nur mir allein, und ich sage es niemand.» Wie beim Pfarrer schaut das Kind auch der Grossmutter ins Gesicht, in die Augen, auf die Stirn, auf den Mund.
‹Es nützt nichts›, denkt das Kind, ‹denn sie wird den andern sagen: Nur zu mir allein hat es Vertrauen. Und wie weh täte dies Tatana!› Es fühlt bereits, dass auch Tatana nicht überall das Vertrauen besitzt, das sie verdient. Man sagt zu ihr: «Unverheiratete Frauen verstehen überhaupt nicht, Kinder zu erziehen.» Und Tatana meint es doch gut, selbst dann, wenn sie nicht alles versteht. Lieber möchte es sterben als Tatana ausliefern. Langsam klettert es vom Schoss der Grossmutter herunter und sagt mit einer Stimme, die ganz sicher klingen soll: «Ich weiss nichts anderes, als was ich sage.»

Eine tiefe Betrübnis fällt in sein Herz wie von einem schweren Abschied. ‹Nun wird mich niemand mehr lieb haben›, denkt es. Auch alle andern locken und fragen, tausend kleine Hilfen strecken sich dem Kind entgegen, es überschaut sie und lehnt alle ab. Es widersteht allen, denn der einzige Mensch, der ein Anrecht daran hätte, die *Wahrheit* zu hören, ist Tatana. Auch Tatana sagt: «Sage die Wahrheit, Michaela, ich verspreche dir, ich strafe dich nicht.» ‹Ich weiss es›, denkt das Kind, ‹du würdest es nicht tun, aber du würdest mir niemals mehr *vertrauen*.› «Ich rede die Wahrheit», sagt es dumpf und still. So stehn sie beide einander hilflos gegenüber: ein Erwachsener und ein Kind.
Es ist Mittwoch und der Dreizehnte. Das Kind wird sonntäglich angezogen. Alle kommen noch einmal herzu und flehen und bitten. Aber das Kind muss seine Tränen hüten, damit sie nicht plötzlich aus den Augen fallen. Anna putzt die Türfallen und die Türschlösser im ganzen Haus. Wenn sie abends in ihr Zimmer hinaufkommt, so stopft sie bis spät in die Nacht hinein noch Wäsche. Es ist etwas Entsetzliches an ihr, und sie kann es nur durch vermehrte Arbeit bändigen. Herr von Travo nimmt das Kind an der Hand und geht mit ihm gegen das Schulhaus. Unterwegs sagt er: «Bleibe standhaft, Michaela, alles geht vorüber.» Es fühlt, wie die grosse Hand freundlich die seine umfasst. Wie gut ist die Hand von Papa, so viel besser als die Hand vom Pfarrer. Und die Worte tun ihm wohl. ‹Ich werde dich retten›, denkt es dankbar, ‹und man soll nicht sagen, Herr von Travos Adoptivtochter hat ihnen Schande gebracht.›
In seinem Herzen fühlt es sich verwandelt zu einem Kreuzritter. Tapfer schluckt es die Tränen für immer herunter. Es geht mit Papa durch das Konferenzzimmer. Auf der einen Seite sitzen bereits die Lehrerinnen mit Brillen auf den Nasen, auf der andern Seite die Lehrer, ein Bein über das andere geschlagen. ‹Das ist ein interessanter pädagogischer Fall›, denken sie. Vorne stehn ein paar Kinder, und oben am Tische der Pfarrer, der zugleich Schuldirektor ist. Ihm zur Seite Herr Wohlgemut, im Sonntagsanzug und mit entblösstem Haupt. Herr von Travo und das Kind bleiben an der

Türe stehn, und langsam nimmt auch der Papa den Hut ab. Das Kind schaut zu ihm auf und denkt: ‹Hab keine Furcht, ich rette dich.› Der Papa hilft dem Kind aus dem Mantel und legt ihn über seinen Arm. An einem Gummiband schaukelt der Kinderhut in seiner Hand. Der Pfarrer steht auf.
«Wir eröffnen die Sitzung», sagt er.
Der Pfarrer ist der Vertreter des Kreuzes, das den Menschen auferlegt wird. Christus war gekommen und hatte es ihnen abgenommen. Er sagte: «Ich weiss, dass ihr mühselig, arm und betrübt seid, kommt alle zu mir – auch die Kinder – ich will euch erquicken.»
Der Pfarrer sagt: «Ich werde auch deine geheimsten und dir unbekannten Sünden mit dir abrechnen.»
Der Pfarrer vergisst, dass eines schönen Tages andere Menschen kommen können und sagen: «Nun wollen wir auch mit dir deine geheimsten und dir unbekannten Sünden abrechnen.»
Dieser Pfarrer würde nun ganz gerne einen Teufel, der noch frisch gebraten nach Hölle riecht, in flagranti erwischen und ihn seiner Gemeinde vordemonstrieren, sobald er da in seiner ganzen Länge und Grösse aus diesem Kinde herauskommt wie ein Wurm aus einem Apfel. Und wie es im Sprichwort heisst: In der Not frisst der Teufel sogar Fliegen. Es ist nicht allein unsympathisch, wenn die eigenen Lorbeeren wachsen und die Dornenkrone des andern dafür zunimmt. Und es haben viele Heilige solche Gelüste. Aber die Teufel sind schlauer als nur so. Auch der kleinste und unbedeutendste Teufel der Verstellung – der nicht einmal ganz waschecht ist! –, will dennoch nicht einfach freiwillig von seinem Vater aus dem Felde geschlagen sein. Denn die Teufel kennen eine einzige Order, und die heisst: «Recht behalten!» Das Wort «nachgeben» kennen sie gar nicht. Das ist ihre Mütze, an der man sie in der ganzen Welt erkennt. Und deshalb kann ein Egoist niemals Teufel austreiben, so gerne er das möchte, weil er selber ein Teufel ist. Und welches Reich sollte mit sich selber uneins werden wollen? Das ist der Grund, weshalb dieser Pfarrer in diesem Fall den Wettbewerb mit dem Teufel verlieren muss.

Er ist der grössere Egoist von beiden.
Das Kind mit seinen neun Jahren steht am unteren Ende des langen grünen Tisches. Es ist nun kühn wie ein Prinz aus königlichem Geblüt.
‹Ich bin die Prinzessin Gottes›, sagt es sich.
Seine Augen sind hart wie zwei kleine Flintenkugeln, der Mund gerafft, und die Tränen verschwinden seitwärts zurück in die Schläfen. ‹Es muss sein›, sagt es ermutigend zu sich selber. Alle Augen der Anwesenden schauen auf das Kind.
«Also, du behauptest ...», fängt der Pfarrer an. Er legt den Kopf in den Nacken und schwenkt mit dem Körper ein wenig zur Rechten. Die beiden Hände stützt er auf den Tischrand. In seinen Augen ist ein würdevolles ewiges Licht.
‹Du möchtest mich nun vor allen metzgen›, denkt das Kind, ‹aber ich metzge dich.›
Dann, ohne eine einzige Frage auszulassen oder zu unterschätzen, gibt es klar und deutlich Antwort auf alles. Es braucht nichts zu erfinden, denn es kennt den Sachverhalt.
«Ja», sagt es, «zwischen dem Heft für Heimatkunde und dem Lesebuch.»
«Nein, nicht über der Schranktüre, in der rechten Ecke.»
«Ja, um Viertel vor zwei.»
Der Pfarrer springt auf ein anderes Thema über.
«Wann kam Herr Wohlgemut zu euch ins Appartement?»
«Ich weiss es nicht, Herr Pfarrer», sagt das Kind, «ich habe es nicht gehört.»
«Wo warst du denn, als er an der Salontüre klopfte?»
«Ich weiss es nicht», antwortet wieder das Kind, klar und sicher und ohne Verwirrung. Die Worte braucht es nicht zu suchen, denn die stehn gross und deutlich vor ihm: schwarz auf weiss, wie auf einer Schiefertafel.
«So lügen also alle?» Der Pfarrer beugt sich fast bis zur Mitte des grünen Tisches vor, und seine Augen funkeln wie die eines Raubtiers.
«Ja», antwortet das Kind und sieht dem Pfarrer mitten ins Gesicht.
Plötzlich beschreibt der Pfarrer mit der Hand einen Bogen in der Luft.

«Brrrrrr...», macht er laut wie ein Tiger.
Für einen Augenblick schliesst das Kind die Lider. Es fühlt sich überschüttet wie von Russ. Ein ungeheures Schluchzen steigt in ihm auf bis zu den Lippen. An der Tür steht Herr von Travo, sein Blick wartet liebreich und leise auf sein verlorenes Kind. Da hebt es die Augen zu ihm empor und lächelt unmerklich.
‹Gesiegt...›, denkt es.
Es geht auf seinen Papa zu, setzt sein Hütchen auf, und er hilft ihm ins Mäntelchen. Dann verlassen sie Hand in Hand zusammen das Konferenzzimmer.
‹Ich habe dich gerettet›, denkt das Kind, ‹aber dafür muss ich in die Hölle.› Dankbar hält es sein kleines Händchen in der grossen von Papa.
Zu Hause wartet man mit dem Mittagessen. Herr von Travo macht eine kleine Bewegung mit der Schulter und eine andere mit dem Mund. Man lässt das Kind in Ruhe, es isst seine Suppe. Leise stellt Anna die andern Gerichte auf den Tisch und geht mit erhobenen Augenbrauen und auf den Zehen aus dem Zimmer, als ob jemand gestorben wäre. Man hört sie nicht einmal die Türklinke schliessen. Nach dem Essen geht das Kind in sein Zimmer. Auf dem Stühlchen sitzt die Puppe Olga im braunen Samtröckchen. Das Kind rührt sie nicht an. Es steht am Fenster und schaut hinaus auf die Berge, die man von ferne sieht. ‹Das Leben ist lang bis zum Tod›, denkt es. Aber das Wort «Tod» steht jenseits des Horizontes. Das Kind legt seine Hände auf den Rücken wie ein alter Mann. Es ist alles vorbei, das ganze Leben.
Das Kind ist krank. «So geht es nicht mehr weiter», sagt die Grossmutter, und da hat man es fortgebracht in ein Pfarrhaus aufs Land. Der Pfarrer ist alt und freundlich. Er legt dem Kinde die Hand auf die Haare und sagt: «Gott segne dich.» Das Kind fühlt den Segen und eine Ruhe, die bis zu den Füssen heruntergleitet. In der Hölle brennen die Lügenworte: «Es ist alles nicht wahr, was ich gesprochen habe.» Wenn es lange genug hier bleibt, wird es eines Tages zum freundlichen alten Pfarrer sagen: «Sehn Sie, natürlich habe ich gelogen, ich konnte doch nicht anders.» Es wird dann zu

ihm reden wie von Mensch zu Mensch. Aber jetzt ist es noch zu früh. Es ist ihm zumute wie beim eigenen Leichenbegängnis. Man hat noch die Glocken in den Ohren, das Leid, und dann gehen viele, viele schwarzgekleidete Leute an einem vorüber. Man weiss nicht recht, soll man zu ihnen sagen: «Ich bin nämlich nicht tot.» Aber man kann noch nicht recht reden vor vergangenem Schreck. Man winkt bloss mit der Hand: einen Moment...

Der alte Pfarrer geht mit dem Kinde spazieren. Und er erzählt ihm von Bienen und Blumen und Früchten. Das ist alles schön, es sind so gute, gute Worte, ohne Böses. Sie sind zart wie ein Sommerregen auf einer heissen Wiese, die ein wenig zu lange ausgedörrt war. Erst muss sie sich wieder erholen, bis das Gras grün ist. Aber nach zwei Wochen kommt Tatana und holt das Kind zurück. Zu Hause findet es die zukünftige Frau von Travo vor.

10

Amelie Küpfer stammte irgendwoher aus der nordöstlichen Schweiz. Sie war zwar nie einem Venusbrunnen entstiegen, aber dafür hatte ihr jemand geweissagt, dass sie in ihrem dreiundvierzigsten Lebensjahr einen hohen schwarzen Witwer heiraten werde mit einem französisch klingenden Namen, etwas jünger als sie, mit Geld und ohne Kinder. Dieses betreffende dreiundvierzigste Lebensjahr war nun an sie herangetreten, und Amelie Küpfer machte sich an die Erfüllung ihrer Weissagung. Der Zufall wollte es, dass eine Freundin ihrer Freundin ihr etwas erzählte vom kürzlichen Tode einer betreffenden Frau von Travo, worauf Amelie Küpfer die Mission übernahm, den Gruss dieser Freundinnen-Freundin zu übermitteln. Und so erschien sie denn eines Tages, angemeldet und ausgerüstet für diesen sonderbaren Lebenskampf mit Elastikstiefeln, einer altmodischen Halskrause, einer gehäkelten Wollmütze auf dem Kopf und einem bestickten Plaid an der Hand, am Bahnhof der Stadt, wo sie von Fräulein Katarina von Travo, von Anna und dem Kinde Michaela erwartet wurde. Fast hatte das Kind recht mit seinem Spruch: Es gibt eben Dinge, von denen man nicht weiss, wie sie zustandekommen. Das Auffallende bestand darin, dass diese merkwürdige Landfigur plötzlich im grünsamtnen Salon der von Travos sass, zwischen russischen Pokalen, übernatürlich schönen Frauen und hüpfenden Bronzekatzen, und hier vor einem lauschenden Publikum die Abenteuer ihres bisherigen Junggesellenlebens entwickelte. Fräulein Amelie Küpfer sah für ihr Alter schon bereits aus wie eine Grossmutter. Das Haar war steif und grau, die Augenbrauen schwarz, buschig und gewölbt wie bei einem Hanswurst, und die Nase unverhältnismässig lang. Ihre Abenteuer bestanden in phantastischen Glaubenserweckungen, eigenen Weissagungen und einer Gehirnentzündung. Alles, was Fräulein Amelie Küpfer erzählte, hatte entweder vor der Gehirnentzündung stattgefunden oder nachher.

Anna gefiel sie nicht, und sie missgönnte ihr das schwarze Seidenkissen mit der Vergissmeinnichtstickerei. Sie fand, eine solche Person gehöre nicht in einen Salon. Das Kind fand sie dumm, aber der Papa und Tatana hörten ihren Werbungen aufmerksam zu und wussten nicht, dass sie umworben wurden. Im Gegenteil wurde Fräulein Amelie Küpfer mit ihrem Redeschwall alsbald eingeladen, sich für etliche Tage im Hause zu erholen, und im Leben ist es immer so eingerichtet, dass nur das Unmögliche passiert, und das Mögliche passiert in den meisten Fällen nicht. Dieser Besuch erweiterte sich sogar zu einer Art von Freundschaft zwischen Katarina von Travo und dieser Amelie. Plötzlich erwachte im Kinde eine tiefe und innige Liebe zu Tatana, der es ein Unrecht hatte zufügen müssen aus einem Selbstschutz. Es sagte ihr: «Siehst du, Tatana, diese Frau meint es nicht gut, sie will dir nur schmeicheln für irgend etwas, und sonst will sie nichts.» Aber Tatana war nun nicht mehr einverstanden mit dem Kinde, und sie sagte sich, dass denn doch eine dreiundvierzigjährige Frau besser zur Freundin passe als dieses merkwürdige Kind, aus dem kein Mensch klug wurde, nicht einmal der Hauptpfarrer. Das Kind aber war nun hellsichtig geworden wie alle Menschen, die aus irgendeinem Grunde lange eine falsche Rolle spielen müssen. Wer das Unrichtige in sich erkennt, erkennt naturgemäss auch das Richtige in anderen Menschen. Das Unrichtige durchschauen oder das Richtige erkennen sind zwei Grössen, die sich ergänzen.
Amelie Küpfer war sich zwar bewusst, dass es sich in diesem Milieu doch nicht einfach um Liebe auf den ersten Blick handelte, und um ihre eigenen Interessen zu wahren, war sie nicht dumm. Es wäre vielleicht sogar eine erstaunliche Entdeckung, herauszufinden, wieviel Intelligenz ein Egoist hervorbringt, um sich voranzuhelfen. Daneben könnten vielleicht sämtliche Leute des Lichtes verblassen, denn der Egoist weiss immer, was er will, und der Harmlose weiss es nicht. Amelie Küpfer verstand, dass sie sich da gewisse Vorstufen zu erbauen hatte, um so ungeniert in das Herz dieser weitverzweigten Familie einzudringen. Eine dieser Vorstufen bildete das Kind, dessen sonderbare Lebensge-

schichte man Amelie Küpfer alsbald vorgelegt und ihr damit *Anlass* gegeben hatte, sich in fremde Familienverhältnisse einmischen zu können.

Fräulein Amelie Küpfer sass im grünen Salon und griff wie auf einer Harfe zurück in den Busen der Erinnerungen. Sie trug eine Bluse aus rotem Wollstoff, mit einem weissen Piquékragen, darauf eine rote Rose, einen braunen Faltenrock und hellgelbe Schuhe. Im Liederbuch ihrer Erfahrungen fand sie bereits etliche Melodien fix und fertig vor.

«Man könnte das Kind einfach in eine Anstalt tun», sagte sie.

Plötzlich steht mitten im russisch dekorierten Salon das Wort Anstalt mit seinen steifen Konturen wie eine grobe hölzerne Kiste, man könnte sie auch eine Arche nennen. Aber Tatana und Papa hängen am Kind, und das Wort tut ihnen weh.

Amelie Küpfer sagt: «Aber schliesslich geht ‹Sie› ja das Kind – soviel ich verstehe – gar nichts an. Es ist nicht Ihr eigenes, gehört nicht einmal in Ihre Familie, und so haben Sie auch keine Verpflichtungen gegen das Kind. Alles, was Sie für es tun, bleibt die reine Wohltat.»

Langsam löst sie die Taue von der Arche, und da schwimmt sie auch schon für sich allein. Diese Ansicht ist erstaunlich, und man kann sagen, sie ist vollkommen wahr. Dennoch befriedigt sie nicht. Tatana und der Papa empfinden sich doch als die Eltern des Kindes. Aber Fräulein Amelie Küpfer baut vorsichtig weiter, denn es liegt nicht in ihrem Interesse, dass dieses fremde Kind eine Rolle spiele in diesem Haushalt, der einst ihr gehören wird. Es wäre wunderbar, wenn er ihr gehörte, es wäre ganz grossartig, und es ist gut, dass nicht alle Menschen alt werden, aber sie versteht, dass sie trotz allem ziemlich viel arbeiten muss, es zu erringen. Das versteht sie, und gute Menschen verstehen es manchmal nicht.

Amelie Küpfer seufzt. «Das Kind», sagt sie, «hätte es ja in einer Anstalt viel lustiger. Dort wäre es mit seinesgleichen, mit vielen anderen Kindern zusammen.»

Das leuchtet dem Papa ein. Er hat auch schon daran gedacht, dass das Kind hier zu einsam ist. «Ja», sagt er, «Gesellschaft täte ihm gut.» Aber Tatana ist nicht dafür.

«Wir haben doch auch eine Verantwortung für dieses angenommene Kind», sagt sie. «Ich möchte nicht haben, dass es nun plötzlich verwildert. Im Gegenteil, es hat eine sehr spezielle und sehr individuelle Erziehung nötig. Es wäre schade, dieses manierliche Kind so dahin zu geben, wo es nur noch wie ein Herdentier lebt. Und dann, es ist auch zart und man muss ihm Sorge tragen. Hätten wir es nicht so behütet, es wäre gar nie davongekommen.»

«Oh», flötet nun Fräulein Amelie weiter, «was diese Sorgfalt anbelangt», und wiederum spielt sie auf der Harfe der Erinnerungen, «so gibt es nichts Gewissenhafteres als diese Anstalten. Ärzte sind da, Pflegerinnen, die besten Erziehungskräfte und Leute mit Spezialkenntnis für Sonderfälle.»

«Sonderfälle?» sagt Tatana. «Das ist das, was dieses Kind braucht.»

Fräulein Amelie forscht weiter, wie der König Herodes bei den drei Weisen. «Besitzt denn das Kind Geld?»

«Geld?» sagen Bruder und Schwester zugleich. «Nein, deshalb haben wir es doch angenommen, weil seine Familie ganz verarmt war. Es wird auch nicht mehr viel übrigbleiben, denn es hat noch einen Bruder und eine Schwester, die teilen müssen.»

«Tun Sie es in eine Anstalt, tun Sie das», sagt Amelie Küpfer nun mit grosser Bestimmtheit, «denn solche feinen Leute muss man immer ein wenig zurechtdrechseln. Das ist das Beste!»

Lang und erwartungsvoll hebt sie ihre Nase in die Luft. «Da sind Sie alle Sorge los, allen Kummer, alle Verantwortung – und wenn es sich später einmal bewähren sollte, kann man es ja immer zu irgendeiner Hilfe in die Familie einbeziehen, ganz nach Bedürfnis. Ganz und gar nach Bedürfnis.»

«Ja, das ist wahr. Das ist ein sehr kluger Rat.»

Fräulein Amelie Küpfer hat die erste Stufe zu ihrem Glück gelegt, nach einer Woche reist sie ab, aber an ihrer Stelle steht nun ein fertiger Plan, von dem man sagen kann: wahr, gewissenhaft und menschlich, und nicht einmal ausserordentlich kostspielig. In vielen Briefen wird er noch erörtert, besprochen, beklagt und betrauert und in Bewegung gesetzt. Das Kind kann man vorderhand sowieso nicht mehr in diese

Schule schicken. Der Pfarrer hat auch gesagt: «Am besten ist es, Sie nehmen es weg.»
Michaela Tanner weiss nichts von allem. Fräulein Amelie Küpfer hat es gestreichelt: «Oh, du liebes und reizendes Kind, wie würdest du es gut haben bei mir.» Aber dem Kind ist sie widerlich wie eine faule Frucht. «Ich mag sie einfach nicht», sagt es zu Anna. Anna sagt: «Ich mag sie auch nicht. Solche Leute sind Dreck für mich.» Und dann schmettert sie die Küchentüre zu und die Kasserollen auf die Regale. Sie erscheint dem Kind ganz gross und jünglingshaft. Ein Gefühl von Freiheit steigt plötzlich in ihr empor. Wenn das Kind für Fräulein Amelie leicht zu überwinden ist, weil niemand ihre wahre Absicht merkt, so wird Anna dafür schwer zu überwinden sein. Das macht sich sogar die künftige Frau von Travo klar.
Kleider werden genäht, die Schneiderin kommt, und Wäsche wird angehäuft. Auch Olga bekommt einen Reisemantel. Das Haus ist merkwürdig still und verschwiegen und zweckerfüllt. Die Grossmutter ist gekränkt, dass das Kind kein Vertrauen zu ihr hatte. Auf der andern Seite ist sie noch viel mehr verärgert wegen dieser dummen Person, wie sie die Nordostschweizerin nennt. Auf diese Gans, tatsächlich, muss man jetzt im hohen Hause zum Pelikan hören! Koffer werden gepackt und eine Handtasche. Selbst die Aussteuer für die Puppe Olga kommt in ein Handköfferchen. Und dann noch ein paar Spielsachen dazu.
«Nein, ich kann es nicht», sagt Herr von Travo, «ich kann es nicht hinbringen.» Auch Anna kann man nicht mitschicken. «Du musst schon selber gehen», sagt der Bruder zu Fräulein Katarina von Travo. «Du kannst reden und verstehst alles am besten. Du hast ja mit ihnen korrespondiert.» Dann geht man zum Bahnhof. Das Kind ist gut angezogen in einem hellen Sommerkleidchen und trägt die Puppe Olga auf dem Arm. Beide tragen denselben Reisemantel. Es kommt niemand an den Bahnhof als bloss Anna und der Hund Schnauz. Die Koffer sind schon hingebracht. Sowie sie aufgegeben sind, ist Anna verschwunden, und den Hund Schnauz nimmt sie an der Leine wieder mit. Sie geht mit langen Schritten die

Bahnhofstrasse entlang, dann um die Ecke und beim Franzosenfriedhof hinauf. Man hat gesagt, man wolle kein Aufsehn machen. Die Grossmutter und die Tante weinen zu Hause, und Herr von Travo geht über die Flühe spazieren. Man fährt nun in der Eisenbahn weit fort. Tatana sagt: «Weisst du, es ist dann lustig am andern Ort, da kannst du mit vielen Kindern spielen.» Man fährt weiter und weiter, das Kind sitzt da, gehorsam und still. Es lügt nicht mehr. Es ist froh, wenn es nicht zu lügen braucht. Lügen ist sehr, sehr unangenehm, das hat es jetzt gründlich erfahren. Häuser gehn weg, Bäume, Gärten, die Stadt, alles. Wiesen, Wiesen, Moorland, Wälder und zuletzt ein grosser Fluss mit einer blaugrünen Schleife unter der Brücke. Vom Bahnhof der neuen Stadt aus muss man eine Kutsche nehmen, denn die Anstalt ist weit entfernt. Nun fährt man in der Kutsche, es ist schön und angenehm wie zuweilen an Sonntagen, als Mama noch lebte oder als die Russen auf Besuch waren. Man fährt, und hinten sind die Koffer aufgeschnallt. Tatana sieht das Kind prüfend an, aber das Kind ahnt nicht, was mit ihm geschieht. Es ist nicht einmal ein Wundern in ihm, denn es weiss, dass das Leben merkwürdig ist. Man hat Eltern, und es sind nicht die Eltern. Man hat ein Haus, und es gehört einem nicht. Nichts gehört einem auf der Welt als nur die Puppe Olga, und die ist da. Würde man ihm jetzt die Puppe wegnehmen, so würde es anfangen zu weinen, aber weil es die Puppe hat, ist es geborgen.

Es kommt eine lange, lange Strasse ohne Häuser und ohne Bäume und ohne Schatten. In der Ferne sind Berge, aber sie kommen nicht näher, im Gegenteil, sie gehn immer weiter weg. Dann kommt ein schmales Strässchen mit einem Holzzaun. Das Strässchen führt hinunter und immer tiefer. Das Pferd stellt das Hinterteil ganz hoch, und mit den Vorderfüssen sucht es gleitend den Boden. «Da wirst du nun wohnen», sagt Tatana. Das Kind hält die Puppe im Arm und schaut vor sich. Tatana schnürt es den Hals zu. ‹Wenn das Kind nur wenigstens weinen würde›, denkt sie. ‹Es wäre alles viel leichter, und man könnte es trösten, und so muss man es ins Elend stossen.› Und wie würde sie nun das Kind trösten.

Sie würde es in die Arme nehmen wie nie zuvor. Sie würde es küssen, herzen. Sie würde sagen: «Ach, liebes Kind, es ist nicht für lange. Wir kommen dich alle Sonntage besuchen, sei lieb, sei gut, schreib uns, wie es dir geht...» Aber das Kind weint nicht, unten stehn fünf graue Häuser, und noch weiter unten ist ein Wald.
Es ist alles platt, arm und gering, und nichts ist lustig. Dann hält die Kutsche vor dem hohen grauen Mittelhaus. Tatana steigt aus, immer noch an ihrem Stocke gehend, und das Kind springt mit der Puppe auf dem Arme nach. ‹Nicht weinen›, sagt es zu sich selber. ‹Gar nicht, gar nicht. Es nützt nichts. Die Toten kommen nicht mehr zurück, es holt dich niemand mehr nach Hause.› Eine Dame mit einem Schleier um den Hals und einem schmalen, blassen Gesicht, von vielen Leiden durchfurcht, kommt die Treppenstufe herunter. Das ist die Frau des Direktors, der hier auch Pfarrer ist. Sie sagt: «Bleibe hier draussen, Kind, und warte!» Sie geht mit Tatana durch einen langen, kahlen Korridor, und das Kind setzt sich vor der Tür auf einen Stein. Alles ist tot und still, niemand spricht. Im Hof plätschert ein Brunnen, und etwas weiter nach hinten ist ein Teich mit hohen Tannen ringsum. Es riecht nach sumpfigem Wasser, nach Stroh und nach Aborten.
«Ganz gewiss», sagt die Dame mit dem Schleier und der leidenden, sanften Stimme. «Sie können sich darauf verlassen, diese Lehrerin wird es ganz sicher herausbringen. Es ist ja klar, mit einer solchen Unwahrheit im Herzen kann ein Mensch doch nicht weiterleben. Je eher, desto besser. Fräulein Prest hat schon viele Geständnisse herausgebracht, auch aus den verstocktesten Kindern. Sie hat ihre eigenen Methoden. Man braucht eben Erfahrung dazu.»
«Es tut mir ja leid», sagt Tatana, «ach, es tut mir furchtbar leid.»
«Ja», sagt die Dame wieder, «wir verstehen Sie. Wir verstehen alles. Gewiss. Dazu ist Fräulein Prest jung, heiter und weiss die Kinder zu nehmen...»
Tatana kommt heraus, und das Kind steht immer noch im Hof, mit der Puppe auf dem Arm. «Sage deiner Tante

Lebewohl, Michaela», sagt die sanfte Frau. «Lebewohl», sagt das Kind und gibt artig die Hand. Es nützt alles, alles nichts. Das Kind weint nicht. Tatana steigt mit dem Stock in den Wagen. ‹Kind, Kind, lüg, stiehl, lärme, tue alles, alles, aber das nicht. Nein, nicht diese Stille, nicht diese Grausamkeit.› Sie lehnt sich ins Kissen, mit Mühe schaut sie rückwärts. Wieviele Geschichten hatte sie dem Kinde erzählt: Dornröschen, Schneewittchen... «Was dann, Tatana, was dann?» sagte jeweils das Kind! Alles vorbei, alles. Tot, tot, tot. Der Wagen fährt fort. Um die Ecke beim letzten Haus, das Kind winkt mit der Hand. Das Strässchen hinauf, es spingt nicht nach. Immer wieder der Hufschlag des Pferdes. Keinen Vater, keine Mutter, kein Haus, niemand. Gross und blau schaut die Puppe Olga hinweg über die Strasse, auf der die Kutsche fährt. «Du kommst nun zu einer Lehrerin, die Fräulein Prest heisst», sagt die sanfte Frau. Das Kind und Tatana leiden dasselbe.

Viele Kinder sitzen auf zwei schmalen Holzbänken ohne Lehne um einen Tisch. Vor ihnen sind Blechteller und Blechlöffel, die irgendwie nach Fischtran riechen. Oben am Tisch schöpft Fräulein Prest Brei in die Teller. Aber man nennt sie nicht Fräulein, sondern Jungfer. Gierig und bescheiden zugleich warten die Kinder auf ihren Anteil. Brot hätten sie gerne mehr, aber es gibt nur ein Stück. Und der Brei ist nicht süss. «Esst», sagt Jungfer Prest. Sie ist gross und schlank, schwarz von Haar und eckig in den Knochen. Die Kinder schauen nach ihren Händen und schieben lautlos ihre Löffel in den Mund. Die Lehrerinnen bekommen ein anderes Essen als die Kinder. Aber wenn sie brav sind, dürfen sie der Reihe nach ihre Teller auslecken. Darauf freuen sich etliche schon wochenlang und zählen es am Kalender ab, wann sie wieder an die Reihe kommen. Da gibt es zuweilen Schlagsahne, Kartoffelstock mit Fleisch und Gebackenes. Es gehört immer eine Anzahl von Kindern zu einer Lehrerin und bewohnt mit ihr zusammen ein ganzes Logis. Nur die Küche ist für alle gemeinsam, die Schule und die Andacht. Das übrige Leben spielt sich in der sogenannten Familie ab. Michaela Tanner sitzt mitten in der Bank und

neben ihr die Puppe Olga. Schweigend isst das Kind wie die andern den Brei aus dem rostigen Teller. Ein Mädchen gegenüber lächelt es an, aber dann schaut es schnell nach Jungfer Prest und zurück in seinen Teller. «So», sagt Jungfer Prest, «dich wollen wir morgen frisieren, du siehst ja aus wie eine Zuckerpuppe.» Das ist ein Witz, und die Kinder lachen. Jungfer Prest sagt immer lustige Sachen. Das Kind bleibt still und höflich sitzen, denn es hat schon verstanden, dass hier alles geschieht ohne eine einzige Widersetzlichkeit. «Weil du jetzt noch neu bist», sagt Jungfer Prest, «so darfst du meine Tasse austrinken.» Das Kind verneint und dankt. Es weiss noch nicht, wie man hungrig sein kann in dieser Anstalt. Es ist noch frisch und gut gefüttert von zu Hause her. Zehn andere Augen wenden bittende Blicke nach der Tasse von Jungfer Prest. «In Zukunft kannst du warten, bis ich dir wieder etwas anbiete», sagt sie, «andere sind froh.» Dann steht sie auf, es wird gebetet, und sie geht fort.
Die Kinder stürmen zum Neuen. Eines sagt: «Du schläfst neben mir.» Und ein anderes flüstert ihm ins Ohr: «Die ist nämlich saubös ... bscht.» «Was hast du eigentlich für Kleider an?» sagen die Kinder. Und dann untersuchen sie die Kleider gründlich. Solche Unterröcke, solche Hosen, und lange Strumpfbänder aus Elastik! Das Achselhemd und darunter das saubere, gepflegte Kind. «Sieh einmal, was das für Fingernägel hat», sagt eins, «da kann ich mit meinen schwarzen Töpen nicht heranreichen.» «Bist du eine Baronin?» fragen sie es. «Nein», sagt scheu das Kind. Dann wird Olga untersucht. Ebenfalls von Kopf bis zu Fuss, von den Haaren bis zum Lederleib. Sie nehmen die Puppe auf die Arme. «O du mein süsses Püppchen, du mein Engel und mein Paradies.» Alle nehmen Olga auf den Arm. Ihre Porzellanhändchen fallen liebend um die braungebrannten dünnen Hälschen der Kinder. «Oh, wie riecht diese Puppe gut», sagt ein Kind. Und ein anderes: «Nimm dich in acht vor jenem Mädchen, es hat nämlich Läuse, sonst bekommt die Puppe auch Läuse.» Aber das Lausemädchen drückt sie doch an sich. «Oh, nun haben wir ein schönes Püppchen bei uns», sagt es. Ein grösseres Mädchen nimmt zärtlich die Puppe auf

den Arm. «Sei du nur froh, dass du eine Puppe bist und kein Mensch, denn dann ging's dir schlecht.» Und zum Kinde gewendet: «Wer hat denn dich eigentlich hierher geschleppt mit diesen schönen Kleidern, du stammst ja wohl nicht aus dem Rinnstein?»

«Niemand», sagt das Kind. «Ich komme von selbst, weil meine Mutter gestorben ist.»

Im Hof läutet eine Glocke, und Jungfer Prest erscheint unter der Tür. «Vorwärts, die Grossen in die Andacht, die Kleinen ins Bett», und weil das Kind nicht weiss, wo es hingehört, «du auch ins Bett!»

Das Kind mit seinen kurzen blonden Löckchen schläft auf dem rot und weiss gewürfelten Kopfkissen. Darinnen ist Spreuer, und der ist nicht unangenehm. Mehr als fünfzehn Betten stehen in einer Reihe, der Grösse nach geordnet. In einer Ecke, hinter einem Vorhang, steht das Bett der Lehrerin. Hinter den Kinderbetten bleiben hohe, kahle Fenster weit offen, die Betten schauen mit dem Kopfende gegen den Wald. Das Kind hat die Puppe Olga mit ins Bett genommen. Langsam schliesst sie die Lider mit den langen schwarzen Wimpern über den blauen Augensternen. «Es macht alles rein nichts», sagt sie. ‹Nun bin ich eben die Prinzessin Gottes, die auch die Anstalten besucht›, denkt das Kind.

11

Im Haus ist es still. Herr von Travo ist krank. Seitdem das Kind fortgegangen ist, fühlt er sich unpässlich. Niemand rennt mehr die Treppen hinauf. Irgendwie war er nun an diesen leichten und fröhlichen Lärm des Kindes gewöhnt. Es war immer da, man sah seine blonden Haare, und es rief im ganzen Hause herum: «Papa!» Manchmal lachte es, oder man hörte es ganz für sich allein sprechen im Nebenzimmer. Es sprach wie mit Erwachsenen ... «Nein, nein, nicht zwei und zwei, sondern viele ... sie gehn die Treppen hinauf. Aber sie geben sich nicht die Hand, jeder ist für sich allein.» Es hatte diese Selbstgespräche und war glücklich. Dann wieder schnitt es aus einem Bilderbogen Häuschen aus und klebte hinter die offenen Fenster rotes Seidenpapier, wie ihm das Tatana beigebracht hatte. Man klebte diese Häuschen auf einen Lampenschirm, und dann sahen sie durch das rote Licht so heimatlich aus, dass man am liebsten für immer dort gewohnt hätte. In diesen kleinen heimatlichen Häuschen auf dem Berg. Einmal hatte es die Schuhe von Herrn von Travo auch unten an der Sohle gewichst, einfach ringsum. Es sagte: «Papa muss sehr, sehr schön aussehen, er muss sogar gewichste Sohlen haben.» Natürlich hatte er dann unwissentlich im Salon auf dem Teppich schwarze Flecken hinterlassen. Niemand wusste, wo das Kind diese Gedanken hernahm. ‹Was weiss man überhaupt, mit was sich Kinder im Grunde genommen beschäftigen›, denkt Herr von Travo, ‹es wäre interessant, es zu wissen.› Die Geschichte mit Herrn Wohlgemut war eigentlich furchtbar dumm, und auch diese paar Bleistifte. Es war eine vollkommen sinnlose Geschichte, wie sie Kindern einfallen kann, es weiss kein Mensch woher und wieso, und selbst die Kinder wissen es nicht. Man hätte sie ablaufen lassen sollen wie Wasser aus einem Rinnstein. Hatte dies alles eigentlich die ganze reizende Persönlichkeit des Kindes irgendwie beeinträchtigt? Und war es nicht nachher ganz ebenso niedlich? Er mochte auch den Pfarrer

nicht mehr von da an. ‹Sie sind auch nicht zu vielen Dingen nütz›, dachte er. ‹Auf der Kanzel vielleicht, aber nicht im Leben.› Herr von Travo ging selten in die Kirche. Es kam ihm alles nun vor wie eine ausserordentlich peinliche Geschichte, in die sich plump und ungeschickt die Kirche hineingemischt und ihn gezwungen hatte, selber auch eine blöde Rolle zu spielen. Weshalb war der Mensch so, dass er sich leiten liess von andern, die ihn gar nichts angingen? Die ihn versuchen wollten zum Bösen, immer wieder zum ewigen Teufel in der Welt, den man doch hätte ignorieren sollen. Immer wieder musste man ihn anbeten. Und weshalb war er nicht aufgestanden und hatte gesagt: «Hebe dich weg von mir, Satan! Ich will haben, dass man mein Kind in Ruhe lässt. Ich habe es lieb, so wie es ist, und damit Schluss. Es kann auch nur an Irrtümern lernen, wie andere Menschen auch.» Er war sicher, für sein eigenes Kind hätte er so gesprochen. Aber das war nicht *sein* Kind, es war nur *ein* Kind. Was für ein Unterschied, was für ein entsetzlicher Unterschied! Aber nun war *das* Kind fort. Nicht seines, aber überhaupt *das* Kind ...
Herr von Travo ertappte sich bei einem sonderbaren Gedanken: Hatte nicht einmal jemand im fernen Hintergrund der Dinge, um eine Sünderin vor der selbstgerechten Grausamkeit der Menschen zu retten, gesagt: ‹Wer unter euch ohne Sünde ist, der werfe den ersten Stein!› – Hatte dieser selbe Mensch wirklich gemeint, man solle dafür die Kinder unerbittlich richten, Brosamen für Brosamen? – Und hatte er wirklich gesagt: ‹Sehet, Kinder, wenn ihr nicht so gut werdet wie die Erwachsenen, so könnt ihr nicht ins Himmelreich kommen.› Das allerdings wäre dann ein Hohn. Herr von Travo war betrübt und still und auch verdrossen wie jeder Mensch, der sich nicht ganz fehlerfrei weiss.
Es war nicht das eigene Kind, daran lag es.
Anna sprach überhaupt nicht mehr, sie lief im Hause umher mit einem langen, finsteren Gesicht wie ein Holzknecht. Nicht, dass sie über jemand im einzelnen böse war, aber sie wusste nicht mehr, was man dazu sagen sollte. Wirklich, sie wusste kein Wort mehr. Ihr Mund, ihr Kopf und ihr Herz

waren leer. Und so war sie eigentlich über alle böse, über die Herrschaft und das Kind und den Pfarrer und diesen Kaufmann. Diese alle hatten ihr das Leben verdorben. Sie war sogar über Kneuberger böse, weil er keinen Rat wusste. Da konnte er tausend kluge Sachen sagen, und im richtigen Moment fand er nur: «Es ist halt dumm.» Der Hund Schnauz allein rannte wie verzweifelt die Treppen hinunter, die zur Molkerei führten, die grosse Ringstrasse, wo der Postwagen durchging, den Schlossberg hinauf, in den Garten, auf den Estrich und fragte laut und andauernd: «Wo ist das Kind, wo ist das Kind?» Noch nach Jahren rannte er zur Schlafzimmertür hinauf, wenn er jemand auf den Treppen springen hörte. Aber das waren dann ganz fremde und andere Kinder, die er gar nie gekannt hatte. Enttäuscht kehrte er zurück.

Am schlimmsten für sie alle aber war das Bett. Das leere Kinderbett in der Ecke des Zimmers, mit neuen straffen Leintüchern bezogen für den Fall, dass ein Gast es benützen sollte. Wer weiss, was ein leeres Kinderbett ist! Am Tag mag man sich zu den Kindern stellen, wie man will, und auch nicht immer gleich freudig; aber des Nachts, wenn sie schlafen, ist die Versöhnung da. Das friedliche, erhabene oder bekümmerte Kindergesicht im Schlaf ist gleich wie ein Gesicht der Heiligen, fern, gut und unantastbar. Plötzlich weiss jeder wieder, das war ich auch! Mein Gott, so war ich: fern, gut, unantastbar. Erst im Tod kann ich noch einmal so werden wie als Kind. Erst im Tod, wenn ich wieder losgelöst bin von meinen jetzigen Wünschen nach Ehrgeiz, nach Besitz, nach Liebe und ewigem Gefallenwollen. Im Kind ist das alles noch nicht da, und darum ist das Kindergesicht im Schlaf so schön, unverstellt und ohne Lüge. Das Kinderbett mochten sie nicht mehr sehen. Es tat ihnen weh. Man schaffte es auf den Estrich.

Am meisten tat es Tatana weh. Und es tat ihr weh, dass das Kind nicht geweint hatte. Was hatte sie ihm zuleide getan, und wann? Hätte es nicht nach ihr schreien sollen? Und dann ertrug sie es. Tatana war fromm auf ihre Weise. Sie sagte sich, sie müsse es ertragen. Eines Tages müsse es das Kind merken, dass sie es dennoch lieb gehabt, lieber vielleicht noch als alle anderen, die es besser zeigen konnten, weil sie durch keine Verantwortung gebunden waren. Sie konnten einfach ein Kind lieben wie einen Schmetterling. Es brauchte ihnen nur zu gefallen und weiter nichts. Aber Tatana dachte, dass sie es erziehen wolle; sie wollte etwas machen aus ihm. Vor allem dachte sie, auch Amelie Küpfer habe recht gehabt mit der Anstalt. So unwahrscheinlich und merkwürdig das nun aussah, auch Amelie Küpfer wollte wie sie nur das Beste für das Kind. Es war rührend, wie diese fremde Frau es liebte, denn sie war ebenfalls fromm, so dachte Katarina von Travo. Und so trug sie ihren Schmerz ohne Hader und ohne sich auszusprechen weder zu Anna noch zum Bruder, und auch gar nicht zur Mutter. Katarina von Travo stand allein in der Welt, und sie trug den Schmerz ebenso standhaft wie das Kind. Die Grossmutter aber schrieb ihm am anderen Tag einen herzzerreissenden Brief. Und dann ermannten sie sich alle und schickten dem Kinde zu den Sonntagen Kuchen und Würstchen, Schokolade, Nüsse und Bildchen, wie es sie bisher nie erhalten; alle wetteiferten sie miteinander. Plötzlich wussten sie es genau: es hat so ein gutes Herz, es wird alles verteilen. Plötzlich hätten sie alle Partei genommen für das Kind in der Anstalt.

Aber nun war es zu spät. Nun gab es nur noch Diesseits und Jenseits. Und das Kind gehörte zum Jenseits. Es lebte nicht mehr in dieser Welt, sondern es lebte in der Anstalt, wo Kinder nicht mehr Kinder sind und Erwachsene nicht mehr Erwachsene, sondern alle nur noch Spezialfälle. Der Spezialfall, weshalb ein Kind hinkam, hiess Krankheit der Eltern, Armut oder Schuld, oder sonst ein Unvermögen. Dem allem trug die Anstalt Rechnung. Die Anstalt war *der* Betrieb, der ganz nur auf sich eingestellt war. Anstaltsmenschen, Anstaltskinder, Anstaltslehrerin, Anstaltsdirektor, Anstaltskleider, Anstaltsessen, Anstaltsreligion. Ausser der Anstalt gab es nichts mehr. Wenn man in sie eingetreten war, war man von ihr aufgefangen wie von einem Ungeheuer und wurde selber darin Teil dieses Ungeheuers. Es konnte eine Anstalt gut sein, so wurde man genau so gut wie diese Anstalt. Aber etwas anderes als die Anstalt wurde man nicht.

Der Mensch wurde der Anstalt angepasst und die Anstalt dem Menschen.
Ach, man sollte auf der Erde Schutzvorrichtungen anbringen, riesige Sirenen oder Leuchtkörper, um Seelen abzuhalten, sich auf dieser Erde zu verkörpern, gleich wie man gute und sanfte Zugvögel abhalten sollte und warnen vor unwirtlichen und gefährlichen Gegenden. Man sollte Seelen, die man später in Anstalten schickt, furchtbar warnen, sich auf Erden zu verkörpern, denn Anstalten sind die unwirtlichsten Gegenden im Menschenleben. Sie mögen gut sein für den, der blind ist und lahm und taub und der eine Gruppenseele braucht, um sich ihr anzuschliessen. Aber für den, der denken kann, sind Anstalten kaum erträglich, und mancher hat sein Leben lang nie mehr selbständig denken gelernt, nachdem er durch eine Anstalt hindurchgegangen ist.
Oder sind die Seelen der Menschen vielleicht nicht auch Zugvögel, die reisen von Stern zu Stern, und wer hat gesagt, dass sie immer die Erde vorziehen werden? Die Lebenden wissen nichts von den Toten, und die sich Verkörpernden wissen nichts von den Lebenden. Wenn der Gedankenaustausch zwischen Kommenden und Gehenden möglich wäre, könnte er mehr nützen als alle Völkerkonferenzen. Und wer würde sich anmassen, voraussagen zu können, dass nicht einmal eine neue Königin einen neuen Schwarm auf einen andern Stern ausführte? Und doch muss etwas unendlich Süsses an dieser Erde sein, mit Leid und Not und Tod, dass es die Seelen immer wieder verlockt, ausgerechnet hierher zu kommen, in die Häuser, in die Mühe und in die Qual und sogar in die Anstalten. Und in was bestand dann das Süsse der Erde, dass es alles andere vergessen machte?
Und dennoch: nein, kommt nicht, kommt nicht in die Anstalten, oder lohnt es sich der Mühe, deshalb geboren zu werden?
Michaela Tanners eigene Mutter hatte auf dem Totenbett gesagt: «Nein, es darf nie in eine Anstalt kommen», weil sie bereits eine Übersicht besass. Früher hatte sie Grübchen in den Wangen und war rund und weiss wie das Kind, aber nun wurde ihr Gesicht fahl und die Augen übermässig gross:

«Sonst würde ich es lieber mit mir nehmen», sagte sie entschlossen.
«Aber nein», antwortete Silla von Travo, «nein, nein, Monika, ich verspreche es Ihnen, es kommt nie in eine Anstalt. Ich schwöre es.» Aber die Sterbende überschaute das Leben in weiten Flächen, wie man ein Land überschaut, wenn man auf einen Berg steigt; plötzlich sieht man Täler, die man nie in der Nähe vermutete.
«Aber wenn es Ihnen verleidet, Frau von Travo?» sagte sie, und es kamen ihr die Tränen in die Augen. «Ich möchte ja nicht, dass Ihnen mein Kind zur Last fällt, mein Kind.»
«Nie», sagte wiederum Silla voll Zuversicht und Güte. «Gar nie. Es wird sein wie mein eigenes Kind.»
Frau von Travo und Monika Tanner hatten beide auf derselben Bank gesessen in der französischen Schule, in Versailles. Damals waren sie beide achtzehn Jahre alt.
Die sterbende Frau sah angestrengt in die Zukunft. «Wie das eigene Kind», das war ein sicheres Wort. Aber konnte dahinter nicht doch eine Lücke sein?
Plötzlich sagte sie: «Der Tod... Sie hatten keine Mutter, Silla, ich hatte keine Mutter, mein Kind hat keine Mutter, und wie ist es uns ergangen? Sie waren allein. Ich habe nicht einmal mehr das Geld meiner Mutter gesehen.»
Frau von Travo sagte: «Hinter mir steht eine ganze Familie, die gleich denkt wie ich.» Sie sah so jung aus, so blühend, so schön.
«Ich danke Ihnen, Silla, ich danke Ihnen», sagte die sterbende Mutter.
Dann stieg vor ihren Augen das Wort «Familie» in die Luft wie eine Seifenblase. Es wurde immer grösser, es schillerte in allen Farben, grün, gelb, himmlisch blau. Plötzlich zerplatzte es, es war nicht mehr in der Luft. Und nun sass das Kind in der Anstalt. Menschen erzählten, Monika Tanner habe sich zu Tode geweint, wegen ihrer Kinder...
Es konnte sie niemand mehr trösten.
In der Anstalt war es Mode, dass man Geschenke von zu Hause zuerst der Hauslehrerin anbot, damit sie nehmen könne, was ihr gefiel. Den Rest gab man den Kindern, und

was noch übrigblieb, konnte man selber behalten. Aber das Geschenk an und für sich stellte keine Freude dar, sondern nur eine Pflicht, der man möglichst genau nachzukommen hatte. Von Gutmütigkeit des Schenkenden war da überhaupt keine Rede mehr, sondern es hiess: hoffentlich. Es war klar, nicht in allen «Familien» herrschte dieser Ton, aber in den meisten. Briefe wurden öffentlich vorgelesen oder zurückbe halten. Und der herzzerreissende Brief der Grossmutter fand seinen Spott. Das Kind konnte seine Grossmutter nicht anders retten, als dass es auf seine Hände schaute und, ohne eine Miene zu verziehen, die Worte des Jammers über sich heruntergehen liess. Was wusste man in der Anstalt von Liebe! Von Herzlichkeit! Die Grossmutter schrieb: «Liebes Herzchen. Vater und Mutter haben dich verlassen, deine weinende Grossmutter.» Das Kind wünschte, sie hätte den Brief nicht geschrieben. Nachdem die Lehrerin ihn vorgelesen, sah es ihr lächelnd ins Gesicht.

Gleich nach dem Tag der Ankunft hatte Jungfer Prest das Kind zu sich gerufen und gesagt: «So, nun wollen wir dich umkleiden.» Darauf hatte sie ihm eine Handvoll Fett in die kurzen Haare gestrichen, so dass sie aussahen wie eine anliegende Mütze, sie hatte ihm ein langes, grau und braun gestreiftes Kleid übergezogen und seine Füsschen in grobe und ungeputzte Schuhe gesteckt. Sie sagte: «Nun siehst du endlich aus wie ein anständiges Anstaltsmädchen, und nicht wie ein französischer Fratz. Ich hoffe, wir werden gute Freunde werden.»

Das verwandelte Kind spaziert in der Mittagspause mit der Puppe im Arm über den Platz. Die Puppe hat immer noch die schönen Locken mit dem goldenen Kamm und der blauen Perle darin. Sie trägt ihr gesticktes russisches Kleid und kleine rote Lederschuhe. Ihre Augen schauen noch wie ehedem gross und blau in die Ferne. Aber niemand würde das Kind mehr wiedererkennen, der es früher in der Stadt gesehen. Die grossen Mädchen lieben es. Sie rufen ihm und sagen: «Komm zu uns, Michi, und erzähl von deinen Leuten, wie es dir gegangen ist.» Das Kind erzählt und sagt: «Es ist sehr schön bei uns, wir haben einen grünen Salon und

goldene Pokale darin. Dann wohnt noch Anna bei uns und der Hund Schnauz.» «Das muss jemand deinen Leuten aufgeschwatzt haben, dich hierher zu bringen», sagt ein Kind, «denn von selber kommt das keinem anständigen Menschen in den Sinn.»
«Ich weiss nicht, wer es ihnen gesagt hat», antwortet das Kind.
«Das muss irgendein dummer Hund sein», meinen die Grossen, «oder besser noch ein schlechter Hund. Aber vor der ‹Schwarzen› musst du dich in acht nehmen, die gehört nämlich aufgehängt, aber sie ist mit der Direktion verwandt.»
Wenn Lehrerinnen vorbeigehen, schweigen die Kinder augenblicklich still und machen ein anderes Gesicht. Am besten schaut man gleichgültig drein, das ist eine Maske, die einem niemand abreisst.
In diesen Sommermonaten hat man in den Zeitungen von einem Mord gelesen, der an einem Kinde verübt wurde. Das Kind hat man missbraucht und tot im Walde gefunden, und den Mörder konnte man nicht verhaften. Alle Welt sprach davon und hauptsächlich die Mütter, und ihr Gemüt war so verängstigt, dass sie nachts, nachdem sie bereits eingeschlafen, wieder erwachten und ins Kinderzimmer hinübergehen mussten, um nachzusehen, ob ihre Kinder wirklich noch im Bette lagen, ob sie atmeten und schliefen. Das tote Kind konnten sie nicht vergessen. Und wenn sie durch einen Wald gingen oder auf einsamen Strassen, so riefen sie ihre Kinder immer wieder zu sich und nahmen sogar die grossen, sechzehnjährigen bei der Hand. Sie sagten: «Komm her, Kind, ach, geh nicht fort, Kind.»
Viele Mütter kamen immer an den Besuchstagen in die Armenanstalt gelaufen. Das waren meist ganz arme Mütter, Glätterinnen, Angestellte, selbständige «Fabrikanten» mit einem sehr, sehr kleinen Lädelchen in einer hinteren Gasse, etwa eine Schneiderin, aber das war schon selten. Viele Kinder gehörten auch Taglöhnern und der Gemeinde. Mit diesen Müttern kamen dann noch Tanten mit und Vettern, und manchmal auch die Männer, wenn sie noch da waren.

Diese aber betraten meistens den Hof der Anstalt nicht, sondern sie setzten sich draussen am Bretterzaun nieder oder auf dem Wiesenrand und auf dem Markstein, selbst wenn es regnete, und spannten dann die Schirme auf, gross wie Familiendächer. Die Anstalt war diesen Leuten fremd und furchtbar. Niemals hätten sie freiwillig ihr Kind dort abgegeben. Aber es kam dann plötzlich ein Brief aus einer Armengemeinde: «... Da Sie nicht mehr imstande sind ... so ersuchen wir Sie ...» Für diese Leute war die Anstalt nicht das Erste, was ihnen in den Sinn kam, aber das Letzte. Das, was man noch tut vor dem Tod, wenn es ganz und gar nicht mehr anders geht und weil das Geld nicht mehr ausreicht zur Miete, zu den Schuhen und zum Essen für das Kind. Und man will es doch nicht verhungern lassen, und da geht man eben mit ihm in die Anstalt, wie andere mit einer Lieblingskatze zum Vergasen gehn, auf dass ihr nicht noch ein grösseres Übel geschehe ...

Zudem kamen nun noch Gerüchte von umliegenden Anstalten, von der Strafanstalt zu Ramlisbach, der Knabenerziehungsanstalt in Klaregg und alten Landwaisenhäusern ganz weit hinten in verschollenen Tälern. Da hörte man ausserordentliche und betrübliche Dinge, besonders von der Mädchenstrafanstalt. Man hörte von grossen Mädchen, die man mitten im Winter zur Strafe nackt in einen Waschzuber voll kalten Wassers stellte. Dies und das tote Kind im Wald fiel den Müttern schwer aufs Herz, und deshalb kamen sie an den seltenen Besuchstagen schon um ein Uhr und warteten auf dem Strässchen.

«Schlägt man euch auch?» sagten sie.

Und die Kinder antworteten mit heissen Wangen: «Nein, nein, wir sind ja keine Strafanstalt.»

Denn das wussten sie schon, dass ihre Mütter gleich Bestien hinstürzen würden zum Direktor, der hier Pfarrer war, und sie hätten dann kein Direktionszimmer gescheut und nichts, sobald einmal die Entrüstung im Gange war. Und wer hätte es hernach büssen müssen? Die Kinder waren klug und bändigten die Gefühle ihrer Mütter. Ganz abgesehen davon, dass Verbrechen nicht vorkamen. Was vorkam, waren höchstens Spezialfälle. Die Mütter kramten Orangen aus den Taschen, ein Stück Kuchen, eine Omelette, Nüsse und vielleicht ein Stück Rosenseife. Sie sagten: «Wasche dich damit, dann riechst du wieder wie zu Hause.»

«Weisst du noch?»

Das, was diese Kinder bekamen, hätte nie gereicht zum Verteilen, und auch hätte es die Lehrerinnen nicht sonderlich gelüstet, sich zu bedienen. Die Mütter hielten dafür, dass die Kinder es schnell vor dem Tore aufassen oder in den Taschen, möglicherweise auch in den Strümpfen versteckten. Diese Mütter waren mindestens ebenso schlau wie die Kinder.

«Denkt euch», sagten die Kinder, «wir haben jetzt eine schöne Puppe in der Anstalt, eine Puppe mit Locken und echten Wimpern. Eine Puppe mit einem goldenen Kamm, einem bestickten russischen Kleid, die gehört einem Kind. Und die Puppe besitzt einen Reisekoffer voller Kleider, Schuhe und Schulhefte hat sie sogar, und einen Reisemantel.»

«Ja, wo ist denn das Kind», sagten die Mütter, «das Kind, dem diese schöne Puppe gehört?» Und eine Art von Trost kam bereits über sie.

«Ja, das Kind kann nicht kommen», sagten die andern. «Es wartet mit denen im Schulsaal, die keine Eltern besuchen, weil sie reich sind.»

«Oh», sagten die Mütter im Chor, «wenn ihr so schöne und reiche Kinder bei euch habt mit solchen Puppen, so werden euch die Lehrerinnen nichts zuleide tun.»

Und dann wollten sie noch mehr hören von dieser Puppe und wurden ganz glücklich. Wenn sie am Abend nach Hause kehrten, so erzählten sie es noch ihren Nachbarn und ihren Herrschaftsleuten.

«Denkt euch, sie haben scheint's in der Anstalt eine wunderbare Puppe aus Russland, mit echten Wimpern und einem Nachthemd.»

Und es schien dann den Müttern an diesem Abend, als sei die Anstalt gar keine Anstalt mehr, sondern vielmehr ein Herrschaftshaus, und ihre Kinder seien behütet von wunderbaren Puppen. Es schien ihnen dies sicherer, als wenn sie von Engeln behütet würden.

Holz wurde auf den Estrich hinaufgetragen in vielen Körben, von je zwei und zwei Kindern. Im Sommer war man auf dem Felde gewesen und hatte Heu eingesammelt und später Garben. In dieser Jahreszeit spielte die Schule keine Rolle mehr. Man war immer draussen, beordert, überwacht und mit einem Pensum bedacht. Wer nicht so und soviel Unkraut ausgejätet hat, bekommt kein Vieruhrbrot. So und so viele Körbe von Kartoffeln ausgegraben. In der Nähstunde an den Regentagen so und so lange Säume genäht. Nichts ohne Pensum, nichts ohne Drohung und Strafe. Am Sonntag stundenlange Kirchgänge hin und zurück, in der Hitze oder im Regen. Wer nichts weiss von der Predigt, muss Strafarbeit machen. Selbst beim Baden: «Baden im Fluss, sich ankleiden im Sumpf, und wer nicht zur rechten Zeit fertig ist, hat wieder etwas eingebüsst.» Am Morgen um fünf Uhr aus dem Bett, und wer nicht zur Zeit in der Andacht ist, wieder eine Strafe. Den ganzen Tag vom Zähneputzen an: Essen, Schule, Aufgaben bis zum Schlafen. Wer nicht tut, der hat...

In der Anstalt gibt es keine Jahreszeiten. Man weiss nicht, dass der Flieder blüht oder dass die Schwalben da sind. Man hat im Sommer vergessen, das es heiss war, im Winter, dass man fror. Man weiss nichts. Weniger als nichts.

Eingeschlossen in dieses System, kommt auch Herr von Travo einmal in der Kutsche auf Besuch.

«Ja, du darfst mit», sagt man, «sogar bis in die Stadt, und dann pünktlich zurück sein, um Viertel nach sechs.» Alles ist Anstalt, sogar die Besuche und die Feste. Ostern, Weihnachten und Neujahr. Das Erntefest allein steht ausser diesem Kurs, da gibt es plötzlich und unerwartet Bratwürste und Apfelmus zum Nachtessen.

Gott ist immer noch ein Blitz, aber es geht oft jahrelang von einem Blitz zum andern. Als das Kind zum erstenmal ein Gewitter gesehen, wusste es sogleich: im Blitz sieht man Gott. Es hätte gerne zu Tatana sagen wollen: «Ich sah ihn.» Aber es ging viel zu schnell, und es hätte nie gelogen um Gott, denn Gott ist das einzige, zu dem man wahr bleiben muss. Das andere spielt keine Rolle. Und doch hatte es auch

eine blitzartige Freude, als plötzlich Herr von Travo in die Anstalt kam. Wie war er schön, ein grosser, dunkler Herr, und so freundlich. Er sagte zum Kind: «Iss dich satt.» Und das Kind war für eine Minute lang froh und ass sich übersatt an den Kuchen auf dem Teller mit Goldrand, einer Serviette auf den Knien, in einer Confiserie wie in einem Märchenhaus. Die groben Schuhe standen unter dem Tisch. Und immer noch sagte der Papa: «Magst du noch...?»
Darauf führte er das satte Kind an die Tramhaltestelle bei dem kleinen Häuschen, und dort war immer noch ein Pferdeomnibus. Er schob das Kind in den Wagen, küsste es auf die Wangen. «Geh», sagte er, «und sei brav...» Dann ging er weg, furchtbar weit weg, und das Kind konnte ihn nie mehr einholen.
«Zurück sein» – das Kind stand da, zur verabredeten Zeit, pünktlich um ein Viertel nach sechs, in der Armenanstalt. Wieder in der Maschinerie.

12

Die Strafen finden immer vor der Morgenandacht statt. Der Direktor, den man hier Pfarrer nennt, kommt um sechs Uhr morgens in den grossen Schulsaal, wo alle «Familien» mit ihren Lehrerinnen versammelt sind. Die Petroleumlampe trägt er schräg über der rechten Schulter, so dass der Rauch aus dem hohen Glaszylinder qualmt. Er ist ein freundlicher Mann, und die Kinder haben ihn gern. Wenn er sie straft, so entschuldigen sie ihn und sagen: «Er darf halt nicht anders, wegen den Lehrerinnen.» Er ist etwas zart von Gesundheit und trägt im Sommer und Winter ein weisses Seidenfoulard um den Hals. Auch sein blonder Bart gibt ihm ein freundliches Aussehen. An Weihnachten, wenn er unter dem Tannenbaum steht, meint man fast, er sei der Heiland, so freundlich ist sein Gesicht und seine Stimme, die leicht ein wenig heiser ist.

Hat ein Kind etwas verbrochen, so bekommt es Schläge auf die Finger, was man hier Tatzen nennt. Zehn auf die rechte Hand und zehn auf die linke, dann noch einmal zehn auf die rechte und wieder zehn auf die linke, mit einem abscheulichen spanischen Rohr. Das tut den Kindern so weh, dass sie ihre Hände für eine Stunde lang nicht mehr spüren. Dennoch weinen die wenigsten. Sie fühlen es unter ihrer Würde, und auch möchten sie niemand die Ehre antun, für empfangene Schläge noch extra zu weinen, sozusagen als Belohnung für den Täter. Sie finden, es sei reichlich genug geleistet, es zu ertragen. Auf den Seitenbänken sitzen die Lehrerinnen, und Jungfer Prest streckt den Hals, wenn ein Kind gestraft wird. Es ist eine gewisse Errungenschaft, ein Kind soweit gebracht zu haben, dass es öffentlich gestraft wird. Es gelingt nicht allen, und manchmal hängt es an einem Haar, dass die Sache anders herauskommt, denn der Pfarrer ist nicht unempfindlich für Gefühle, und er will zuerst sicher sein. Deshalb kommen die Kinder zum Schluss: «Er konnte nicht anders. Er konnte tatsächlich nicht mehr ausweichen. Irgend jemand wird es ihm eben so dargestellt haben, dass er die Schläge erteilen *musste.*»

Die Vergehen sind im grossen und ganzen sehr gering. Entweder hat ein Kind einen Zinnteller mit Kartoffeln in den Ofen gestellt, auf die Glut, weil es auch gerne Rösti gehabt hätte, aber der Zinnteller ist weggeschmolzen, und die Kartoffeln sieht man überhaupt nicht mehr. Ein anderes hat vielleicht einen Schlüssel zum Vorratsraum verloren, und man muss dann den zweiten holen. Es hat die Hühner zur falschen Zeit herausgelassen, oder es hat eine der ovalen dünnen Holzschachteln mit Schuhwichse aufgegessen, weil diese aus Zucker und Russ gemacht ist. Etliche finden, das schmecke sehr gut. Dann gab es auch wieder Mädchen, die den andern die Malfarben wie Zuckerplätzchen aus der Blechschachtel wegassen. Dies waren Vergehen, die bestraft wurden. Lügen und Stehlen im gewöhnlichen Sinn kam furchtbar selten vor, so dumm waren die Kinder nicht, denn dafür kam man ins Holzhaus. Die Vergehen, die ihnen trotz aller Wachsamkeit entschlüpften, waren meist Ungeschicklichkeiten oder Vergehen, herrührend vom Hunger. Im Herbst wurden insgesamt alle diejenigen gestraft, die rohes Obst gegessen hatten, oder Bohnen auf dem Ackerfeld oder Rübchen. Auch wieder wurden diejenigen gestraft, die in der Schulstunde schwatzten. Nach der Morgenstrafe wurden die Sprüche vom vorigen Tag abgefragt, neue aufgegeben und ein Kapitel aus der Bibel vorgelesen. Gewisse Stellen waren interessanter und andere nicht. Das Hohe Lied Salomos las man nicht, trotzdem wusste man um seine Existenz. Nach ein paar Jahren kannte man die Bibel ringsum und fing auch gleich wieder nach der Offenbarung von vorne an, ohne Unterbruch. Im übrigen war es nur eine abgekürzte Familienbibel. Etwas kam darin vor von einem Schwein mit einem goldenen Halsband, worüber alle Kinder lachen mussten. Nach der Andacht spielte der Pfarrer Harmonium, und man sang aus dem Kirchengesangbuch:

«Die goldne Sonne voll Freud und Wonne...
Mit ihrem Glänzen

Schafft unsern Grenzen
Ein herzerquickendes liebliches Licht.»

Auch hier sang man konsequent alle Lieder und alle Verse durch.

Aber die Kinder wussten alles über alle. So wussten sie zum Beispiel, dass der Pfarrer in seiner Jugend nie Aufgaben gemacht hatte, sondern im Gegenteil seine Bücher hinter eine Hecke warf und die Schule schwänzte. Woher die Kinder das wussten, war nicht immer zu ermitteln, aber sie waren dessen sicher. Sie sagten von ihm: «Er ist halt verwöhnt.» Desgleichen wussten sie auch, dass die Frau des Pfarrers aus einer sehr vornehmen Familie stammte, entweder war diese in Schottland oder in La Chaux-de-Fonds. Zuweilen kamen auch Schwestern von Frau Pfarrer zu Besuch, die wurden Tante Elly und Tante Betty genannt. Auch des Pfarrers Schwestern hiessen Tanten. Über die Anwesenheit dieser Tanten war man meist froh, denn sie liessen der Direktion weniger Zeit, sich mit Klagen zu beschäftigen, und auch haben die meisten Tanten von Natur aus etwas Erheiterndes an sich, namentlich wenn sie noch jung und verliebt sind. Dank der Anwesenheit dieser Tanten mussten zuweilen die Lehrerinnen sogar unverrichteter Sache abziehen wie Katzen mit langen Schwänzen, denen ein Sprung nach dem Fleischtopf nicht gelang. Sie erlebten dann dasselbe, was den Kindern oft geschah: dass auch ihre Pläne durch höhere Instanzen vereitelt wurden.

Der Pfarrer war gütig, und er erzählte den Kindern in der Französischstunde selber seine eigenen Jugendstreiche. «Mein Gott, war ich ein Kind», sagte er und schlittelte ein wenig über die Witze hinweg. «Wenn meine Eltern mich suchten, da lag ich versteckt im hohen Gras, da waren sie unruhig und besorgt, aber am Abend kam ich wieder zum Vorschein; wie musste da meine gute Mutter lachen, wenn sie mich wieder sah. Ich war eben doch der einzige! Aufgaben dagegen», sagte er, «habe ich wirklich nicht geliebt und mich darum gedrückt, wann ich nur konnte.» Dem Pfarrer wurde es wohl bei seinen Erinnerungen, er steckte die Daumen in die Ohren und bewegte seine Hände seitwärts wie Fächer. Lehrerinnen waren keine da. Und wären die Schwestern und die Tanten gekommen, so hätten auch sie gelacht und ihrerseits ihre Witze erzählt. Die Kinder dagegen sassen freundlich da wie Tanten mit langen Strickstrümpfen in den Händen und dachten: ‹Ei ja, natürlich, Jugend hat keine Tugend, sie muss sich austoben, wir machten es ja einmal gleich. Mein Gott, was waren wir in der Jugend für Kinder.› Am liebsten hätten sie dann den dicken, pausbäckigen blonden Jungen mit den geringelten Wadenstrümpfen selbst ein wenig verhätschelt, denn es geht ja nichts über solche Rangen. Und so fehlte nicht mehr viel, und sie waren auf Du und Du mit dem Pfarrer, wenn eben die Lehrerinnen nicht gewesen wären...

Während man auf das Feld zur Arbeit ging, sass die Direktion in der Fliederlaube und trank Tee mit Erdbeerschnitten. Ein Anstaltsmädchen musste sie bedienen, und da wusste man wiederum alles, was vorgekommen, und über was man gesprochen. Ferner wussten die Kinder, dass eine Lehrerin sich einst in einen Knecht verliebt hatte. In den Hinterhäusern, gegen den Wald zu, wohnten die Knechte. Zur Zeit waren es Hans und Fritz, und man sprach sehr wenig zu ihnen, man betrachtete sie nur stumm wie zwei Wesen, die zwar Hände und Füsse besassen und einen Kopf, im übrigen aber in nichts den Kindern glichen. Man sah sie nicht an als Menschen, ausserdem war man vor allem auf der Hut. Einmal aber hatte es einen Knecht Ruedi gegeben mit schönen glatten schwarzen Haaren und lustigen dunklen Augen. Dieser Ruedi schrieb ein Brieflein an eine Lehrerin und übergab dieses einem Kind, damit das Kind es wiederum der Lehrerin abgebe. Da der Name der Lehrerin mit einem «S» anfing, nannte man dieses Ehepaar «R. S.». Aber plötzlich war der Ruedi verschwunden, und die Kinder sagten, die Lehrerin «S» habe jeden Abend nach ihm geweint. Aber nun waren, wie gesagt, Hans und Fritz da, und niemand war in sie verliebt. Mit langen eisernen Gabeln schritten sie schweigend zusammen die Strasse hinunter, die ins Moos führte. Zu andern Zeiten wieder schnitten sie mit den silbernen Sensen

in den roten Sauerampfer hinein und legten ihn zu langen Mahden hinter sich. Die Knechte waren für die Anstaltskinder ebenso unbekannt wie die Pferde. Man sagte einfach Hans und Fritz und Kohli und Bläss. Dann war noch der Oberknecht da. Der hatte eine eigene Wohnung und Frau und Kinder und gab Befehle. Auch zu den Kindern sagte er: «Pass auf und mach das besser.» Aber die andern Knechte sprachen nichts. Selbst wenn die Kinder den Sensen zu nahe gekommen wären, so hätten sie auch nicht gesagt: «Pass auf.» Sie hätten dann bloss zu mähen aufgehört.
Die Kinder des Oberknechtes gingen auch mit den Anstaltskindern zur Schule, aber sie waren nicht gleich gekleidet und assen und schliefen nicht mit ihnen. Ebensowenig waren die Kinder der Köchin gleich gekleidet und assen auch nicht mit den Anstaltskindern, denn sie waren, wie man das nannte, «privat». Immer aber mied man alle, die nicht die gleiche Tracht trugen. Die Kinder waren wie ein einziger Block von Anstalt, und Verrat konnte man da nicht gebrauchen. Unmerkliche, kleine und heimliche Worte wurden untereinander abgegeben, sickerten durch wie in Leitungsröhren und erreichten das Ziel. Über alles und jedes war man unterrichtet, und wem man nicht traute, der war ausgeschlossen. In diesem Anstaltsblock bildete sich irgendwo ein heimlicher Kern, eine Achse und eine Wendung, die die ganze Schar von innen her mitriss. Und selbst wenn Kinder weggingen, war die Lücke sofort wieder ersetzt. Dieser Kern sprengte unter Umständen ganze Komplotte, und Lehrerinnen mussten sogar die Anstalt verlassen, weil ihnen das Leben unmöglich geworden war unter diesen Kindern. Sie kamen nicht mehr auf, und man duldete nur, wen man wollte.
Eine besondere Geschichte bestand auch über das Holzhaus. Grössere, der Anstalt entwachsene Mädchen kamen am Sonntag wieder auf Besuch und vervollständigten die Chronik. Selbstverständlich war es, dass auch diese wiederum den «Kern» trafen. Oder der Kern kam von selber mit ihnen zusammen. Zum kleinen «Windhund», der nichts wusste, sagte man sofort: «Geh weg!» Und das war klar, die Starken

zogen auch wieder die Starken an. Das war ein Gesetz ohne jegliche Beweise, das zugleich unfehlbar wirkte. Im Holzhaus hatten sie früher Mädchen eingesperrt, die eine Liebschaft hatten. In der Umgebung war eine Knabenschule und eine Schule für junge ausländische Herrensöhnchen. Die Anstalten lagen zwar weit auseinander, und dennoch fanden sich die passenden Herzen. Darauf wurden die Mädchen tagelang ins Holzhaus eingesperrt, durch dessen Holzlatten im Winter der Wind pfiff und sang. Unten im Holzhaus war ein grosser Block mit einem Beil darauf, wo man für die Direktionsküche das Geflügel tötete. Um diesen Block lagen Federn und Blut. Keines der Mädchen hatte je erzählt, was ihnen dort in der Nacht im Holzhaus geschah. Aber der Opferblock war immer noch derselbe, und auch das Blut blieb kleben in den Ritzen. Dort, wo das Beil stak, gab es eine grosse Rinne. Bei Strafen hatte jedes Kind im Herzen schnell die Antwort bereit: «So tötet uns doch. Tötet uns doch gerade, dann stören wir niemand mehr.» Und das war der Grund, weshalb man nicht weinte.
‹Du strafst mich›, dachten die Kinder, ‹aber ich verachte dich.› Und deshalb waren sie so kühn.
Von früher erzählten sich die andern Schauergeschichten. Das, was der Pfarrer jetzt tat, in der Morgenandacht, das war nichts. Das war Honig und Butter. Aber was die andern früher getan, der Anstaltsvater und die Anstaltsmutter, deren Bilder jetzt in Öl gemalt im Direktionszimmer hingen, das war der Rede wert. Diese Leute hatten wohl die Anstalt für verwahrloste Kinder gegründet, aber zugleich waren sie hart zu diesen Kindern und erzogen sie durchaus nicht etwa gleich wie die eigenen, die ihre Schulhefte hinter den Hecken versteckten und die Schule schwänzten. Sie erzogen diese armen Kinder eben, wie man arme Kinder erzieht, die niemand haben, der sich für sie wehrt. Es hatte wohl einst ein Mann aus lauter Herzeleid für verwahrloste Kinder solche Anstalten gegründet, aber von denen war ihm jedes genau so lieb und so wert wie das eigene. Dieser Mann hiess *Pestalozzi*, aber er war mit seinem guten Herzen auch ein einziger geblieben unter Tausenden, die sozusagen seinem Beispiele

folgten. Wer die Liebe nicht im Blut hat, sollte sich niemals mit Armen und Elenden abgeben, denn der Betrug ist zu gross. Für Arme und Elende ist nur der beste Mensch gut genug. Und lieber noch ein ganz gewöhnlicher Egoist sein, als ein liebloser Wohltäter.
Aber die Kinder wissen auch Bescheid über die Familienangelegenheiten ihrer Gefährten. So kennen sie Herrn von Travo und Tatana, wiederum kennen sie die reiche geizige Patin eines andern Kindes. Tatana finden sie gut und lieb. «Wenn ich nur auch eine Tatana hätte», sagen sie, «die mir eine solch schöne russische Puppe schenkte.» Herrn von Travo finden sie ebenso wichtig wie den Direktor. Er kommt ihnen unermesslich reich vor, und wenn er wollte, könnte er die ganze Anstalt zusammenkaufen, dann hätten sie alle ein Leben wie im Paradies, weil Herr von Travo von einem Anstaltsbetrieb nichts wüsste.
So gehen diese Kinder umher und machen sich ihre Gedanken über alles, und irgendwie sind sie dennoch glücklich. Sie sind glücklich und unantastbar wie der Kern in der rauhen Schale. Die Schale muss böses Wetter und Frost und Kälte aushalten, aber der Kern bleibt unberührt davon in seinem festen Holzhaus. Da schlief in ihnen das Selbstbewusstsein zart und unverletzt. Es war von einer geheimnisvollen Freude durchleuchtet, die unbemerkt durch alle äussern Ritzen hindurchdrang, zu der man immer wieder ohne Mühe und ungesehen zurückkehren konnte und die, in ein Bild gesetzt, gleich anzuschauen war wie die Puppe Olga mit den dunklen Locken und dem goldenen Kamm mit der blauen Perle. Das Merkwürdige war, dass selbst die finstersten Lehrerinnen diese Puppe mit ihren Händen nicht antasten konnten, denn sie war ihnen verborgen wie ein Schatz im Acker. Und wie sollten sie darauf kommen, dass eine einfache Puppe den Kindern mehr bedeutete als ihre ganze Erziehung, die sie mühsam aufbauten? Ja, sie mussten sogar selber diese Puppe unwissentlich verherrlichen, sie selber mussten sagen: «Tragt Sorge zu Olga!» Und wenn an Weihnachten die andern Puppen in das sogenannte Puppenland verreisten, um aus Anstaltsstöffchen neue Kleider zu bekommen, so wagte

doch niemand, der Puppe Olga schönere Kleider zu nähen. Die Lehrerinnen selbst sagten: «Nein, es wäre schade.» Und so verreiste sie nicht mit den andern ins Weihnachtsland der Anstalt. Und da hatte die Puppe Olga auch über sie gesiegt. Sie siegte über alle.

Dennoch gab es bittere Tage. An Wintermorgen war das Aufstehn um fünf Uhr kaum angenehm. Der Schnee, vom Abhang heruntergeweht, türmte sich in hohen Wächten an den Häusermauern auf. Den musste man wegräumen, ehe man zur Andacht ging. Im dunklen Grau des aufgehenden Tages schien die Schneewand gross wie ein Eisberg, und der Spaten so klein, und er nahm nur so winzige Stücke weg. Dann liefen die Tränen vor Kälte über die Wangen, und plötzlich war man in ein trostloses Schluchzen ausgebrochen. Andere wiederum mussten die grossen Schulöfen heizen, und auch das konnte gelingen und auch wieder nicht. Alles musste in Eile gemacht sein, sauber, und zur Zeit beendet. Da ging eine Scheibe kaputt und ein Lampenglas, lauter Dinge, die jedem Erwachsenen ganz ebensogut passieren konnten, aber die Scherben fielen ins Herz, denn nun wurden sie Schuld, Tücke und Bosheit. Mühsam kroch man unter der Last dieser Geschehnisse wieder hervor, hatte Tatzen, Schläge und Ohrfeigen in Kauf genommen und fuhr dennoch tapfer weiter im Tagewerk, mit den schmalen Suppen als Trost und der so geliebten, aber meist angebrannten Milch, und hielt sich kümmerlich im Herzen, zäh und sorgsam, wie ein Pflänzchen an einer bösen Wetterseite.

Fräulein Amelie Küpfer indessen hatte eine neue Stufe des Glücks erreicht. Bei Gelegenheit einer Krankheit Tatanas war sie noch einmal ins Haus zum Pelikan eingeladen worden. Und was konnte ihr wohl besser passen als dieser Besuch bei der Schwester des hohen, schwarzen Witwers, den sie zu heiraten auserkoren war? Diesmal brach sie wirklich in den Jubelruf aus: «Der Herr hat's gegeben, der Herr hat's genommen!» Und damit meinte sie das Kind. Später natürlich, wenn sie Frau von Travo wäre, brauchte sie auch die Schwester nicht mehr. Ganz gewiss würde sie es

dann nicht mehr notwendig finden, mit Fräulein Katarina von Travo zu spazieren. Denn dann hatte sie den Mann, dann wollte sie wirklich ihre Altjungferntage beenden.
Merkwürdigerweise geht es noch vielen so, dass sie durch solche Bibelsprüche getröstet werden; es kommt ihnen dann in den Sinn, dass es eigentlich Christenpflicht ist, sich ins Unabänderliche zu schicken. Diese Idee ist vollkommen lustig, besonders wenn sie einen nicht selbst trifft, sondern den andern. So eilt nun Fräulein Amelie Küpfer munter im Hause umher und flötet und jubelt und singt, in der Krankenpflege tut sie das Menschenmögliche. Immerhin ist es schwerer, als man meint, so schnell die Frau eines «höher gestellten» Herrn zu werden, denn es braucht da nicht zu unterschätzende Fundamente. Herr von Travo ist verwöhnt. Er ist stolz, er ist sehr belesen, und ausserdem liebt er nur schöne Frauen. Noch nie ist ein eigentlich bestätigendes Wort von seinen Lippen gefallen. Er bleibt ein Herr in der Ferne, ebensogut könnte sich Anna um ihn bewerben wie Amelie Küpfer aus der nordöstlichen Schweiz. Einzig und allein ist auch Herr von Travo zart und kränklich wie die Schwester, und das sind seine zugänglichsten Eigenschaften. Von der Literatur kennt Fräulein Amelie Küpfer nur die Bibel und Ottilie von Wildermuth. Von den Malern hat sie läuten hören, dass sie meistens in Italien leben. Und in der Musik kennt sie einen Mann namens Beethoven, aber vielleicht heisst er auch Rubin, und in diesem Fall könnte er dann ein Dichter sein, der mit Goethe zusammen gelebt hat. In das Reich der Künste tritt Fräulein Amelie Küpfer nur mit grosser Vorsicht ein, und wenn Namen ihr unangenehmerweise entschwinden, hat sie die Gehirnentzündung wegrasiert. Auch Fremdwörter sind nicht ihr Hauptfach. So spricht sie von «Kinomo», von «Choas» und von «Terpentinvolant». Diese Worte sind für Fräulein Amelie Küpfer nicht sehr einfach, besonders da auch ihre Heimatsprache schon mit Fremdwörtern überschüttet ist. So sagt sie «de Mo» und «de Mu», wovon das erstere Fremdwort den Mann angeht und das zweite den Mond. Sie sagt «schwinige Mu», was soviel heisst wie «abnehmender Mond». Selbst Anna weiss nicht,

was das für eine Sprache sein soll. Sie nennt es Kauderwelsch. Aber wenn nun Fräulein Amelie Küpfer auch schon dreiundvierzig Jahre lang auf den Mann der Verheissung gewartet hat, so kann sie auch noch das vierundvierzigste Jahr warten. Und dann folgt ein kleiner Einsatz von Gemüt.

Wie nun Amelie Küpfer eines Tages mit Fräulein von Travo zum Grab der schönen Mama auf den Friedhof hinausspaziert, da sagt sie ganz unvermittelt: «Was mich eben bis jetzt sehr verhindert hat in meinem Verkehr mit den Menschen, das ist meine gewöhnliche und ärmliche Kleidung. Wäre ich etwas besser gekleidet, so würde ich den Menschen, die ich liebe, weniger Schande bringen, sie sähen dann in mir die ebenbürtige Frau, die zu ihnen spricht.» Diese Worte von der ebenbürtigen Frau, die zu ihr sprach, fielen nun plötzlich Fräulein von Travo ins Herz. Trotz dieser etwas einfachen Seele, sagte sie sich, könnte diese unscheinbare Amelie Küpfer eine gute Frau sein für ihren Bruder. Es würde sich ja nicht darum handeln, ihm eine Liebe zu ersetzen, sondern einfach darum, dass der Bruder wieder einen persönlichen Umgang hat und ein Wesen dafür gefunden wird, das sich dem ganzen Familienkreis unaufdringlich anzupassen versteht. Ein solches Wesen konnte tatsächlich Fräulein Amelie Küpfer sein: treu, einfach, vernünftig und dankbar. Im schönsten Sonnenschein spazieren sie aus dem Friedhof.

«Nenne mich du, Amelie», sagt Fräulein von Travo, «und morgen werde ich dir auf der Bank ein kleines Konto errichten, damit du dich etwas freier bewegen kannst. Es freut mich, das zu tun, es freut mich wirklich.»

In dieser Nacht schlief nun Fräulein Amelie ausgezeichnet. Im Traum schwebte sie förmlich mit den Wolken davon. So leicht, so federleicht hatte sie sich das gar nicht vorgestellt, zu Geld zu kommen. Nun winkte ihr Geld und Ehe am Morgenhimmel, das hatte sie verstanden. Und so lange würde sie sich weiter an dieses Fräulein von Travo anheften, bis sie in diesen Himmel eingegangen war. Getraut, gefeiert und wirklich die Herrin des Hauses. Nachher brauchte sie niemanden mehr. In ihren Gefühlen ging sie nun soweit, zu Fräulein von Travo zu sagen: «Wo ich auch immer hinreise,

Katarina, immer wirst du in meinen Gedanken neben mir sein. Einen Platz behalte ich dir frei im Tram, in der Eisenbahn, neben jedem Stuhl, auf dem ich sitze.»
So sprach Fräulein Amelie.
«Weisst du», sagte darauf Katarina von Travo, «an einem Sonntag könnten wir dieses Fräulein Prest, Michaelas Lehrerin, bei uns einladen, zusammen mit dem Kinde. Das könnte uns alle einander näherführen.»
«Ganz wie du willst, Liebsteste», flötete die zukünftige Braut entzückt, «für dich gehe ich durchs Feuer.»
Das, was sie sich aus dem Gelde von Fräulein Katarina von Travo nun zuerst anschaffte, war eine sogenannte Morgenjacke aus violetter Wolle, einen Moiréunterrock und ein Paar Filzpantoffeln. Diese Ausstaffierung für den Frühstückstisch kam ihr vor wie der Gipfel jeder mondänen, zugleich christlich-religiösen und wiederum vornehmen Lebenshaltung. Dies war der Traum von Amelie Küpfer. Und mehr konnte niemand tun, um die erotischen Gefühle eines Witwers für sich zu erwecken. Aber wenn Anna die Tür zum Esszimmer hinter sich schloss, horchte sie erst noch eine Weile lang draussen und begnügte sich dann damit, zum Zeichen des äussersten Missfallens an ihrer Herrschaft die Küchentüre schmetternd zuzuwerfen.

13

Das Mädchen Mathilde Kummer hat die falschen Hühner herausgelassen. Die weissen, jungen Leghornhühner hätten auf die Wiese spazieren sollen. Statt dessen öffnete das Mädchen die innere Gittertür, und die schwarzen Minorkas flatterten voreilig in den Vorderhof. Dann kam es ihr aber in den Sinn, dass das falsch war, und Mathilde Kummer scheuchte die Tiere sofort auseinander und jagte die Minorkas wieder auf ihren alten Platz zurück. Man ist nun schon im Frühling, an einem Tag ist es windig und kalt, und am andern scheint schon die hellste und wärmste Sonne. Die Haushaltungslehrerin sagt, das sei ein grosses Vergehen, und nun könne man die Bruteier der Leghornhühner nicht mehr als rasserein verkaufen. Diese Lehrerin ist nicht ungut zu den Kindern, aber sie hat Verantwortungsgefühl und ist der Ansicht, dass Kinder wenigstens gehorchen sollten. Dass sie über das Eheproblem der Hühner schon auf dem laufenden seien, kann man nicht von ihnen erwarten. Trotzdem findet sie, die Anstaltskinder seien in dieser Hinsicht ein wenig dumm, denn jedes Bauernmädchen im gleichen Alter kann man schon zur Verantwortung heranziehen. Sie stammt selber vom Land, und wenn es auf sie ankäme, würde sie natürliche Dinge natürlich sagen. Aber das geht nicht an in der Anstalt, und die Stadtlehrerinnen meinen, die Kinder sollen rein bleiben, das könne zu weit führen. Der Fall kommt vor die Morgenandacht.

Die Kinder sitzen in den Schulbänken, und die Lehrerinnen auf den Seitenbänken. Der Pfarrer kommt herein mit der Lampe schräg über der rechten Schulter, so dass der Rauch zum Glaszylinder herausqualmt, und in der andern Hand trägt er sein Meerrohr. Um den Hals hat er ein weisses Seidenfoulard, sein Gesicht ist blass. Seine Frau kommt nie in die Morgenandachten, einmal wegen der Strafen, denn die kann sie nicht ertragen, dann auch, weil sie zart ist und vor elf Uhr nicht aufsteht. Selten bekommen sie die Lehrerinnen zu

Gesicht, und man kann überhaupt nicht mit ihr reden. Sie erscheint nur bei Festanlässen oder bei der Verteilung der neuen Kleider. Manchmal auch teilt sie um vier Uhr Brot aus. Sie ist sanft und spricht leise, und ihr Gesicht ist von einer durchschimmernden Blässe, mit blauen Adern an den Schläfen. Die Kinder kennen sie wenig, man weiss nicht recht, ist sie für die Strafen oder dagegen. Dann hat sie auch ihre eigenen Kinder, das sind fünf Mädchen. Diese tragen leichte Kleidchen und weisse Schürzchen und kommen auch nicht in die Andacht. Ein Anstaltskind muss sie hüten, und man sagt: «Du darfst ein wenig mit meinen Kindern spielen.» Aber die Anstaltsmädchen sind scheu, und die wenigsten sehnen sich nach dieser Mission, man weiss nie, wie sie ablaufen kann. Ausserdem stehen die Pfarrkinder ausserhalb jenes brennenden Busches der Gedankenübertragung, die die Anstaltskinder verbindet und sie wie eine einzige Spule zusammenhält. Wenn man mit den Pfarrkindern umgeht, weiss man, dass man fremdes Land betritt; da bleibt man vorsichtig und zurückhaltend wie ein Tier vor seiner Höhle. Nur wenige Anstaltsmädchen sind eitel, so dass sie nach Lob von der Herrschaftsfamilie haschen. Die andern haben grössere Missionen.

Mathilde Kummer wird aufgerufen und muss vortreten. «Für Ungehorsam gegen die Lehrerin», sagt der Pfarrer, «gib deine Hand her!» Dann sausen zehn Schläge scharf auf die rechte Hand. Zehn auf die Linke. Das Mädchen schaut den Pfarrer still und weiss an, und Tränen sind nicht im geringsten in seinen Augen. ‹So töte mich doch›, denkt es. Die Kinder in den Bänken halten den Atem an und schauen gespannt dem Vorgang zu.

Der Pfarrer sagt: «Nochmals die Rechte!» Nun tropft das Blut herunter vom Daumenballen. Er schlägt weiter ins Blut. In den Kindern zerrt und mahlt langsam die Spule ihrer Gedanken, selbst wenn sie dieselben nicht nennen könnten, und erhebt sich in ihrem Gefühl still und intensiv wie eine Windhose.

«Die Linke!» Wieder ins Blut. Die Kinder zählen: ‹Fünf, sechs, sieben . . .›, aber das Mädchen weint nicht. Der ganze

Schulsaal ist nur noch eine einzige Empörung und Verachtung.
‹Nicht weinen, nicht weinen›, beten die Kinder im Herzen. ‹Für Abscheulichkeiten weint man nicht!› Könnte dieses Gefühl durch irgend etwas entfesselt werden, so würden sich die Kinder augenblicklich ohne persönliche Bosheit und Rache auf den Pfarrer und auf die Lehrerinnen stürzen und sie zerreissen, einfach weil sie ihrem Gefühl mehr gehorchen müssen als den Menschen. Nur die Kleinen sitzen ängstlich da und merken sich das Beispiel. ‹So wird es uns auch ergehen›, denken sie. Was der Pfarrer in den Kindern hervorruft, ist Gewalt, sonst nichts. Die Gewalt ist das Gesetz des Orkans.
Mathilde Kummer kehrt an ihren Platz zurück. Die Sprüche werden abgefragt und neue aufgegeben. Dann das Kapitel aus der Bibel und das Lied «Jesus geh voran, auf der Lebensbahn». Immer noch halten die Kinder ihre Hände locker verschränkt, die Daumen nach innen gezogen, als hätten sie Schmerzen. Niemand sieht nach Mathilde hinüber, aber unaufhörlich denken alle an sie. Dann geht man hinaus zu zweien, aber erst wie die Kinder in Sicherheit sind, nicht mehr gehört und gesehen zu werden, springen sie zu Mathilde. Die Kleinen, Neugierigen schiebt man weg. Die Kinder tupfen mit ihren Taschentüchern das Blut auf, aber keines sagt «pfui» oder sonst ein auf den Vorgang hinweisendes Wort. Mathilde weint nun leise, denn es tut ihr wirklich weh. Dass sich die ganze Strafe um entlaufene Hühner dreht, das wissen die Kinder nicht mehr. Sie sehen nur das Blut...
Die Haushaltungslehrerin kommt vorüber und heisst Mathilde mit ihr kommen. Sie verbindet ihr sorgsam die Hände mit Polster und Watte, dann sagt sie leise: «Musst keine Hühner mehr falsch herauslassen. Hörst du's?» Mathilde sitzt im Essaal, neben sie haben sie die Puppe Olga gesetzt. Freundlich streichelt das Kind sie mit seinen dicken, verbundenen Händen. Dann schaut es dankbar in die Runde.
Seit Jungfer Prest das Kind Michaela nach Hause begleitet hat, lässt sie es nicht mehr los. Bald ruft sie es her zu einer

Arbeit, dann wieder zum Rätselraten und sogar zum Dichten. «Das könntest du gewiss tun», sagt sie. Die Freundschaft zwischen Amelie Küpfer und dem reichen Fräulein von Travo hat ihr gefallen, und sie könnte sich keine bessere Freundin wünschen als Michaelas Tatana. Wahrscheinlich würde sie sich sogar besser machen neben ihr als Amelie. Das Kind Michaela behauptet zwar immer noch, Fräulein Küpfer meine es nicht an und für sich gut mit Tatana, sondern sie wolle ihr bloss schmeicheln für etwas. Dies allerdings erzählt es nicht Jungfer Prest, sondern nur den Kindern. Es war auch nicht sehr glücklich, dass Jungfer Prest mit ihm reiste, diese Frau mit dem Henkergesicht. Statt einmal einen Tag lang frei zu sein von allem, musste es auch zu Hause noch Anstalt spielen und sehr darauf achten, was es sagte und tat, und vor allem wie es sich weiterhin unsichtbar verhielt. Natürlich kamen sie wieder auf die Brosamen und die verlegten Bücher zu sprechen, und Jungfer Prest versicherte, dass sie den Fall keine Minute aus den Augen lasse, aber nur dann zupacke, wenn der geeignete Augenblick dafür gekommen sei. «Mich, natürlich», sagte sie, «lügen Kinder nicht an, denn ich würde ihnen die Wahrheit in der Minute auf den Kopf zusagen.» Sie wirft den Kopf in den Nacken und lächelt überlegen. Travos sind sehr reizend zu ihr, und Herr von Travo schenkt ihr ein Buch. Ein solches Haus gefällt ihr, denn jeder kommt der berühmten Schulkapazität verehrend entgegen. Nur der Grossmutter gefällt sie nicht, und Anna denkt: ‹Könnte nun nicht einmal das Kind allein hier sein! Sogar an den spärlichen Tagen, wo es da ist, müssen sie es noch begleiten und behüten.› Dennoch macht sie einen Witz: «Olga bekommt gewiss rote Backen von der Feldarbeit!» sagt sie lächelnd. Immer wieder kommt sie ins Zimmer und stellt etwas hin und holt etwas her. Denn wenn es auch ein ärmliches Röckchen trägt, so ist es doch immer «unser Kind»; dagegen gehen die beiden fremden Jungfern die Familie von Travo nichts an. Sie denkt daran, dass es in der Kirche sein Händchen in die ihre gelegt hat. Allein fahren am Abend das Kind und Jungfer Prest von der Tramhaltestelle bis zum Strässchen, das zur Anstalt führt.

Das Kind ist nie gerne allein mit ihr. Unaufhörlich betrachtet sie es mit ihren grossen schwarzen Augen durch die scharfe Brille. Einmal ruht ihr Blick auf seinem Haar, dann auf dem Kleid, auf seinen Händen und wieder auf den Schuhen. Der Blick dringt ein, und das Kind fühlt, dass vielleicht seine Haare nicht in Ordnung sind oder das Kleid oder die Schuhe. Aber es bewegt sich nicht, denn wenn Jungfer Prest undurchsichtig ist, bleibt es das Kind ebensosehr. Hinter dem Gesicht und der Gestalt von Jungfer Prest ist vielleicht etwas ganz anderes versteckt, zum Beispiel ein Tiger oder eine Schlange. Und es ist nur ein Gesicht übergezogen und eine Gestalt. Und wer würde sich einen Haifisch zum Gefährten auslesen? Kein einziges Kind würde je seine Hände um ihren Hals legen und sie lieben. Aber das will Jungfer Prest auch gar nicht. Sie möchte gar keine Liebe haben von den Kindern. Es tut ihr nicht weh im Herzen, dass alle sie sorgfältig umgehen. Sie sollen sie nur fürchten, dafür ist sie gerade da, und vor allem sind auch die Kinder dafür da.
‹Scheinheiliges du›, denkt sie. ‹Heuchlerin, aber ich werde dich noch herausholen aus dir selbst, ich werde dich noch ans Tageslicht bringen mit deinen feinen Manieren, deinen Tanten und deinen Leuten um dich her! – Denen werde ich es noch zeigen, wer du bist!›
Plötzlich sagt sie: «Du hast dich heute recht gut gehalten zu Hause, Michaela, ich bin mit dir zufrieden.» Das Kind verzieht keine Miene. Die Fahrt dauert so lange, und es wünscht, man wäre schon wieder in der Anstalt, sicher unter allen Kindern, geborgen bei Olga.
Der Blick von Jungfer Prest tastet sein Gesicht ab, folgt der leisen Linie der Augenbrauen, der Nase, des Mundes, und plötzlich fängt sie seinen Blick wie in einem Fischernetz auf. «So, so . . .», sagt sie und hält es mit ihren Augen fest, und das Kind kann sich nicht mehr abwenden. Es fühlt, wie seine Gedanken seinem eigenen Blicke nachfolgen wie Fische an einer Angelschnur, und alle verschwinden in diesem schwarzen Abgrund vor ihm. Bald wird es nicht einmal mehr sein Herz bei sich behalten können. Den Mund nicht. Gott wird es verraten, Jesus. Es wird sagen: «Ja, ich habe es getan . . .»

Die Worte liegen auf den Lippen, und ohne dass es weiss, wieso, werden sie sich plötzlich bewegen, zusammenziehen, der Mund sich öffnen. Sein Gesicht ist weiss, bis auf die Lippen ist das Blut daraus gewichen.
‹Gott›, denkt das Kind, ‹Gott, ich bin verlassen...›
Jungfer Prest sagt: «Du bist ein richtiger Bleichschnabel, zu lang und zu mager, dich wollen wir noch ein wenig tummeln.»
Und dann lacht sie, lacht laut, lange und tupft ihm mit dem Zeigefinger auf die Nase.
«Habe ich recht», sagt sie, «wie?»
«Ja», sagt das Kind tonlos.
Die Postkutsche hält an, und sie steigen als die einzigen Passagiere aus.
«Nein aber wirklich, Michaela», sagt die Lehrerin, «nun musst du ordentlicher werden, das Bett besser machen, exakt. Die Schürzen besser falten, damit alle gleich lang und gleich gross sind. Dein Abteil im Kleiderzimmer ist immer am wenigsten ordentlich. Was müsste auch Herr von Travo von dir denken, wenn er wüsste, wie du deine Schürzen faltest.»
Das Kind kehrt in seine Familie zurück und ist mit Jubel empfangen. Aber es ist immer noch weiss, und die Knie schlottern ihm unter dem Kleid. «Was hast du», sagen die andern, «war's nicht schön? Na, es kann ja wohl auch nicht schön sein, wenn *die* mitgeht.»
«Doch, es war sehr schön», sagt das Kind.
Auch andere Lehrerinnen haben eine ähnliche Taktik. Sie lernen das voneinander, aber Jungfer Prest ist doch ihrer aller Vorbild. «Kinder muss man eben verstehen», sagt Jungfer Prest. «Wer sie nicht versteht, der kann auch nichts aus ihnen herausbringen. Das nennt man Methode.» Selbst die schüchternsten Lehrerinnen bemühen sich, Methode zu bekommen. Nur die Haushaltungslehrerin macht nicht mit. Sie ist gerecht; wenn Kinder etwas Dummes anstellen, sollen sie Strafe bekommen, aber ohne Methode. Sie liebt dieses Lauern nicht und wagt es sogar, diesen neumodischen Star, die Verwandte des Direktors, von ihrem Umgang fern zu halten. ‹Kinder sind schliesslich auch Menschen›, denkt sie.

Sorgfältig plättet sie eigenhändig die Puppenwäsche von Olga und legt sie mit den Kleidern der Direktorskinder zusammen. ‹Ein Kind, das seine Puppe so liebt, ist nie ein böses Kind›, sagt sie sich. Von dieser Meinung lässt sie sich auch von der klugen Speziallehrerin nicht abbringen. ‹Aber wenn ich euch nicht gefalle, so kann ich ja gehen›, denkt sie. Die Direktion ist nichts anderes für sie, als eben eine Direktion. Und es gibt noch andere in der Welt.

Aber in der Deutschstunde hatte Margrit Feller doch heimlich einen Brief an ihre Mutter geschrieben. Vorsichtig kritzelte sie ihn unter einem Buch, und von ferne sah es die Lehrerin. Margrit dagegen merkte es erst, als sie bereits hinter ihr stand. «Sofort gib diesen Brief her», sagte die Lehrerin, aber im selben Augenblick steckt das Kind das zerknüllte Papier in den Mund und schluckt es herunter. Die anderen Kinder schauen von ihren Übungsheften auf und zu Margrit hinüber. ‹Das ist fein›, denken sie alle, ‹bravo!› «An wen hast du diesen Brief geschrieben?» fragt die Lehrerin. «An meine Mutter», antwortet Margrit.

Dadurch wird das Regiment immer strenger. Es macht sich ein innerer Widerstand geltend unter den Kindern, der selbst die methodischsten Lehrerinnen aus dem Geleise bringt. Mutig wie eine Todesgarde nehmen die Kinder die Schwierigkeiten auf sich und brauchen keine Sprache, um sich untereinander zu verständigen. Jedes weiss, dass es im Einverständnis aller handelt und irgendeiner unbekannten Sache dient. Dass diese unbekannte Sache Zukunft heisst, wissen die Kinder nicht. Die Lehrerinnen sagen ihnen: «Ihr müsst nicht an eure Eltern denken, ihr seid hier zu Hause. Und ihr werdet hier von uns zu brauchbaren Menschen erzogen. Zu Hause würdet ihr allesamt schlechte und minderwertige Geschöpfe.» Aber diese Samenkörner fassen keine Keime im Herzen der Kinder. Mit einer wahren Inbrunst helfen sie einander ihre Angehörigen lieben und verteidigen. «Wir sahen deine Mutter gestern abend, sie stand am Trottoirrand», so sagen sie. Und die Kinder denken mehr als je an ihre Mütter und Geschwister und an ihre Angehörigen.

Zuweilen werden sie auch in die Stadt geschickt, je zwei und zwei mit grossen, langen Körben, um Butter zu verkaufen in reichen Häusern, und Eier. Dafür müssen sie wieder Geschirr nach der Anstalt bringen, Lampengläser, Faden und Baumwolle, und das ist eine ganze Menge von Besorgungen. Auch Michaela geht mit und ist bereits gross genug, Einkaufmädchen zu sein. Ihrer zwei klettern sie hinauf zu Türmen und schönen Vorstadthäusern. Das Kind Michaela ist im Hause von früheren Bekannten. «Warte», sagt es zum andern, «ich will schnell hinaufgehn, vielleicht finde ich dir und mir ein Vieruhrbrot.» Vor der Etagentüre hört es Klavierspielen. Man hört lautes Lachen, und von der Küche her kommt ein angenehmer Dampf von Kaffee und frischen Brötchen. Das Kind setzt den Finger auf die Klingel. ‹Ich könnte läuten›, denkt es, ‹dann würden sie kommen. Oh, wie würden sie lachen, mich hier zu sehen. Sie würden mich hereinrufen, denn schliesslich sass ich früher am selben Tisch mit ihnen, und wer wusste einen Unterschied zwischen reich und arm? Waren wir nicht alle Kinder? Einfach Kinder und sonst nichts. Wie schön wäre es jetzt, Mathilde Kummer heraufzurufen und zu sagen: Siehst du, ich habe so gute Bekannte. Dann würden sie zusammen essen, so viel frisches Brot und Butter, und einen Kaffee, denn den kriegen sie doch nicht mehr, bis sie nach Hause kommen, und dann ist es bereits acht Uhr.› Plötzlich rennt es mit dem langen, grossen Korb die Treppe hinunter und hebt ihn in den Ecken über das Geländer, denn der Korb hätte ja nicht Platz im Treppenhaus. Geduldig steht Mathilde an der Haustüre. Von oben ruft die Stimme der Köchin: «Wer ist denn da auf der Treppe?» – Die Kinder ducken sich in den Schatten. Die Köchin kommt ein paar Stufen näher zu ihnen. «Wer ist da?» schreit sie wiederum und wartet. Endlich ächzen ihre Schritte wieder aufwärts. «Immer Pack in den Treppen», ruft sie, dann dreht sie den Etagenschlüssel zweimal um. Die Kinder schleichen nach der Seite des Hauses, wo man sie nicht mehr entdecken kann. «Wenn uns jetzt die Polizei gesehen hätte? Wir sind zu arm für solche Leute, sie würden meinen, wir seien Bettler.» Und dann gehen sie endlich nach Hause, den weiten Weg, langsam, müde und nicht mehr hungrig. Das haben sie vergessen. Noch einmal zählen sie das Geld im Lederbeutel und die Waren im Korb. Alles stimmt, es ist da. Zu Hause wartet eine Suppe mit grossen, aufgequollenen schwarzen Bohnen auf sie.

Aber an einem Nachmittag, plötzlich, mitten in der Woche, ist die Grossmutter auf Besuch gekommen und steht fast ebenso verlegen an der Anstaltstüre wie die Kinder. «Deine Grossmutter ist draussen», sagt Jungfer Prest, «du kannst für eine halbe Stunde mit ihr spazieren.» Die Grossmutter lächelt und verbeugt sich höflich. «Vielen Dank, vielen Dank, Fräulein, für ihre Freundlichkeit», sagt sie. Aber dann gehen sie ihr rasch aus den Augen. Erst oben am Strässchen lüftet sie den Mantel. «Komm», sagt sie, «mein Kind, iss!» Dann holt sie Trauben und Schokolade aus der Tasche hervor. «Iss, mein Kind, iss, mein armes Herzchen, so lange sie dich nicht sieht.» Sie erzählt: «Weisst du, Fräulein Amelie möchte natürlich gerne Frau von Travo werden.» Aber das Kind überhört es, und dann haben sie ganz andere Sorgen, als darüber nachzudenken, wer die Frau von wem sein könnte. Solche Sachen scheinen den Kindern in der Anstalt Kindereien der Erwachsenen, und unterdessen muss es die Grossmutter behüten, dass sie zur Zeit wieder wegkommt, denn mit ihr würde Jungfer Prest ganz anders verfahren als mit Menschen, die aus einer Kutsche steigen, das fühlt es, und es weiss es auch. Die Grossmutter sagt: «Schlagen sie dich?» – «Nein», antwortet das Kind überzeugend. «Bring diese ‹Drucke› nicht mehr mit, wenn du nach Hause kommst. Zu was sollen wir sie noch füttern, wenn sie dich am Ende doch schlägt? Glaubst du wirklich, man müsse alle schlechten Leute noch füttern, damit sie uns zuletzt töten? Und vor allem, lass dich nur hier nicht erwischen.» Sie wechselt einen schnellen Blick mit dem Kind, und dann ist die halbe Stunde um. Da stehn sie oben auf der Landstrasse. Immer wieder umarmt und küsst sie das Kind. Langsam kehrt sie zu Fuss um nach der Stadt. Michaela rennt das Strässchen hinunter: ‹Mein Gott, bin ich zu spät?› – ‹Es hat es getan›, denkt die Grossmutter, ‹aber wenn sie es nur nicht erwischen.›

«Hat die Grossmutter dir etwas hiergelassen?» fragt Jungfer Prest. «Nein», antwortet das Kind mit gross aufgeschlagenen Augen laut und sicher. In ihm ist ein Vorhang. Auf der einen Seite ist das Lachen, und auf der andern das Weinen.

14

Der Winter hat sehr früh eingesetzt. Früh und hart. Schon im Oktober hat Frau Pfarrer die neuen Winterröcke verteilt, auch Michaela Tanner hat einen solchen bekommen. Die Röcke sind aus einem dicken Stoff, braun und schwarz gewürfelt. Immer näht man sie nach demselben Muster. Ein kurzes Oberleibchen und daran ein langer Rock, der hinten in starke Falten genäht ist und vorne glatt bleibt. Das Kleid sitzt ziemlich lose um den Körper, und den meisten Kindern ist das ganz gleichgültig; es gibt nur wenige Mädchen, die darauf achten, dass die Taille anliegt. Mit der Zeit wollten viele von ihnen gar keine andern Kleider mehr tragen. In dieser Uniform fühlen sie sich den Stürmen des Anstaltslebens am besten gewachsen. Man steckt in seinem Pelz wie eine Pflanze, ist geborgen, geschützt und zugedeckt. Wenn Frau Pfarrer die Kleider verteilt, sitzt sie auf einem Stuhl und lässt die Mädchen der Reihe nach herkommen. Ihre alten Kleider tragen sie auf dem Arm, und man sieht nach, was man daraus noch machen könnte. Die zu klein gewordenen Kleider gibt man hinunter an die kleineren Kinder. Aber auch in den kleinen Nummern gehn die Kleider manchmal ab, und man muss sie durch neue ersetzen. So bekommen sowohl grosse als kleine Mädchen zuweilen neue Kleider. Andere wieder fallen zwischendurch und müssen Altes austragen. Freudig schauen die Kinder die Vorsteherin an, wenn sie ihnen ein neues Kleid verschreibt. Dann bekommen sie wieder Mut. ‹Oh, wenn ich dann das neue Kleid trage, das neue Kleid!› denken sie. Es kommt ihnen vor wie das Schönste, was es auf Erden gibt.

In der Anstalt hat man nur Petroleumlampen und selten Kerzen, wegen der Feuersgefahr. Die Einrichtung des Gaslichtes und des Auerlichtes ist noch zu teuer, denn die Jahresbeiträge für die Kinder betragen manchmal nur zwanzig Franken. Für dies Geld kann niemand viel erwarten. Wer in der Nacht hinaus muss, soll sich eben im Finstern zurechtfinden. Es kann ja auch der Mond scheinen, dann sieht man genug. Weil der Weg weit ist und die Fliesen kalt, ist es den Kindern geboten, ihre Strümpfe überzuziehn, denn Pantoffeln besitzen sie keine. Im Winter sind viele Kinder erkältet mit Halsweh und Husten und Durchfall, und da müssen sie zitternd in der Nacht mehrmals den Weg nach dem kleinen Örtchen antreten. Es gibt auch solche, die den ganzen Winter über das Bettchen verunreinigen, weil sie von unten herauf nicht warm genug angezogen sind. Dies sind arme Kinder, in der Andacht müssen sie ausserhalb der Bank stehen, damit man sie sieht. Es gibt auch eines darunter, das hat nur ein Bein. Bis es sein Holzbein angeschnallt hat oder herausgehüpft ist, ist meist das Unglück schon geschehen. Und da gibt es jeden Tag von neuem Tränen, weil es jeden Tag wieder ein neues Unrecht ist. Es gibt auch Faule und Starke darunter, die lieber im warmen Bette bleiben, statt den mühsamen Weg anzutreten. Der Schlafraum ist ungeheizt, nur die Lehrerinnen bekommen Wärmeflaschen.

Es scheint kein Mond, und die Nacht ist dunkel. Michaela Tanner schleicht mit geschlossenen Augen und übergezogenen Strümpfen wie ein kleines Gespenst durch den Waschraum und dann hinaus auf die Holzlaube. Die meisten Kinder behalten die Augen geschlossen, damit sie nicht zu sehr im Schlaf gestört werden. Auch Michaela gehört zu denen, die den Winter schlecht vertragen und oft nächtelang auf einer Reise sind. Durch die Türritze vom Wohnzimmer schimmert ein Licht, das ist ein Zeichen, dass Jungfer Prest noch beim Lampenschein an der Arbeit sitzt. Manchmal feiern die Lehrerinnen Kränzchen in dieser oder jener Familie. Wie Michaela zurückkommt, stösst sie an ein Waschbecken, dieses fällt herunter, aber es ist aus Blech. Sofort stürzt Jungfer Prest aus dem Zimmer und holt das Kind herein. Und nun springt ihr auch gleich der Teufel ins Herz, und sie weiss, dass es sich in dieser Nacht verraten wird. Viele Leute sagen, dass der Teufel in den Heiligen Nächten am meisten Arbeit habe. Ohne Worte gibt sie dem Kind eine solche Ohrfeige, dass es widerstandslos von einer Zimmerwand zur andern taumelt und nicht mehr weiss, wo es sich mit den

Händen halten muss. Dann drückt sie ihm mit der Faust das Kinn zurück, so dass es sie anschauen muss, in diese schwarzen Augen hinein, die helleuchtend funkeln vor Glück.

«Gestehe, dass du vor drei Jahren gelogen hast!»

«Ja», sagt das Kind.

Das Wort kommt aus seinem Munde heraus, glatt und ohne Gefühl wie eine Schlange.

‹Ich habe Gott verraten›, denkt es.

«Und die Bücher?»

«Ja», sagt das Kind. «Ich habe sie selber verlegt.» Plötzlich fällt es ihm ein, dass es nur so gewesen ist und nicht anders.

«Die Brosamen?» fragt Jungfer Prest.

«Ja, auch die Brosamen habe ich Herrn Wohlgemut angeworfen.»

«Dann hast du also auch den Pfarrer belogen, die Lehrerinnen, Tatana, die Grossmutter, alle? Du Ungeheuer!» Und wieder gibt sie ihm eine Ohrfeige, dass es nach der andern Ecke des Zimmers fliegt. Dann nimmt sie ein Tuch vom Stuhl und geht damit aus dem Zimmer.

Nachts um zehn geht sie über den Hof, läutet an der Glocke im Grosshaus und steigt die Treppe hinauf in die Wohnung des Direktors.

«Es hat es gestanden», sagt sie atemlos, als ob sie den Raubmörder der ganzen Welt gefangen.

«Setzen Sie sich, Liebe», sagt der Pfarrer. Auch seine Frau kommt herein.

«Wir danken Ihnen, wir danken Ihnen, Sie sind wirklich eine ganze Kraft.»

Jungfer Prest setzt sich erschöpft auf einen Stuhl.

«Man braucht Nerven, ich weiss es», sagt der Pfarrer, «um solchen verstockten Kindern Herr werden zu können.» Frau Pfarrer holt ihr ein Glas Wasser mit Pfeffermünztropfen.

«Erholen Sie sich», sagt sie, «wir fügen uns ganz Ihren Anordnungen.»

«Ja, wirklich, vor der Andacht, exemplarisch.»

«An alle ein Bekenntnis.»

«Und kein einziges Geschenk.»

«Doch, doch, von mir aus noch privat. Ganz wie Sie wollen. Es soll es eben einmal merken.»
Der Pfarrer schaut zum Fenster hinaus und sieht drüben im Wohnzimmer der vierten Familie ein kleines Lichtlein brennen.
«Wir werden Sie ganz unterstützen. Wir werden ihm auch einen passenden Spruch schenken.»
Am andern Tag ist Weihnacht, da hat der Teufel am meisten Arbeit, da kommt der Hass, der Geiz, der Neid am meisten zum Vorschein.
Jungfer Prest geht im Schnee über den Hof. Die Fussspuren, die sie vor einer Stunde zurückgelassen hat, sind bereits überdeckt mit neuem Schnee. Ihre Augen schauen dunkel durch die starken Brillengläser. Dann sammelt sich in ihnen die Entschlossenheit wie ein Kriegsplan.
Das Kind steht noch immer am selben Fleck im ärmellosen Hemdchen an der Wand. Sein Gesicht ist ganz weiss und beinahe schimmernd wie beim Weihnachtskind. Es friert nicht, es denkt nichts, es fühlt überhaupt nichts mehr. ‹Ich bin ein Verräter›, sagt es zu sich, ‹und ein Feigling. Nun muss man hineinfallen in diesen ganzen Abgrund. Einfach hineinfallen, es gibt kein Zurück mehr. Sie werden mir nichts schenken›, denkt es, ‹sie werden mich schlagen, sie werden mich verachten: es macht nichts. Es ist jetzt sowieso alles gleichgültig, was geschieht.› Jungfer Prest kommt herein.
«Schreib ein Bekenntnis an deine Tante», sagt sie. «Dann zeige mir den Brief, ich bin ganz krank wegen dir!» Sie geht ins Schlafzimmer hinter ihren Vorhang, und das Kind hört, wie sie die Schuhe auszieht. Es setzt sich an den Tisch.
«Liebe Tatana», schreibt es, «ich habe alles gelogen. Die Brosamen habe ich Herr Wohlgemut angeworfen, und das Rechnungsbuch im ersten Pult der zweiten Reihe versteckt, und das Lesebuch dazu. Es tut mir leid, dass ich so schlecht bin. Es grüsst dich innig Michaela.»
Das Kind bringt den Brief zu Jungfer Prest, die ohne Brille im Bett liegt. Es ist merkwürdig, wie eine Brille einen Menschen verändern kann. Ohne Brille sieht Jungfer Prest blöd aus, aber dafür nicht so schlecht. «Lies den Brief vor»,

sagt sie. Das Kind liest. «Schreib ihn nochmals ab, aber ohne den Satz ‹Es küsst dich innig›. Dann lege ihn auf meinen Nachttisch und störe mich endlich nicht mehr.» Das Kind geht wieder ins Zimmer hinüber und schreibt den Brief zum zweitenmal. Die Nacht geht dahin, es ist so merkwürdig, wie Nächte dahingehen. In den Scheiben stehn sogar Sterne. ‹Es wäre schön›, denkt das Kind, ‹wenn man auf den Sternen spazierengehen könnte.› Es kommt sich ganz erwachsen vor, und die Lehrerinnen und der Pfarrer und alle sind die reinsten Kinder. Leise macht es die Schlafzimmertür wieder auf, hebt den Vorhang und schiebt den Brief auf den Nachttisch. Es brennt kein Licht mehr. Leise geht es ins Bett und fällt in den Schlaf, weit, weit hinunter, so weich, so leicht, so klein. Vielleicht ist man schon auf einem Stern.
Aber in den Betten wachen die Grossen und haben alles mitangehört.
Um sechs Uhr früh fällt der Tag in die Dämmerung. Fast unsichtbar, grau und ganz zart. Das Kind, das die Lichter besorgen muss, zündet die Lampe an, aber sie gibt wenig Helle von sich. Leise steigen die Kinder aus ihren Betten, wechseln ihre Hemdchen und ziehen die Unterkleider an, dann gehen sie hinüber in den Waschraum. Einige brauchen das Wasser sehr spärlich, wieder andere waschen sich sogar im Winter wie junge Bären und verspritzen viel Wasser. Dann lösen sie die Haarflechten auf und beginnen sich zu kämmen. Das tönt alles behutsam, verhalten wie Flügel und Vogelfedern. Man hört nur da und dort ein kleines Lachen. Eines der Kinder sagt: «Heute ist Weihnacht ...»
Nach dem Morgenessen ruft Jungfer Prest Michaela Tanner zu sich.
«Nun schreibst du das Bekenntnis an den Pfarrer», sagt sie.
«Siehe zu, dass du damit fertig bist, wenn ich wiederkomme.»
Es ist alles so eigentümlich, eine Weihnacht ohne Weihnacht. Es bleibt alles grau, behutsam und doch nicht ohne Freude. Das Kind setzt sich an eine Ecke des Tisches und schreibt an den Pfarrer. Es schreibt: «Lieber Herr Pfarrer, ich habe gelogen. Ihre dankbare Schülerin Michaela Tanner.» Die

Lehrerin kommt zurück, aber sie findet den Brief an den Pfarrer abscheulich. «So schreibt man nicht an einen Pfarrer», sagt sie, «verstehst du denn nicht, dass du ein Verbrechen begangen hast? Aber ich will dich nun lehren Briefe schreiben. Geh ins Kleiderzimmer hinüber.» Und dann bekommt das Kind die Schläge, die als «privat» bezeichnet worden sind. Jungfer Prest setzt den Brief auf.
«Hochgeehrter Herr Pfarrer, leider muss ich Ihnen gestehen... Mit tiefer Hochachtung...»
Das Kind geht umher, teilnahmslos und schweigend. ‹Es ist merkwürdig›, denkt es, ‹wie das Blut in den Adern klopft, immer gleich, jahraus jahrein, niemand kann es zum Stillstehen bringen, weder durch Schelte und Schläge noch durch Feste und Freuden. Es klopft unaufhaltsam im Herzen. Der Atem geht und kommt, und beides, das Blut und der Atem, ohne Ende. Das gibt so viel Ruhe, und die Hände und die Füsse schliessen sich der gleichmässigen Bewegung an. Sie gehen, sie kommen, sie fassen dies und lassen jenes, ganz ruhig, ganz mechanisch. Am Abend tönt die Hausglocke, und die Kinder gehen in den Saal. Es sind auch Komiteeherren da und Damen in Pelzen und Mänteln, die sitzen in den vordersten Reihen. In der Ecke steht ein hoher Tannenbaum mit vielen Lichtern. Der Pfarrer liest die Sprüche vor, die auf den kleinen Bildchen stehen, und verteilt sie an die Kinder. Jedes wird einzeln aufgerufen. «Der Herr liebt keine Lippen, die lügen, Michaela Tanner.» Die Füsse gehen von selbst, und die Hände fassen das Bildchen, und das Kind kehrt an seinen Platz zurück, und fast muss es lächeln, weil alles so einfach vor sich geht, ohne dass man weiss, wie. Am Abend sind die Kinder im Schlafsaal, da müssen sie aufsitzen und im Bett der Reihe nach beten.
«Ich verbiete dir zu beten», sagt Jungfer Prest, wie die Reihe an Michaela kommt. Das Kind legt sich in sein Bett zurück, lang, gerade und steif wie ein Toter. Es hat in seinen Gedanken nur gerade soviel Zeit gefunden, auch Olga etwas weiter unter die Decke zu schieben, damit die Lehrerin sie nicht sieht. Denn sonst wird auch Olga an den Haaren herausgezogen, gegen die Wand geworfen und muss ein

Bekenntnis ablegen. Sanft schläft das Kind ein, bewusstlos und ohne Kummer. Lebte es in Indien, so könnte es wie ein Yogi auf eine andere Bewusstseinsstufe übergehn. Merkwürdigerweise denkt es ein kleines Gedicht zusammen. Das Gedicht ist nicht schön, und es ist ziemlich dumm:

«Es ist ein Stern,
Der war so fern,
Ich liess ihn ein
Und blieb allein.»

Plötzlich fallen ihm noch mehrere solcher kleiner Gedichte ein, und es nimmt sich vor, es werde sie in ein Heft schreiben mit weiss und blau geflochtenen Deckeln. ‹Gott weiss, dass ich schlecht bin›, denkt es, ‹da lässt sich nichts mehr dagegen machen.›
Am andern Tag ist Geschenktag, wo die Kinder Kuchen und Nüsse bekommen und kleine Lieblingswünsche. Etliche schicken ihre Puppen jedes Jahr ins Weihnachtsland, und da kommen sie wieder mit rotbemalten Wangen und angenähten Händen. Manchmal auch kommen Pakete von zu Hause, die sind dann unter dem Tisch. Aber das Kind weiss zum voraus, dass nichts da sein wird. Neben ihm steht Jungfer Prest und bewacht es Schritt auf Schritt. Sie sticht mit ihren schwarzen Augen nach ihm und denkt: ‹Da hast du's, du Verbrecher!› Aber was kann es dem Kinde schon ausmachen, es ist ja nichts mehr da zum Wegnehmen, und wo nichts ist, haben sie in der Schule gelernt, hat sogar der Kaiser das Recht verloren. Die andern Kinder sind bedrückt und beklommen. Wie gerne möchten sie Michaela etwas schenken zu Weihnachten und dafür das fröhliche Kind lachen hören! Es fehlt ihnen wie ein Verstorbenes, aber sie wissen auch nichts um sein Verbrechertum. Sie wissen gar nicht, was es eigentlich angestellt haben kann. Mein Gott, was ist denn in der Welt schon anzustellen von einem guterzogenen kleinen Kind? Es wird wohl nur etwas Dummes sein, sagen sich die Kinder. Dann werden die Lichter am Tannenbaum gelöscht. Die Kinder steigen aus dem Turnsaal hinauf in ihre langen, kalten

Schlafsäle, wo ein Bett neben dem andern steht, jedes mit dem gleich breiten Leintuchüberschlag auf der rot und weiss gewürfelten Decke. Der Reihe nach sagen sie ihre Gebete auf, dann sinken sie wiederum der Reihe nach hinunter in ihre Betten, wie von der Sense gemäht. Das Kind Michaela betet nicht. Wie wunderbar wird Gott, wenn man nicht mehr an ihn denken *darf*! Plötzlich löst er sich von allen seinen menschlichen Eigenschaften ab, die ihm die Leute angedichtet, und er wird Ruhe, Grösse und tiefes Geheimnis. Wie grossartig wird die Welt, wenn Menschen einen verlassen. Da fallen auch sogar die Guten wie Goldstäubchen ab von der wahren Sonne. Aussen ist alles so armselig, lückenhaft, steif und leer und verzweifelt. Aber innen ist das Genügen aufgefüllt wie eine volle Mondscheibe, eingefasst in Gold und Juwelen! Wer wollte da tauschen? Das Kind schläft ein wie auf einem Sternenschiff in leuchtenden Wellen. Obschon es am andern Tag vor der Andacht die Strafe bekommt, die über die Festtage aus Humanität verzögert wird, fährt es weiter auf seinem Schiff in den Traum.
Wirklich fängt es an Verse zu machen. Dumme kleine Verse von Heimweh und Mutter und Sternen, und seine Gedanken strecken sich wie Fühlhörner aus nach einer besseren Welt. Es ist merkwürdig, wie leicht die Verse aufwachen im Heft mit den geflochtenen Deckeln. Trotzdem ist die Strafe in der Andacht vollzogen worden.
«Michaela Tanner, hervortreten», hat es geheissen. «Das ist das Kind, das drei Jahre lang ein Verbrechen verschwiegen hat, aber dank unserer verehrten Lehrerin Jungfer Prest ist es ans Tageslicht gekommen.» Fast muss das Kind lachen, aber das Meerrohr saust durch die Luft, und wenn man auch zuerst die Tatzen tapfer mitzählt, so verliert man zuletzt doch die Rechnung, weil man überhaupt nicht mehr weiss, dass man noch Hände hat, und dann muss man auch Sorge tragen, dass die Tränen nicht zu den Wimpern hinaufsteigen. Man hat da allerhand zu bestehen.
Vor der Tür draussen sagt das Kind zu den andern: «Ihr braucht nicht mehr meine Freundinnen zu sein. Es braucht sich niemand zu schämen für mich.» Aber diese Worte tun

den Kindern noch mehr weh als vorhin die Schläge, denn sie haben sich alle untereinander lieb. Und eines fragt schüchtern: «Was hast du denn getan?» «Ich habe einem Herrn Brotkügelchen ins Gesicht geworfen und ein Rechenbuch versteckt und ein Lesebuch.» Die Kinder finden, das sei etwas Dummes. Aber vielleicht ist das eines der grossen Verbrechen der Erwachsenen, wofür man ins Gefängnis kommt, und sie beschliessen, künftighin noch mehr auf der Hut zu sein, denn Brosamen würden sie ja ganz gewiss nicht Jungfer Prest ins Gesicht werfen. Da würden sie sich wohl hüten!

Unterdessen geht die Panik weiter und ergreift die ganze Anstalt. Die Köchin schreit im Hof, ein solches Kind gehöre überhaupt nicht in eine anständige Anstalt, wo nur Waisen wohnen, ein solches Kind gehöre ins Zuchthaus. Und selbst Hans und Fritz, die Anstaltsknechte, hören von dem Skandal, und es wird ihnen nun klar, weshalb man früher Mädchen ins Holzhaus schickte. Aber heute ist man leider viel zu gut mit solchen Kindern. Die Kinder selbst sind voll Schrecken und Grausen, denn was dem einen heute geschieht, kann dem andern morgen auch passieren. Und tatsächlich kommt ihnen wieder der Block im Holzhaus in den Sinn, mit Federn und Blut, auf dem man die Hühner für die Direktion schlachtet. Michaela denkt: ‹Wie kann ich sie davon abhalten?› Für die Zeit hat das Kind wenigstens die Puppe Olga unter den Spreuersack versteckt, denn sonst wird sie am Ende auch noch geschlachtet wie ein Huhn.

Am Silvester dürfen die grösseren Mädchen nach der Abendandacht aufbleiben und das neue Jahr erwarten. Mitten in der Nacht bekommen sie Schokolade und Brot. Das ist ein sehr seltsames Fest, und es kehrt nur einmal im Jahre wieder. Nicht einmal an Ostern und an Weihnachten darf man so lange aufbleiben. Die Kinder glauben auch, dass in dieser Nacht etwas Ausserordentliches passiert. Es kommt ein neues Jahr aus dem Himmel, punkt zwölf ist es da, und darum läuten die Glocken. Die Lehrerinnen sitzen in den Andachten auf ihren Seitenbänken, und beim Gutenachtsagen müssen alle Kinder der Reihe nach an ihnen vorübergehen und ihnen die Hand geben. Aber wie nun Michaela Tanner vorbeikommt, da geben sie ihm die Hand nicht und schauen es nur starr an durch ihre Brillen. Es ist eine Mode, dass man einem verworfenen Kinde nicht gute Nacht wünscht, und viel weniger ein gutes Jahr. Jungfer Prest sagt, es dürfe nicht an den Silvesterabend kommen, denn es gehöre nicht in die Gesellschaft guter Kinder. Und da geht es nun nach der Andacht allein über den Hof, denn die Grossen bleiben zurück, und die Kleinen schlafen bereits in ihren Familien.

Das Kind steht allein im Hof wie am Anfang, als Tatana es hergebracht, und betrachtet die Häuser und die drei erleuchteten Fenster im grossen Saal, wo man jetzt das neue Jahr erwartet. Hinter dem Brunnen der schwarze Teich, der zugefroren ist und auf dem die Kinder vier Meter lang Schlittschuh fahren können. Dann der Hühnerhof mit den verschiedenen Gittertüren und zuhinterst die Knechtewohnung. Aber auch da ist alles dunkel, die Knechte sind ins Dorf gegangen und feiern irgendwo Silvesternacht. Das Kind denkt: ‹Ich gehe in den Wald, im Wald findet mich niemand mehr, und im Wald sterbe ich.› Und plötzlich macht es kehrt auf seinem Wege zum kleinen Häuschen, in dem die vierte Familie wohnt, die die Familie der Jungfer Prest heisst. Es ist Nacht, kein Wind, keine Sterne und viel Schnee, der sich grau und eben an den Wiesenrändern auftürmt. Da geht es nun hin und springt den Abhang hinunter gegen den Wald. Es ist nicht sehr dunkel, und im Wald findet es niemand mehr. Plötzlich rennt es in den Wald wie in ein Loch, in dem sonst die Furcht wohnt. Wenn es durchs Gestrüpp eilt, schliesst es die Augen und streckt die Hände vor, aber wo ein freier Platz ist, da springt es in langen Sätzen wie ein Reh. Es rennt, rennt aus Leibeskräften, damit niemand es mehr fangen kann. Wenn es still steht, denkt es, hier könnte doch Jungfer Prest hinter dem Baume warten und es durch ihre Brillengläser ansehn, oder auch der Oberknecht könnte dastehn mit einer Sense in der Hand. Es ist ganz geschickt wie eine Katze und findet sich zurecht. Es stolpert nicht und fällt nicht um, und je weiter es weggeht, desto wohler wird ihm zumute. Zuletzt hat es ganz vergessen, dass es überhaupt in einer Anstalt ist. Jungfer Prest kann nun nicht mehr kommen, denn es stehen viel zu viel Bäume zwischen ihnen. Sie würde wirklich hängenbleiben mit ihren Haaren, wie Absalom an einem Baum. Oder soll es vielleicht Tatana suchen oder Papa? Soll es zu Anna sagen: «Ich bin da!» oder heimlich den Schlossberg hinaufspringen zur Grossmutter. Es hat jetzt viel Auswahl. Aber dann müssen sie alle lachen und lieb sein, denn wenn sie traurige und ernste Gesichter machen, kommt es nicht mehr. Es beschliesst, sie vorderhand alle nur des Nachts zu besuchen. Nun hat es wirklich einen Weg gefunden. Am Tag bleibt es in der Anstalt, aber jede Nacht rennt es nach Hause. Nun sieht es seine Leute in der Nacht. Tatana ist schon im Bett, und ein Brief ist ihr aus der Hand gefallen. In dem Briefe steht: «Michaela hat gelogen.» Aber das ist ein ganz anderes Mädchen als dieses, das nun durch den Wald rennt. Das Mädchen, das gelogen hat, das war eine kleine Prinzessin, eine etwas delikate und verwöhnte Person, die meinte, sie sei zum Spass auf der Welt und man könne den Grossen erzählen, was man nur wolle, es sei alles richtig, weil Gott es doch verstand und gar nie böse war. Aber das Mädchen, das durch den Wald rennt, das ist nur ein Nachtkind und ein Schattenkind, es ist ein Geistkind, denn das richtige Kind gehört in eine Anstalt und, wenn man ganz genau sein wollte, sogar ins Zuchthaus. So rennt das Kind in den Wald, und seine Füsse zeichnen kleine Spuren im Schnee über weite Plätze hinweg und zwischen Bäumen hindurch. Hingegen den Papa sieht es nicht, der ist nicht im Haus, und wahrscheinlich muss er irgendwo auf Besuch sein. Vielleicht sitzt er mit Herrn Wohlgemut an einem Tisch, denn Männer tun das oft, sie sitzen miteinander an Tischen und lachen und trinken Wein. Dann sind auch die Männer ganz anders. Man sollte nie denken, dass sie böse werden könnten wegen ein paar Brosamen. Das Kind muss denken, der Papa wisse am Ende noch gar nichts vom Bekenntnis, und er sei an einem Ort, wo es fröhlich zugehe. Plötzlich hält es stille. In den Kronen der Bäume läutet es, langsam und tief macht es bum, bum, bum, wie bei einem Leichenbegängnis. ‹Vielleicht

hängen die Glocken in den Bäumen›, denkt es, ‹die wehen ganz langsam im Wind.› Aber vor seinen Füssen rauscht der Fluss.
Beinahe hätte es ihn nicht einmal gesehen. ‹Ich könnte durch den Fluss gehen wie durch den Wald›, denkt das Kind, ‹das wäre ein Witz.› Am Tag ist der Fluss ganz nett, da leckt er mit der nassen Zunge das Wasser von den Ufern. Aber in der Nacht ist er schwarz und flink wie eine Schlange. «Brrrrrr . . .», macht er von Zeit zu Zeit, «bum, bum.» Dann hört das Kind eine Stimme, eine ganz dünne, kleine Stimme, ungefähr wie von Kieselsteinen, wenn sie singen würden. Es ist eine kindliche Stimme, fast eine Stimme, wie sie Anna hat, wenn sie in der Kirche singt. Und doch etwas anhaltender und nicht eigentlich menschlich. Es ist eine Stimme von Stein.
«Olga», ruft das Kind, «Olga!»
Nie hat es bis jetzt Puppen sprechen hören, aber das ist die Stimme von Olga. Und die Stimme ruft: «Michaela, Michaela, komm zu mir . . . zu mir . . .» ‹Nein, das ist niemals die Stimme von Jungfer Prest›, sagt sich das Kind. ‹Man muss sich jetzt nicht irren. So hilflos und so armselig kann sie ja gar nicht rufen. Das ist Olga. Und Olga will nicht, dass sie mich in der Anstalt suchen und am Morgen töten. Sie will, dass ich von selber komme.›
Das Kind hat die Richtung verloren. Immer noch rennt es weiter den Fluss entlang, aber nun ist er nicht mehr so schwarz und so böse, nun wird er breit, weiss, wie ein Silberfeld. Und da sieht es ein Strässchen vor sich. Es kommt dem Kind in den Sinn, dass es doch eine Strasse finden müsse, um darauf zu gehen, denn bald wird es Morgen sein, und es muss vor der Andacht in der Anstalt sein, sonst bekommt es wieder Tatzen. Da rennt es nun den Weg wieder hinauf, und sein Herz schlägt in den Händen: Olga, rette mich, rette mich. Es rennt über eine weite Wiese mitten durch den Schnee, der zwar nicht sehr fest ist, wahrscheinlich ist darunter ein gepflügter Acker oder sonst etwas Weiches. Immer noch läuten die Glocken von allen Seiten. Dann kommt es an eine Landstrasse mit einem Bretterzaun auf der

einen Seite, und es rennt, rennt und hat ganz heisse Wangen, die brennen wie Feuer. Das ganze Kind brennt, als wäre es geheizt wie eine Lokomotive. Der Mond scheint auf eine weite Ebene, und ganz unten sieht es fünf Häuser stehn, die sind schneeweiss, und alle Fenster glitzern. ‹Vielleicht ist das der Himmel›, denkt das Kind, ‹aber ich muss doch zurück in die Anstalt, sonst holen sie mich.› Es rennt über die Ebene, fliegt, fliegt, es berührt kaum den Boden, auf dem Schnee kann man springen wie ein Tier. Da ist ein Baum, es rennt weiter, weiter, ein anderer Baum, viele, viele Bäume, endlich kommen die Häuser näher, und nun sind sie nicht mehr so hell. ‹Ich muss in die Anstalt, ich muss in die Anstalt›, denkt es und fliegt weiter bis zu den Häusern im Schnee. Da steht eines ein wenig abseits, und es ist nicht sehr hoch, nur etwa zwei Stockwerke, und unten steht ein Fenster offen. ‹Da muss ich hinein›, denkt das Kind, ‹sonst holen sie mich.› Es klettert vom Bänkchen auf das Fensterbrett, ganz leise wie eine Katze, und mit einem leichten Sprung in das Zimmer hinein. Da steht auch ein Bett, ein leeres, weisses Bett zuhinterst in einer Reihe. Das Kind kriecht hinein, es hat eine weiss und rot gewürfelte Federdecke. ‹Da muss ich hin›, denkt das Kind, ‹sonst werde ich auf dem Block geschlachtet.› Es schlüpft aus den Schuhen und macht ebensowenig Geräusch wie der Mond, wenn er am Himmel geht. Im Bette liegt die Puppe Olga. Das Kind schliesst sie in die Arme und küsst sie. Oh, wie ist die Puppe so kühl und so angenehm an den heissen Wangen.

«Olga, Olga», sagt das Kind, «sie haben mich nicht gefunden.»

Ein neues Jahr sinkt aus den Himmeln auf die Erde.

15

Es ist ein Wehklagen in den Herzen. Ein grosses Wehklagen, das um so tiefer ist, als man nach aussen wenig davon hört. Die Kinder dürfen es nicht sagen, aber es geht alle an. Eigentlich wissen sie genau, wie es zugegangen ist, wenngleich sie sich gar nicht darauf besinnen, wann das Kind sich angezogen hat. Sie sagen, es muss es in der Nacht getan haben, und dasjenige, das neben ihm schläft, könnte beschwören, dass Michaela Tanner am Abend im Bette lag. Allerdings hatte man die Lampe nur in den Waschraum gestellt, und von dort aus konnte sie den Schlafraum nur sehr schwach erhellen. Auch Jungfer Prest weiss, dass sie das Kind am Abend ins Bett geschickt hat, und es ist doch hoffentlich hingegangen. Natürlich ist es hingegangen, wo hätte es sonst sein sollen? Nachgeschaut hatte sie ja nicht, aber das verstand sich von selbst, denn die Kinder wissen genau, dass sie zu gehorchen haben. Aber Frau Pfarrer ist früh herübergekommen und hat sich ans Bett von Michaela Tanner gesetzt, denn schliesslich sind sie eine gute und fürsorgende Anstalt und lassen die Kinder nicht einfach sterben. Und doch hat kein Mensch gewusst, wieso man Michaela Tanner am Morgen mitsamt Kleid und Schürze bewusstlos im Bett gefunden hat. Nur die Schuhe hat das Kind ausgezogen, aber die sind voll von Schnee und Moos bis oben hinauf und vollkommen nass. Das Mädchen, das es am Morgen wecken wollte, sagte plötzlich: «Michaela Tanner ist tot.» Bei dieser Gelegenheit ist selbst Jungfer Prest aus dem Bett gesprungen im Nachthemd und eilt mit langen Schritten auf das hinterste Bett zu. Sofort fährt sie dem Kind mit der Hand über das Gesicht. Tatsächlich hat das Kind die Lippen ganz fest aufeinander verkrampft und ist schneeweiss im Gesicht und regungslos, die Hände liegen schlaff auf der Decke. Schnell sprengt Jungfer Prest ihm etwas Wasser über das Gesicht, bückt sich nieder und hört, dass es atmet.

«Es schläft nur», sagt sie zu den Kindern, «geht hinaus und kleidet euch an.»
Sie geht ins Grosshaus und meldet es Frau Pfarrer. Aber das Rätsel bleibt doch unaufgeklärt, weshalb es in Kleid und Schürze so weiss im Bette liegt.
Die Kinder haben viele Vermutungen. «Wenn es stirbt, da haben sie es!» sagen sie.
«Es ist beim Fluss unten gewesen oder im Sumpfmoos, oder vielleicht im Holzhaus», meint ein anderes. Und dann besinnen sie sich auf viele schlafwandlerische Kinder. Eines hat einmal auf dem obersten Tablar im Schrank gelegen, ein anderes sei das Strässchen hinaufspaziert bis ins Dorf. Noch eines sei auf das Dach geklettert.
«Sie haben das Kind in den Tod gejagt», sagen die Grösseren. Aber wenn Jungfer Prest hereinkommt, bleiben sie fleissig bei der Arbeit und machen freundliche Gesichter. Jungfer Prest erzählt ihnen nun Witze, und die Kinder lachen sofort laut und übermässig, aber im Herzen friert es sie, wenn sie daran denken, wo das Kind die Nacht über gewesen sein kann.
Der Anstaltsarzt meint, man solle es ein wenig in Ruhe lassen, es sei vielleicht etwas zu schnell gewachsen, und da habe es eine kleine Herzschwäche bekommen. Man solle nun das Geschehnis des nächtlichen Spaziergangs nicht mehr berühren, wahrscheinlich wisse es nicht viel davon. Von der Lüge erzählt man nun weiter nichts mehr, denn Kinder sind eben alle einmal ungehorsam, das kann vorkommen, und man muss sie dafür strafen, ob man nun will oder nicht. Das ganze Ereignis wird heruntergedrückt und möglichst klein ausgeplättet. Letzten Endes ist es eine Erkältung, wahrscheinlich hat es sich in der Zeit geirrt und ist zu früh aufgestanden. Nun finden sie viele ähnliche Fälle. Es ist auch schon passiert bei anderen Kindern, dass sie, vom Schlaf aufgewacht, sich angezogen haben und gemeint, sie hätten die Andacht versäumt. Aber Frau Pfarrer kommt immer wieder nachsehen, und sie deckt es zu, sie gibt ihm süssen Tee und einen Tonkrug voll heissen Wassers ins Bett.
Das Kind ist unterdessen aufgewacht, und es ist sehr froh, die Anstaltsbettchen zu sehen, denn es weiss noch genau, dass es

in den Wald ging, aber zum Glück ist es auf irgendeine Weise wieder zurückgekehrt, denn sonst hätten sie es geholt und auf dem Block geschlachtet. Wahrscheinlich hat es Olga geholt. Es glaubt es ganz sicher, dass ihm Olga im Walde begegnet ist. Und wer hätte sonst den Heimweg kennen sollen?

Es sieht im neuen Jahr zwar tröstlicher aus als im alten, die Leute lächeln, aber man lebt nicht drei Jahre lang in einer Armenanstalt, ohne sich auszukennen in den Menschen. Wenn sie *dürften*, wären sie schlecht. Aber aus irgendeinem merkwürdigen Grund dürfen sie nicht schlecht sein. ‹Aus welchem Grunde wohl›, denkt das Kind. ‹Vielleicht wegen Gott, er will es einfach nicht!›

Auch Frieda Klaus liegt im Bett. Sie hat den Fuss vertreten, und man hat ihr Umschläge mit Essig gemacht. Es ist ein grosses Mädchen mit dicken blonden Zöpfen um den Kopf. Die grossen Mädchen sprechen sonst wenig mit den kleinen und auch mit den mittleren. Die grossen gehn ins Konfirmandenjahr, da haben sie andere Gedanken im Kopf. Man darf sie nicht stören, sie wollen allein sein unter sich. Die kleinen dagegen verstehn noch nichts von Gott und vom Heiraten. Sie verstehen auch nichts von einem künftigen Beruf. Meistens werden die Mädchen Schneiderinnen oder Dienstmädchen in Herrschaftshäusern. Andere heiraten, und gelegentlich wird eines Lehrerin.

Es ist dunkel im Schlafsaal, die andern Kinder sind mit einer Lehrerin in der Nähschule im Grosshaus, dort, wo auch die Direktion wohnt. Michaela Tanner liegt im Bett und schaut regungslos an einen einzigen Punkt an der Zimmerdecke. Dieser Punkt wird von der Laterne im Hof erleuchtet. Das Licht wird stärker und schwächer, es muss Schnee über die Laterne fallen. Zuweilen reist auch ein schmaler Lichtstreif über die ganze Decke dahin, von einem Fenster zum andern; es muss jemand mit einem Windlicht über den Hof schreiten, vielleicht Hans oder Fritz. Aber die Gedanken müssen immer an der Decke bleiben und im Licht, denn wenn sie heruntersinken, gehn sie sofort in der Anstalt verloren, jemand liest sie auf und trägt sie fort, und wenn man sie

wieder findet, sind sie ganz verändert. Damit die Gedanken fest bleiben, muss man immer im Lichte sein.
Plötzlich kommt Frieda Klaus aus dem Bett mit ihrem verbundenen Fuss. Sie stützt sich auf den nächsten Bettpfosten und schwingt sich über den Gang zum hintersten Bett in der gegenüberliegenden Reihe. Erschrocken nimmt das Kind den Blick vom Lichtfleck an der Zimmerdecke weg und sieht das grosse Mädchen neben sich am Boden knien.
«Armes, liebes Kind», sagt es und schiebt den Arm unter das Kopfkissen. Das Kind sitzt erstaunt auf und sagt: «Ich bin nicht arm. Ich bin schlecht.» Dann legt es seine Hände dem grossen, weissen Mädchen um den Hals.
«Wahr und wahrhaftig, Frieda, ich habe tatsächlich gelogen, du musst gar nicht meinen, es geschehe mir ein Unrecht.»
«Armes, liebes Kind», sagt wieder das grosse Mädchen, und die Tränen laufen ihm über die Wangen. «Wie bist du so verlassen und allein, und sie haben dich sogar dazu gebracht, dies alles ausgerechnet an Weihnachten deiner Tatana zu schreiben.» Und es küsst des Kindes Gesicht, auf Wangen und Stirn und ringsum.
«Dann bist du in den Wald gegangen, ganz allein am Silvester, und in den Sumpf und weit fort, weil du Angst gehabt hast, dass man dich tötet. Sie sind wirklich schlecht, sehr, sehr schlecht.»
Und das Mädchen spricht weiter für eine ganze Weile in diesem murmelnden leisen Ton der jungen Mütter zum kranken Kind.
«Aber weisst du, Michaela, wir haben dich lieb, und deine Tatana wird dich auch lieb behalten.»
Aber das Schluchzen ist noch sehr weit weg vom Kinde Michaela. Es hat die ganze Zeit über nicht geweint. Nicht einmal bei den Strafen; es hat sein Herz fest gemacht und unbeweglich wie eine Brücke. Es bleibt auch weiter auf dieser unbeweglichen Brücke stehn. Plötzlich lächelt es ein wenig und sagt: «Es macht alles nichts. Ich bin die Prinzessin Gottes.»
Jungfer Prest hat zwar dennoch eines Tages das Gedichtbuch mit den blau und weiss geflochtenen Deckeln gefunden und

vor dem Kind ins Feuer geworfen. «Das sind alles nur unreife Jugenderzeugnisse», sagt sie weise. Aber das Kind Michaela hat auch da nicht geweint. Und dann haben alle Kinder einen festen Bund miteinander.

Amelie Küpfer ist es doch gelungen. Tatsächlich ist sie Frau von Travo geworden. Diese Nachricht hat sogar die Anstalt erstaunt. Alle lieben Tatana und Herrn von Travo, denn sie haben den Kindern oft Bücher geschickt und wieder durch Michaela Süssigkeiten auf den Sonntag. Sie lieben die Grossmutter und sie lieben Anna, sie lieben alle, aber Amelie Küpfer lieben sie nicht. Wie sie einmal in die Anstalt gekommen ist mit Tatana, da ist ihnen diese in ihrer weissen Flanellbluse vorgekommen wie ein Engel und dagegen Amelie Küpfer wie die Hexe von Hänsel und Gretel. «Die würde die Kinder auch einsperren», sagen sie, «und jeden Tag ihre Knöchel fühlen, ob sie bald fett genug sind zum Fressen.» Selbst Jungfer Prest schliesst sich der Ansicht der Kinder an, und sie hätte Herrn von Travo eine andere Frau gewünscht als diese alte Grossmutter-Braut.
«Weshalb hat denn dein Papa sie geheiratet?» sagen die Kinder. Michaela Tanner ist erstaunt, dass sich Schmeicheleien aufs Heiraten beziehen können. «Wenn er doch wenigstens eine Russin genommen hätte, oder wenigstens die schöne Französischlehrerin, die so plötzlich die Anstalt verlassen musste und die alle Kinder liebten.» – «Er musste sie eben heiraten», sagt Michaela Tanner, «weil sie ihm geschmeichelt hat, es ist nicht der Fehler von Papa.» Das haben alle Kinder gemeinsam, dass sie die Ehre der Verwandten verteidigen wie gegen tausend unsichtbare Feinde.
«Nein, ich esse keinen Sauerampfer», sagte einmal Klara Pfeiffer auf dem Felde zur Lehrerin, «weil ich es meiner Mutter auf dem Totenbett versprochen habe, es nicht zu tun.»
Amelie Küpfer besass nun den Ehering, das Geld und den Diamantring der schönen Mama und konnte als rechtmässige Frau von Travo von niemandem mehr übersehen werden, wiewohl sich etliche im Innern ärgerten, und die Grossmut-

ter brach in Tränen aus, dass sie auf ihre alten Tage noch zu einer solchen unglückseligen Schwiegertochter kam, wo doch die schönsten und reichsten Frauen der Stadt ihren Sohn ebenbürtig hätten heiraten können. Trotzdem gab ihr nun die Gesellschaft die Ehre, und wenn sie alle eingeladen waren, zusammen mit dem Kinde in seiner Anstaltstracht und seinen weissen Strümpfen, wunderte es Michaela, wie Leute, die doch heimlich über die Frau mit dem Diamantring auf dem kurzen roten Mittelfinger lachten, ihr Komplimente machten und sie so behandelten, als sei es ihnen allen eine grosse Freude, ihre Bekanntschaft machen zu dürfen. Die Lügen der Erwachsenen kamen den Anstaltskindern dumm vor, und dafür hätten sie drei Tage lang ins Holzhaus gehört. Was waren dagegen fünf Brosamen und ein Rechnungsheft! Nur Anna hatte sich noch ehrlich verteidigt. Sie hatte der jungen Frau von Travo ganz einfach eine Ohrfeige gegeben und gesagt: «Ihr gehört überhaupt nicht hierher.» Allerdings wurde Anna dafür ins Gebet genommen, und zwar nicht in der Kirche. Sie wurde gerügt, belehrt und aufgeklärt, dass Schönheit nicht bloss von aussen sichtbar sei, sondern noch viel mehr von innen. Wohl oder übel musste Anna lernen, dass man zu angenehmen Menschen nicht unartig sein darf, aber noch viel weniger zu unangenehmen Menschen, sonst verliert man die Stelle und muss die Photographie weiterschicken. Anna machte einen Zwischenfrieden und versprach eine Art von Besserung, aber die Ohrfeige hatte Amelie Küpfer indessen doch erhalten. Was das Kind aber am meisten verwunderte, war das, dass ihr Papa und Tatana wirklich glücklich schienen.

Aber dann fing bereits ein neues Leben an.
In diesem Jahr des Herrn gingen fünf Stück Lehrerinnen aus der Anstalt weg. Zuerst einmal war dies Jungfer Prest und eine andere alte Lehrerin, und später noch einmal drei andere. Und zwar zogen diese Lehrerinnen nicht etwa freudig das Strässchen hinauf, sondern sie zogen eher bedrückt mit ihren Köfferchen in der Hand von dannen. Auch der Abschied von den Kindern war nicht sehr aufregend, die meisten hörten es

nur von einem andern, und dann sahen sie der Abwanderung vom geschlossenen Fenster aus zu. Teils hatten sie Ehrenstellen fortgelockt, teils hatte sie der Zeitgeist verjagt. In den meisten Fällen beides zusammen. Aus irgendeinem Grund trieb sie plötzlich ein Wind davon.
Das Merkwürdige war allerdings schon dadurch eingetreten, dass man Jungfer Prest nicht mehr fürchtete. In den Kindern selbst war ein neuer und kühner Geist erwacht. Und zum andern Teil hatten sich die Methoden ihrer Autorität überlebt. Man fand sie dumm, und die Kinder hatten den Schlüssel dazu im Sack. Jungfer Prest mit dem unerbittlichen Gesicht war nichts anderes mehr als ein leerer Ballon über der Anstalt. Sobald sie sich einem Kinde näherte, schob man sie vorsichtig mit dem Händchen weg.
Jungfer Prest sagte: «Natürlich hast du deine Schürze zerrissen, wie du auf jenen Zaun geklettert bist, dann hast du sie versteckt, um mich zu hintergehn.»
«Jawohl», antwortete man darauf, «das habe ich getan.» Und von einem Zaun und einem Verstecken war nirgends ein Dunst.
«Die Grossen wollen haben, dass man gleicher Meinung ist mit ihnen», sagten die Kinder. Und Jungfer Prest schwebte leer und befriedigt von ihrem grossen Erfolg weiter. Man tanzte ihr sozusagen auf der Nase herum. Und selbst da, wo eines noch den bitteren Kampf der Wahrheit kämpfte und wirklich beweisen wollte, dass es sich anders verhielt, winkten von ferne die andern ab.
«Sag ja und kümm're dich nicht!»
Mit einer geschickten Operation wurde alles verkürzt und zusammengeschrumpft, und die Gewalt war unsichtbar von innen gebrochen. Nach aussen lief man weiter umher wie ein Karussellpferd, das seine Nummer kennt. Auch die beliebten Reuebekenntnisse fand man überflüssig. So sagte kein Kind mehr: «Es ist mir leid», man sagte dafür: «Es sei mir leid.»
Den Anstaltskindern kamen die Grossen vor wie Menschen, die man bequem von einem Turm aus beobachten kann. Man erfindet einen Trost für sie, und schon sind sie zufrieden. Man trieb es weiter, sogar bis zur Galanterie. Ein Kind hatte mit

der Post aus einer fremden Stadt in einer Schachtel Erdbeeren bekommen. Jungfer Prest sagt: «Da ich heute abend Lehrerinnenkränzchen bei mir habe, so könntest du mir wohl die Schachtel abtreten, du bekommst ja immer wieder etwas von deinen Leuten.»
«Aber bitte sehr», antwortet höflich das Mädchen.
Am Abend gehn die Kinder um so fröhlicher mit Olga spazieren. Sie ist immer noch schön mit ihren dunklen Locken und dem goldenen Kamm.
Frieda Klaus nimmt sie auf die Arme. «Du bist immer noch die schönste Puppe, die ich je gesehen habe!» Die Kinder lachen: «Gelt Olga, das macht dir alles miteinander nichts, ob du Erdbeeren bekommst oder nicht. Wir können sie ja entbehren.» Jeden Tag erfindet eines eine neue Höflichkeit, und sogar in den Ferienbriefen an die Lehrerinnen unterschreibt man jetzt: «Ihre Sie zu liebende ...» Und so war die Angst aus dem Herzen verschwunden, und dies war der Grund, weshalb fünf Lehrerinnen trotz ihren Spezialerfolgen plötzlich entlassen das Strässchen hinaufwanderten. Die Kinder aber waren in ein neues Viertel des Frühlingsmondes übergegangen.

16

Der Herbstnebel weht durchs Land. Am Morgen früh hängt er noch an den Furchen, und man könnte das Kartoffelfeld von weitem nicht erkennen. Plötzlich ragen aus dem Nebel vier Ohren heraus, und zwei lange schmale Gesichter kommen zum Vorschein. Das sind die Gesichter der Pferde mit den grossen blanken Augen, die jetzt nur Gehorsam sind, Ergebenheit, Treue, achtsam auf jeden Wink, und kein fremder Gedanke ist in ihnen als der Wille des Meisters. Sogar ein flatterndes Papier am Wegrand würden die getreuen Pferde jetzt übersehen, und sie würden wissen, dass sie ihm nicht zu gehorchen haben, wie weit auch dieses flatternde lockende Gebilde sie wegziehen möchte von der Pflicht. Zu andern Zeiten, wenn sie nicht so beaufsichtigt sind, könnte dieses Gebilde ihr Herz erfassen wie die Standarte der Revolution: «Freiheit, Freiheit. Du bist nur gefangen, gefangen, ein Sklave, du wunderbares, freies und schönes Tier.» In diesem Fall stürzen die Pferde davon, vergessen Wagen, Kutsche, Mensch und Gesetz und enden im Unglück. Aber arbeitende Tiere sind fromm; bedächtig nicken die beiden Köpfe der Pferde im Nebel, und aus ihren Nüstern strömt Dampf.

Der Morgennebel ist weich. Es ist kein Frost darin, sondern im Gegenteil die aufgehende Sonne. Hans und Fritz, die Anstaltsknechte, führen die Rosse und spalten mit dem Pflug die Kartoffelfurche. Rechts und links springen die Kartoffeln heraus, weisse Schneeflocken und Rosenkartoffeln. Mit der Harke zerteilen die grösseren Mädchen die Erdklumpen, die kleinen Kinder lesen die schönen, gesunden Knollen auf, während noch andere im Hintergrund den Haufen erlesen, die grossen und die kleinen, die guten und die schlechten. Wenn die Körbe voll sind, leert man sie in die Wagen, die das Kartoffelfeld verschanzen. Von Station zu Station zieht der Pflug vorüber und verschwindet bis ans äusserste Ende des Feldes, das man auch im Sonnenschein nicht mehr sieht.

Unterdessen machen sich die Kinder Burgen und Herrensitze aus den alten Kartoffelstauden, und um Mittag, wenn die Glocke läutet, ist ein ordentliches Stück Arbeit beendet, das allen Freude macht, den Pferden, den Knechten und den Kindern. So zieht der Gehorsam durch die Anstalt, tief wie ein Sommerwind durch Ähren.
Es sind nun neue Lehrerinnen da, fünf junge Lehrerinnen, fast selber noch Kinder, die scheu in die Anstalt eingetreten sind, und weil sonst niemand da war, da haben sie die Kinder gefragt: «Wo müssen wir die Harken holen, und um welche Zeit müssen wir aufstehn?» Diese fragenden kleinen Lehrerinnen, die eben erst aus der Schule kommen, haben den Kindern gefallen. Es ist über sie gekommen wie ein weicher, warmer Frühlingsregen, und etliche sind dadurch mächtig ins Kraut geschossen und haben sogar gemeint, nun müssten sie ein Leben lang nicht mehr gehorchen, so einfach und vollkommen angenehm ist es ihnen erschienen. Da die alten Raubtiere fort waren, ist es ihnen ungewöhnlich vorgekommen, dass sie selber befehlen konnten. Zwar: die Anstalt arbeitet von selber weiter, die Glocke läutet nach wie vor zur gleichen Zeit, und es ist immer noch die Köchin da, die Wirtschaftslehrerin und andere Grössen, die genau und vorschriftsgemäss weiterarbeiten wie die Pferde am Vorgespann des Pfluges. Auch in ihnen ist kein anderer Gedanke als der der Pflicht. Es gibt für sie keine lockenden Seidenpapiere und keine sehnsüchtigen Träume, die sie davon abhalten. Die Vorspannpferde der Anstalt bleiben im Harnisch. Wie ein Ozean bewegt sich die Anstalt von selber und nimmt alle mit in die Andacht, zum Essen, zur Schule und zum Schlaf. Gegen diese Gezeiten kann niemand etwas unternehmen. Aber die einzelne Welle fühlt sich wohler und braust freiwillig mit im Rhythmus der Anstalt.
In der Schule allerdings haben es sich die Kinder leichter gemacht. Sie sitzen in den Bänken selbstherrlich wie in Klubsesseln und führen sich patzig auf wie alte Fremdenlegionäre. Sie denken: ‹Wir haben unsern Teil geleistet in der Welt, sollen sich die andern jetzt um uns bemühn.› Sie geben Antworten und geben auch keine. Und teilweise machen sie

die Aufgaben nicht. Es ist ihnen wohl, wozu sollen sie sich anstrengen, sie werden ja nicht mehr gescholten von diesen jungen kleinen Lehrerinnen, die nicht einmal wissen, wo man am Sonntag in die Predigt geht. Diese dagegen geben sich alle Mühe, und einige haben fast Tränen in den Augen, weil sie nichts ausrichten, und doch möchten sie vor der Direktion dieser streng geführten Anstalt nicht dastehn als diejenigen, die nichts können. Nun ist es ihre erste Probe im Leben und ihr Ehrgeiz, denn sie glauben noch an Ideale. Aber dann kommt auch ihnen die Anstalt entgegen und nimmt sie mit, zum Aufstehn, zur Schule, aufs Feld und wieder ins Bett. Und wenn sie sich dieser Woge ergeben, geht alles schon viel besser. Aber die Kinder sind schlau und prüfen sie, denn das haben sie jetzt gelernt, und sie wollen sehen, was mit diesen Jungen eigentlich los ist. So zerbricht man ihnen wissentlich irgendeinen Gegenstand, ein Väschen, eine Photographie, und sagt hernach: «Es sei mir leid.» Was folgt, nimmt man in Kauf und zieht den Schluss.

Eine Lehrerin sagt: «Es macht nichts, mein Kind, es kann jedem geschehen.» Die andere: «Du musst das nächste Mal mehr Sorge tragen.» Und die dritte verspricht sogar: «Wenn du es wieder tust, so bekommst du Tatzen.» So haben die Kinder den Schlüssel in der Hand. Auch die üblichen Anstaltsstrafen haben sie ziemlich vereinfacht. Man isst getrost den ganzen Sommer über Früchte, und im Herbst zieht man die Tatzen ein. In der Schule schwatzt man, soviel man will, und bekommt kein Bildchen. Strafen sind nur noch Tauschmittel. Man macht sich nichts daraus.

Nach und nach merken sie dennoch, dass sich etwas geändert hat in der Welt. Freilich wissen sie noch nicht, was. Plötzlich ist es Frühling, und man sieht den Flieder blühn. Dann kommen die Schneeballen daran und später die Apfelbäume. Im Juni riecht man den ersten Schnitt des jungen Grases. Da steht man mitten im Feld mit einer Heugabel in den Händen und wirft das Gras in die Luft. Man schwatzt ein wenig mit der Nachbarin und freut sich am Leben. Die junge Lehrerin sagt: «Kommt, Kinder, wir müssen noch das Stück Feld fertig kriegen.» Dann sputen sich die Kinder, sie schütteln das Gras, und jedes möchte flinker sein als das andere, keines schwatzt ein einziges Wörtchen mehr vor lauter Eifer, und ohne dass man es verboten hat. Die Glocke läutet, und man hat das Stück beendet und noch ein anderes dazu, das nicht vorgesehen war, man hängt sich der Lehrerin wie einer älteren Schwester in beide Arme und geht froh nach Hause. Zuletzt findet man es nicht einmal mehr nötig, die Alten zu ärgern. Man sagt sich: ‹Ach Gott, es sind auch Menschen.› Und da rennt man schon und holt die Schlüssel vom Pult, die die Lehrerin vergessen hat, man holt ihr ein Taschentuch und sogar einmal ein Lineal und hebt gutmütig die Hand hin für eine Tatze und sagt sich höchstens: ‹Sie kann noch besser dreinschlagen, als man denken würde.› Und doch weiss man, dass sie fast lachen muss. Alles in allem tut nichts mehr weh, und man nimmt es nicht übel. In der Morgenandacht hat schon seit einem Jahr keines mehr eine Strafe bekommen.

Zuerst zwar sind den Kindern die Geschichten, die die neuen Lehrerinnen ihnen vorlesen, vorgekommen wie eine Speise ohne Pfeffer und Salz. «Es jubelt in den Zweigen und glitzert im Bächlein.» Die alten Seeräuber haben Geschichten vorgelesen von verstossenen und misshandelten Kindern, denen das Blut stromweise aus der Nase rann, von Dieben und Mördern und «Sesam öffne dich». Da hat man rote Ohren bekommen und hat zum voraus gewusst, dass es düster zugeht. Und nun hört man etwas von Veilchen im Garten und Schifflein auf dem See. Zwar von Küssen hört man noch nichts und von solchen Dingen, die den jungen Mädchen das Herz öffnen. Aber die Worte sind da, mitten in den Veilchen, und fahren im Schifflein auf dem See, und plötzlich liebt man diese jungen Lehrerinnen wild und knabenhaft. Man könnte sie vergewaltigen, wenn man nur wüsste, wieso. Das ist der Frühling im Herzen, der sich breit macht, lässig und wohlig, mit einem süssen Weh, von dem man nicht recht weiss, woher es stammt. Man möchte hinaus in etwas, hinaus zu jemand. Und langsam und leise wie der Winter aus den Tälern, verschwindet auch der letzte Schreck aus dem Herzen.

Man fängt nun auch neue Moden an und nennt die Leute nicht mehr beim ganzen Namen. Man sagt nicht mehr Michaela Tanner und Mathilde Kummer. Man sagt dafür «Micha-Ta» und «Mati-Ku». Dem Direktor sagt man «Pfa-Ro» und «Frau Pfa-Ro». Das ist weit angenehmer, und man fühlt sich weniger verpflichtet. Nur die eigenen Angehörigen nennt man noch beim ganzen Namen. Man sagt «meine Mutter», «meine Schwester», denn manches Kind muss die Mutter und die Schwester am Freisonntag im Krankenhaus besuchen oder sogar im Irrenhaus, mit ein paar Äpfeln im zusammengerafften Schürzchen. Da bleiben die Namen, und man will sie nicht ändern. An Sonntagen sind sogar viele wieder froh, zu Pfa-Ro zurückzukehren. Aber die Stiefmutter von Micha-Ta nennen alle Amelie.
Olga bleibt Olga. Auch die jungen Lehrerinnen lieben sie. Eine so schöne und so feine Puppe haben sie noch nie gesehen. Jungfer Kelly hat sie auf die Arme genommen und gesagt: «Eine solche Puppe schenke ich einmal meinem Kind.»

Anna ist unglücklich. Das ist nicht wegen den Schätzen, die sie nicht mehr findet. Diese Hoffnung hat sie begraben, seitdem sie gesehen hat, dass die junge Frau von Travo wegen einem Kind sterben musste. Anna hat sich gesagt: «Was nützt ein Schatz, wenn das Kind stirbt?» Da ist ihr die Hoffnung vergangen und auch der Kummer. Mit achtunddreissig Jahren hat Anna gemeint, sie sei dreiundachtzig, und da wurde sie schon weiss im Haar. Aber seit nun die Stiefmutter ins Haus gekommen ist, weiss man wirklich nicht mehr, ist man eigentlich jung oder ist man alt. Am Morgen läuft sie in ihrer violetten Wolljacke noch ungekämmt und ungewaschen umher, manchmal sogar ohne Zähne. Und man weiss gar nicht, dass das nun die Herrin sein soll. Deshalb hatte Anna auch Streit angefangen und ihr eine Ohrfeige gegeben, denn schliesslich dient sie doch in einem Herrschaftshaus und nicht einfach bei Mägden. Aber Herr von Travo hat zu ihr gesagt: «Sie haben sich anständig aufzuführen gegen meine Frau, sonst verlassen Sie die

Stelle.» Und auch die Schwester hat ihr etwas von Schönheit gesagt, aber das hat Anna noch weniger verstanden. Aber wenn auch Herr von Travo sonst ein ausserordentlich gütiger Herr ist, so hat er doch plötzlich solche Augen, denen man nicht widersprechen darf. Darauf hat Anna Abbitte geleistet und hoch und heilig versprochen, seiner Frau nie mehr eine Ohrfeige zu geben. Von da an geht der Kampf nur noch im Innern weiter.

Am Nachmittag ist die Frau wieder anders angezogen. Da trägt die Stiefmutter schöne Kleider mit Glasknöpfen auf dem ganzen Körper, und dazu Lackschuhe wie ein junges Kind. Bei der Schneiderin hat sie sich einen hellgelben Frühlingsmantel machen lassen, der auf die Taille geschnitten ist. Anna findet, dass er ihr sehr schlecht stehe, dieser dicken Frau, und dazu hat sie noch Hüte auf dem Kopf mit blauen Straussenfedern, so dass Anna sich richtig schämen muss, dass ein Mensch so herumlaufen kann. Und die Stiefmutter lispelt den ganzen Tag: «Mein Mann, mein Mann, mein Mann», und wenn sie Besorgungen macht, so steckt sie den Diamantring an den vierten Finger, gerade über dem Ehering, so dass man schon von weitem sieht, dass sie nicht bloss verheiratet ist, sondern ausserdem noch reich, denn was hat es sonst für einen Zweck, dieses alles zu besitzen, wenn es keiner achtet. Da ist Anna wütend geworden und findet, sie habe auch ein Anrecht darauf, wütend zu sein, bei solchen traurigen Verhältnissen. Auch Kneuberger hat gefunden, es sei eine Schande, wie sich so eine alte Jungfer benehmen könne. Gleich wie Anna nennt auch er sie «die Stiefmutter».

Mit der Zeit aber hat das Unglück weiter um sich gefressen. Alle Dinge, die die selige Frau besass, sind plötzlich nicht mehr gut genug für die junge vornehme Frau von Travo. Da muss alles geändert werden, die Möbel und das Geschirr und am liebsten das ganze Haus. Selbst den Salon mit den grünen Plüschmöbeln und dem schwarzen Seidenkissen hat die Stiefmutter nicht mehr schön gefunden. Sie meint, es sollten jetzt Rohrmöbel darin stehen und solche modernen Sachen von Vasen und Gipsfiguren und einem Kissen mit einem blauen Hund. Daraufhin hat sich Anna geschämt, noch einmal am Sonntagmorgen im Salon zu weinen. Schliesslich hat sie es auch nur getan, weil es sehr schöne Möbel waren und ein richtiges Herrschaftskissen, aber auf diesem neuerfundenen Mist der Stiefmutter wird sie ganz gewiss nicht weinen, und vor allem nicht auf einem Kissen mit einem blauen Hund. Auch Anna hat am Ende eine Herkunft. Tatana, das hat sie schon gemerkt, liebt das alles ebensowenig, und sie hat etwas ganz anderes gemeint von dieser leichtfertigen Frau. Die Grossmutter liebt sie auch nicht, niemand kann diese Stiefmutter mit den glänzenden Glasknöpfen auf den Brüsten leiden.

An einem Sonntag ist Anna verreist. Ohne viel zu sagen, einfach zu einer Tante auf dem Land. Wenn Amelie Küpfer einen Mann besitzt, kann Anna wenigstens eine Tante haben. Wenn sie sich benommen hätte wie diese Stiefmutter, hätte sie auch zu einem Mann kommen können, und alle andern Frauen gleichfalls. Am Ende würde sie noch Herrn von Travo geheiratet haben. Nur dass sie dann nicht einen gelben Mantel gekauft hätte und einen Hut mit Straussenfedern. Auch wäre sie nicht wie so ein unverschämter Papagei ins Schlafzimmer gestürmt: «Liebstester, Liebstester», sondern sie wäre bescheiden in der Küche geblieben und hätte die Zeitung gelesen wie früher. Sie hätte Herrn von Travo das Essen aufgetragen und hätte weiter in ihrer Kammer im vierten Stock geschlafen, im Zimmer mit den zwei leeren Stühlen. Eine solche Frau von Travo wäre sie gewesen. Ja, eine solche ...

Anna ging auf der Strasse nach Lützelberg. Das war ein kleiner Weg einem Wald entlang, und sie trug einen gestreiften Leinensack am Arm. Das war ihr plötzlich in den Sinn gekommen am Ostertag, sie wollte ihr Kind besuchen, das Kind Michaela Tanner, denn ganz gewiss gingen die Anstaltskinder an diesem Sonntag hinüber nach Lützelberg. Diese Erkenntnis war in ihr aufgegangen wie eine Aprilglocke. Und da erinnerte sie sich an Michaela Tanner wie an einen grossen Schatz, den sie einst besessen und dessen sie sich nun annehmen musste, ehe es zu spät war und das Kind

Michaela andere Wege ging, auf denen ihm Anna nicht mehr begegnen konnte. Es war eine merkwürdige Klugheit in sie gekommen. Und sie sagte sich: ‹Ich will mein Kind Michaela Tanner wieder sehen.› Anna wusste noch von früher her, als tatsächlich eine Tante hier wohnte, dass die Anstaltskinder von da herkommen konnten, und sie hat sich auch jetzt nicht verrechnet und biegt ab zum Wäldchen.
In Viererreihen kommen die Kinder den Berg hinauf und sehen in ihren dicken Anstaltskleidchen aus wie Anemonen im Pelz, und über ihnen ist Ostern. Reihenweise geben die Kinder einander den Arm, und ihre Gesichter leuchten hell wie hinter Kristall. Noch nie hat Anna solche Kinder gesehen, und sie muss denken, dass die Anstaltskinder viel schöner sind als die Stadtkinder in den vornehmen und reichen Herrschaftshäusern. Das sind Kinder, die sehen aus wie eine Schar von Auferstandenen, und man muss denken, dass nur noch ihr Kleid eine Verwechslung ist. Statt grau sollten sie weiss gekleidet sein. Der Staub wirbelt vor ihren Füssen, aber das ist ein gelber, schöner Staub von Frühlingsblüten, und in der Mitte der dritten Gruppe erkennt sie Michaela. Plötzlich kommt sich Anna so düster vor, so schwarz und voll Kummer und voll Zorn neben diesen schönen Kindern, die klar und kostbar sind wie hinter Glas. Und da ruft Michaela:
«Das ist Anna!»
Anna geht mit den Kindern im Anstaltszug, rechts und links hängen sie ihr ein. Da muss sie halb lachen und halb weinen, und es ist ihr ebenso ängstlich zumute wie damals, als sie dieses Adoptivkind zum erstenmal antraf, nur dass es jetzt ihrer viele sind. Und da gibt es schöne Mädchen mit blonden und schöne mit schwarzen Haaren. Nun fängt sie an zu erzählen von der Stiefmutter und von zu Hause, und dass es auch Tatana nicht mehr aushalte wegen all diesem Hochmut. Aber die Kinder sind erfahren. Sie sagen: «Machen Sie sich nur nichts daraus, Fräulein Anna, das sind lauter Scherbenhaufen. Sehn Sie, wir bekommen auch Tatzen von Pfa-Ro, aber es macht uns nichts. Sogar – wir lieben ihn noch!» Anna weiss nicht recht, ob diese Kinder französisch reden, und sie

möchte die Lippen schliessen, aber da gehen sie in der Mitte nicht zu. Plötzlich sitzt Anna mit den Anstaltskindern auf der Empore im kleinen Kirchlein zu Lützelberg, das sie schon seit früher Jugend kennt, und vor ihr sitzt eine ganze Reihe von jungen Bauernburschen. Der Pfarrer sagt: «Christus ist auferstanden.» Anna glaubt, sie sei der einzige Mensch in der Kirche, der dieses Wort gehört habe, denn es ist ihr ins Herz gefallen. Wie sie sich umdreht, da lehnen die Kinder gegen die dunkelbraunen Holzbalken, und über ihnen ist ein klares, blaues Licht. Anna kommt es vor, man könnte dieses Leben mit diesen schönen Kindern noch einmal von vorne anfangen.

Auf dem Heimweg hat sie Michaela Tanner noch die selbstgefärbten Ostereier aus dem Leinwandsack gegeben und dann noch ein bestimmtes weisses Briefkuvert aus dem Gesangbuch. Wie Michaela es aufmacht, ist es die Photographie von Anna mit dem Edelweisssträusschen und den Bergen im Hintergrund. «Das ist das Schönste», sagt Anna, «was ich besitze. Wenn du willst, kannst du es über deinem Bett aufmachen ...»

17

Michaela Tanner ist Konfirmandin. Alle grösseren Mädchen haben kleine zu besorgen und werden von diesen «Müetti» genannt. Müettis kämmen ihnen die Haare, flicken die Strümpfe und machen Aufgaben mit ihnen. Micha-Ta hat das Einbein als Kind bekommen und ein ganz kleines von vier Jahren. Das ganz Kleine ruft immerzu «Müetti» und wartet vor dem Schulsaal, bis die Grossen herauskommen, dann will es von Micha-Ta auf die Arme genommen sein. Micha-Ta strickt ihm Jäckchen und Strümpfe und plättet ihm seine Schürzchen. Auch das Einbein ist wild und froh und singt: «Wir haben ein schönes Müetti.» Nach dem Kirchgang werden die Grossen von ihren Kindern abgeholt.

Tatana und Amelie kommen auch in die Anstalt. Früher kamen sie zu zweit, aber jetzt kommen sie allein. Wie Amelie im gelben Mantel im Anstaltshof aus der Kutsche stieg, sind die Kinder schnell auf den Estrich gesprungen und haben zu den Fensterluken hinausgeschaut.

«Wie kann man einen gelben Mantel tragen, wenn man schon so alt ist?» sagt das eine. Ein anderes meint: «Sie hat ihren Mann durch Schmeicheln bekommen . . .» Und dann rufen alle im Chor zum Fenster hinaus: «Schmeichlerin, Schmeichlerin.» Das Standesamt macht ihnen keinen Eindruck. Amelie hört es nicht, zudem ist sie der festen Ansicht, dass Anstaltsmädchen dumm sind. Ein anderes sagt: «Ich werde nur einen Mann in einer Samtjacke heiraten.» Und wieder ein anderes: «Wenn ich einen Mann habe, koche ich ihm jeden Tag Bratwürste und Apfelmus.» Emmi Fritz sagt: «Ich möchte eine Krankenschwester sein und so blass aussehen wie Frau Pfa-Ro.» Jedes Jahr im Frühling kommen Anfragen von grossen Geschäftshäusern, ob vielleicht Mädchen zu haben wären für verschiedene Stellen, Schneiderinnen und Pelznäherinnen, und Herrschaftsleute erkundigen sich nach Köchinnen. Anstaltsmädchen sind bis nach London ausgewandert und verschickt worden, es ist fast wie ein Jahrmarkt.

Micha-Ta weiss nicht, was sie werden könnte. Sie schreibt in ein Buch: «Ich will Mutter werden und sonst nichts.» Hingegen zu Amelie muss sie anstandshalber doch hinuntergehn, denn sie steht ganz verlassen und bedrückt auf der weissen Sandsteintreppe vor dem Grosshaus. Schliesslich ist sie doch die Frau von Papa.
Amelie gehört nun zur Familie, da lässt sich nichts mehr dagegen tun. Aber Micha-Ta geht nicht mehr gern nach Hause, selbst dann nicht, wenn ihr in den Sinn kommt, dass doch der alte Hund Schnauz noch lebt. Die Anstalt ist kein Zuhause, aber das Zuhause ist es noch weniger. Amelie allerdings sagt: «O mein Kind, wie ich dich liebe!» Aber Micha-Ta verschliesst den Mund. Sie kann doch nicht sagen: «Ich hasse dich.» Und so gehn sie aneinander vorüber, weil das eine sagt: «Ich liebe dich», und das andere: «Wie sind die Blumen so schön.» Das sind zwei Worte, die einander nicht treffen und auch nichts eröffnen. Lügen könnte Michaela Tanner nicht, und unhöflich möchte sie auch nicht sein. So wird Amelie im Anstaltsgarten spazierengeführt, man zeigt ihr auch den Schulsaal und die Familienlehrerin Jungfer Kelly, und draussen steigt sie wieder in die Kutsche und weiss nicht, was sie in der Anstalt eigentlich gemacht hat. Sie hat einen Diamantring angehabt und einen gelben Mantel, und beides trägt sie noch ebenso, wie sie nach Hause fährt.
Dagegen ist es mit Tatana anders. Die Kinder kommen ihr entgegen und sagen: «Tatana ist traurig.» Tatana ihrerseits sagt: «Es ist furchtbar geworden mit Amelie, ich werde nicht mehr lange zu Hause bleiben. Ich kann nicht verstehen, wie sich ein Mensch in kurzer Zeit so verändern kann. Und ich habe sie doch lieb gehabt.» Das Kind steht aufrecht daneben, und sein Herz schlägt stark. Es denkt: ‹Tatana weiss es nicht. Sie weiss nicht, dass man nur in der Gesinnung lügen kann und sonst nicht. Entweder man ist einem Menschen zugetan, dann ist alles ehrlich, was man tut, selbst wenn man aus einem verborgenen Grund ein paar Aussenworte verdrehen muss. Oder aber man ist in der Gesinnung falsch, dann meint man alles unehrlich, selbst wenn man scheinbar die Wahrheit sagt.› Das kann es Tatana nicht sagen, denn es versteht, dass

sie leidet. Dazu ist Tatana stolz im Herzen. Nie und zu keinen Gunsten würde sie nein sagen, wo es ja heissen muss. Auch würde sie nie zu jemand sagen: «Ich bin dir zugetan», wenn es nicht so wäre. Das würde Tatana nicht tun. Trotzdem weiss auch ein ehrlicher Mensch nicht alles, und er sagt voll Zuversicht ja, wo es unbedingt nein heissen sollte. Gerade deshalb, weil er es nicht versteht. Tatana weiss nicht, dass Amelie sie gar nie geliebt hat.

Das Kind sagt: «Verschwende dein Herz nicht, Tatana, ich habe dich lieb.» Plötzlich weiss es, dass es dies ein ganzes Leben lang sagen wird, auch dann, wenn es niemand versteht. Aber es ist ein grosser Friede in seinen Augen, und es sagt sich: ‹Es kommt die Zeit, es kommt die Zeit, wo alle alles verstehen.›

Pfa-Ro geht im Unterweisungssaal auf und ab mit seinem weissen Seidentuch um den Hals. Er diktiert den Kindern aus einem schwarzen Wachstuchheft, was Religion sei. Jeder Jahrgang muss das immer wieder aufschreiben, dann wissen es alle ihr Leben lang, und keines kann je sagen, es habe keine Erziehung gehabt. In diesem Wachstuchheft steht alles von den Aposteln, von Gott und der Ehe und den Kindern. Es steht darin, was man tun darf und was nicht, in jedem Stück. Etliche Kinder zwar schreiben ungewollt grosse Dummheiten ab. So hat Pfa-Ro von der «geistigen Waffenrüstung» des Heiligen Paulus etwas diktiert. Aber Emmi Fritz schreibt ab: «Die geistige Affenrüstung des Heiligen Paul.» Pfa-Ro findet es entsetzlich, wie Kinder selbst im Konfirmandenjahr gewissenlos sind und so wenig begabt für die Religion. Aber in der Bibel stehen genug merkwürdige Dinge, dass die Kinder ruhig auch an eine Affenrüstung glauben können. Wer sollte sie daran hindern?

Die Kinder liegen mit den Köpfen beinahe auf dem breiten Studiertisch und schreiben quer durch ihre Religionshefte. Pfa-Ro diktiert: «Die Konfirmation ist die Wiederholung des Taufgelübdes.» Die Kinder schreiben auf: «Taufgelübdes.» Eine Art von Seligkeit durchzieht ihr Herz. Im Studierzimmer ist es warm, es riecht nach Tabak, und vor den Fenstern tanzt der Märzenschnee. Die Kinder schreiben, schreiben:

«... Taufgelübde ... Affenrüstung.» Pfa-Ro kommt nun zum Gebot der Ehe und der Keuschheit. «Die Ehe», diktiert er, «wird auf dem Standesamt geschlossen. Hernach wird sie im Trauakt von der Kirche bestätigt. In Fällen, wo die Ehe nicht solchermassen geschlossen wird, nennt man sie Unkeuschheit. Dann nimmt der Mann die Kappe, und die Frau bleibt allein mit dem Kind zurück.» «Nimmt die Kappe, bleibt zurück», schreiben die Kinder weiter mit den Nasen in den Heften. So wohl ist es ihnen schon lange nicht mehr gewesen wie hier in dieser Studierstube mit den weissen Mullgardinen. Sie kommen sich vor wie junge Katzen, die zum erstenmal ins Licht blinzeln. «Nimmt die Kappe ... und bleibt zurück.» Dazwischen liegt ein Vorgang, den sie nicht kennen. Aber sie fangen an zu begreifen, dass dies Konfirmation heisst, wenn es einem wohler und wohler wird. Etwas schwebt ihnen vor von einer Kinderwiege mit weissen Mullgardinen, einem Mann, der im Lehnstuhl sitzt und die Zeitung liest, und von einer Frau, die noch weiter Strümpfe strickt. Man weiss nicht, was Vergangenheit daran ist und was Zukunft wird. Etwas von diesem Vorgang ist vergangen, und etwas wird kommen. Da schaukeln die Gedanken hin und her: «Es war – es wird. Es war – es wird.» Und über allem tanzt ein kleiner Märzenschnee. In dieser Unterrichtsstunde lieben die Kinder Pfa-Ro, sie könnten ihm stundenlang zuhören. Wenn sie nicht aufpassen, klopft er mit der flachen Hand auf den Tisch, dann schrecken sie für eine Weile auf, aber darauf sinken sie wieder in den Märzenschnee: «Es war – es wird.»

Von beiden Türen spüren sie den Luftzug.

Bei den Arbeiten auf dem Feld findet die Paarung statt. Und zwar sucht man sich jetzt nicht mehr den Kameraden, der hau- und stichfest durchhält, sondern nun sucht man bereits etwas anderes. Das liegt in der Luft, und man weiss, dass es kommt. Es kann böse sein, hat man gehört. Aber es macht nichts. Vorderhand braucht es auch nicht ein Büblein zu sein, denn die Anstaltsmädchen sind wacker und haben sich selbständig durchgefochten, sie sehnen sich nicht nach Schutz. Ausserdem ist das, was kommt, nicht etwa nur verborgen in Buben und Mädchen, sondern es reitet auf einem Sturmwind daher und kommt aus den Tiefen des Himmels. Es kann ein Büblein sein und ein Mädchen, das es übermittelt, denn es ist ansteckend wie die Krankheit, aber es ist weit gefährlicher und weit grösser. Und wen es einmal erfasst hat, den lässt es nicht mehr los. Man kann sich nicht mehr heilen davon, selbst wenn kein Büblein und kein Mägdlein mehr übrig bleibt, denn es wohnt in den Himmeln, und auf Erden nennt man es Liebe.

Ein Mädchen aus einem katholischen Institut hat viele Chancen. Es besitzt blaue und rosafarbene Hefte mit goldenen Sternen. Und wegen dieser Sterne muss man das Mädchen lieben. Etliche Kinder sagen zwar, es sei nur katholisch und nicht vom selben Glauben, und da gibt es unter ihnen einen Zank für oder gegen Maria Josepha. Aber schliesslich siegen die Sterne. Wieder ein anderes Mädchen hat lange seidene Strumpfbänder, nicht bloss kurze, geringe und schwarze, die man unter dem Knie bindet. Auch dieses Mädchen wird zur Freundin begehrt. Überall sucht man das Schönere. Auch Michaela Tanner hat viele Freier und bekommt jeden Tag einen neuen Heiratsantrag. Aber wen soll sie wählen, es ist der nicht, den sie sucht. «Wenn es dir Freude macht», sagt sie, und das Geheimnis ist ein Kuss auf die Wangen. Es ist nicht sehr verpflichtend.

Vor Ostern bekommen die Konfirmandinnen neue Kleider. Es werden ihnen auch Korsette angemessen, und da entstehen aus den Kindern neue Wesen mit einem Oben und einem Unten, und nun sind es eigentlich gar nicht mehr Kinder, sondern junge Frauen mit Busen. Aber das ist den Kindern noch fremd, und am liebsten möchten sie diese Art verstecken, denn wenn man die Kanzeltreppe hinaufsteigen muss, um vor der Gemeinde sein Jawort zu geben, muss man sich schämen, dass man nicht mehr ein Kind ist. Ungern nur verlassen die meisten von ihnen ihre Anstaltsröckchen, in denen man so gut verborgen war, und nicht einmal auf der Strasse konnte man eines vom andern unterscheiden. Aber es ist nun eine Sitte, und besonders die Jüngern finden es wichtig, die Nachkonfirmandinnen, denn auch sie möchten ihre Röckchen schon abwerfen wie Knospenhüllen. Aber wenn dann die Wirklichkeit da ist, tut es ihnen ebenso leid wie den anderen. Am Abend vor Karfreitag kommt Frau Pfarrer und misst jedem Kind noch ein breites Samtband ab, das es in den Haaren tragen soll. Da sind nun plötzlich die Kinder geschmückt und bekränzt mit so viel Samt im Haar und auch mit einer Brosche am Hals und einem richtigen Gürtel aus Leder.

Mathilde Kummer und Michaela Tanner sitzen in ihren Nachthemden auf dem Bänklein vor dem Fenster, und der erste Frühlingsmond scheint auf sie herunter. Das haben sie nun herausgefunden, dass es schön ist, vor dem Schlafengehen auf dem Bänkchen zu sitzen und zu plaudern, denn bald sehen sie sich nicht mehr. Ebenso gehen die jungen Lehrerinnen zusammen spazieren und sind froh, wenn man sie in Ruhe lässt.

«Was glaubst du nun», fragt plötzlich Michaela Tanner, «wie hat Jungfer Prest an mir gehandelt?»

«Schlecht», sagt Mathilde, «ganz schlecht, natürlich schlecht.»

«Nein, siehst du», sagt Michaela, «es ist anders, sie hat gut an mir gehandelt.»

«Wieso gut?»

«Ich will es dir sagen. Ich bin fest überzeugt, dass sie gemeint hat, das sei gut. Ich bin überzeugt, dass sie so erzogen wurde und dass ihre Eltern und ihre Leute zufrieden sind mit ihr. Vielleicht sogar stolz darauf, dass sie so gut ist. Das, was sie getan hat, das eben nennen die Leute: gut sein.»

«Aber das ist doch nicht gut», sagt Mathilde erstaunt.

«Nein. Aber es ist etwas anderes. Es ist hässlich. Und auch der Pfarrer in meiner Jugend hat hässlich gehandelt. Aber wenn eine Handlung hässlich ist, so kann sie nicht zu gleicher Zeit gut sein. Und eine Handlung, die schön ist, kann dafür nicht schlecht sein.»

«Wie glaubst du denn, dass Pfa-Ro ist? Ist er hässlich oder schön?» sagt Mathilde.

«Ich sage dir», antwortet Micha-Ta, «er ist so, wie ihn seine Kirche belehrt hat. Er meint, er müsse gut handeln. Aber es

war sehr hässlich von ihm, dir solche Tatzen zu geben ins Blut hinein. Da hätte er aufhören sollen.»
«Ja, das ist wahr, er hat gemeint, er müsse gut sein, wegen seiner Kirche.»
«Weisst du», sagt Micha-Ta, «ich möchte eine neue Kirche bauen, mit vielen, vielen Fenstern und Türen.»
«Vielen, vielen Fenstern und Türen», repetiert Mathilde.
«In der Mitte eine breite, grosse Treppe mit vielen Stufen.»
«Vielen Stufen.»
«Ein roter Teppich darauf und wunderbar schön.»
«Wunderbar schön.»
«Oben, in der Mitte, ein Altar.»
«Ein Altar.»
«Leute gehen die Treppe hinauf und verneigen sich vor etwas, und vielleicht küssen sie es auch.»
«Küssen es auch.»
«Dann steigen sie wieder herunter, langsam und glücklich.»
«Langsam und glücklich.»
«Und jemand spricht vor der Orgel, aber nur einen einzigen Satz, und nicht mehr.»
«Und nicht mehr.»
Die Kinder sitzen im Mondschein, und der Nachtwind fährt über ihre Haare.
«Vielleicht habe ich einmal ein Kind», sagt Micha-Ta, «und das ist dann sehr schön.»
«Ein Kind.»
«Und mein Kind wird alles wissen, was man wissen kann, weil ich es alles lernen lasse, was es nur gibt auf Erden. Und ich werde es ganz im Verborgenen behalten, bis es da ist.»
«Da ist.» Mathilde Kummer fährt mit den Handflächen über ihre schwarzen, glänzenden Haare, dann legt sie das Ende derselben zweimal um den Hals.
«Ja, dieses Kind wollen wir alles, alles lehren, was wir wissen, und dann ist es der Jesus.»
Es ist kühl, der Wind bläst durch ihre Hemdchen, und die Kinder steigen vom Bänkchen durchs Fenster in ihre Betten.
Oh, die Todesschar der heiligen Kinder auf der ganzen Erde! In Indien leben sie in Tempeln, und die heiligen Kinder

tanzen ohne Bewusstsein, in Europa sitzen sie in den Anstalten, und man lehrt sie leben ohne Liebe. Und sie bringen es fertig, denn es ist beides dasselbe. Sie fallen in Trance und in Unglück, in Abgrund und Tod, und kehren lächelnd wieder zurück...

Kinderträume, Kinderträume, die sich lang und regungslos sonnen wie Libellen zwischen Pfirsichblüten, und plötzlich schwirren sie wie silberne Pfeile durch die Luft. Für eine Weile steht die Welt da, klar, silbern und durchsichtig wie Glas. Kein Erwachsener könnte nachmachen, was Kinder tun, aber jeder Erwachsene ist einmal ein Kind gewesen.

«Das Blut ist vergossen für viele», sagt der Pfarrer an der Konfirmation am Taufaltar, «und der Leib ist zerrissen.»

Der Leib ist zerrissen.

Die Kinder verstehen diese Rätselsprache nicht, und sie wissen es nicht, dass auch sie es durchgemacht haben durch die Erwachsenen, diesen zerrissenen Leib. Sie haben nun die neuen Röcke an, die Kleider und das Samtband im Haar, und es ist doch schön. Besonders der Nachhauseweg ist schön, weil das geschehen ist, was zu geschehen hatte. Die Lehrerinnen schenken den Kindern kleine Andenken, und die Nachkonfirmanden haben ihnen den Tisch mit Blumen gedeckt, denn heute essen sie mit der Direktion. Die Kleinen schauen sehnsüchtig hinüber und freuen sich zum voraus auf den Tag, an dem auch sie am Direktionstisch Schlagsahne kriegen werden.

‹Ich will meine Puppe dem Einbein schenken›, denkt plötzlich Michaela. ‹Ich kann doch nichts mehr mit ihr anfangen.›

Tatana hatte einen Brief geschrieben aus Zürich: «Im Sommer verreise ich nach Russland, willst du mit mir kommen, Michaela?» Amelie und Papa haben eine Brautreise gemacht auf einen Berg. Auch sie konnten nicht zur Konfirmation kommen. Dafür soll sie Michaela am Donnerstag nach Ostern zu Hause treffen.

Die Kinder ziehen das Anstaltssträsschen hinauf. «Nun sind wir erwachsen», sagen sie, «nun gehören wir zur Welt!» Aber in der Welt wird es überall ungefähr gleich sein wie in der Anstalt. Man wird das Hässliche treffen und vielleicht dann und wann etwas Schönes, und zwischendurch wird alles immer gut und schlecht sein. Das ist das Mittelmass des Lebens. Unter dem Fliederbusch beim Häuschen der sechsten Familie sitzt das Einbein mit der Puppe Olga vor sich im Wagen. Es hat ihr die Haare ausgekämmt und einen Zopf daraus gemacht, mit einer weissen Schleife umwunden. Um die Taille hat es ihr einen alten roten Ledergürtel gebunden und darunter eine Schürze. Michaela Tanner schaut über die Achsel hinunter auf die Puppe. Und plötzlich kommt es ihr vor, als sei sie selbst sehr gross geworden und schaue über ferne Dinge. Olga ist nicht mehr Olga. Was im Wagen liegt, ist nur ein einfaches Püppchen aus Stein, und ganz verändert und verkleidet. Nie mehr könnte sie es lieben und auf die Arme nehmen, und auch nicht mehr küssen.

‹Armes kleines Püppchen aus Stein›, denkt sie, ‹du hast mich ein Leben lang bis hierher geführt und geleitet, ohne dich wäre ich gestorben im Walde. Wer wird mich weiterführen, und was kann besser sein als Stein?›

Ach, ist nicht am Ende alles, was wir anbeten, nur ein Püppchen aus Stein? Eine Vorstellung, geschmückt und geziert auf einem Altar? Und in uns allein wohnt das Namenlose und das Wortlose, das uns leitet?

Am andern Tag packt man für die Konfirmandinnen schon die Koffer. Mathilde Kummer wird Lehrerin, und Maria Josepha mit den Sternen wird Köchin in einem Herrschaftshaus. Am Donnerstagmorgen packt man den Koffer für Michaela Tanner. Frau Pfarrer gibt jedem Kinde einen Kuss. Man hat Michaela die blonden Haare hochgekämmt und ihr ein graues Jackenkleid gegeben, mit einem grauen Hut und grauen Lederhandschuhen. «Sie soll anständig erscheinen», hatte Amelie geschrieben, «denn mein Mann und ich wollen uns nicht schämen müssen mit einem Anstaltsmädchen. Hoffentlich hat sie auch gute Manieren für das viele Geld, das mein Mann für sie bezahlt hat.»

Jungfer Kelly sagt: «Nun bist du ein schönes Mädchen mit dieser Frisur, wie eine Prinzessin siehst du aus. Fast eine

Prinzessin Gottes», und dann lächelt sie breit mit dem grossen Mund. Langsam geht Michaela mit dem Koffer in der Hand das Anstaltssträsschen hinauf.
Durch den hohen Bretterzaun scheint die Sonne. Es fällt ein Lichtstrahl auf Micha-Ta, und wieder ein Schatten. Schwarz-weiss, schwarz-weiss, immer dasselbe Muster. Dort, wo der Bretterzaun zu Ende geht, ist kein Schatten mehr.

Nachwort

KINDHEIT ALS HÖHEPUNKT DES LEBENS

1. EIN ROMAN, DER SEINE LESER NIE ERREICHTE

Die früheste Spur des Romans «Der Tod und das Püppchen» findet sich in einem Brief von *Cécile Ines Loos* an *Arnold Schimpf-Kull* vom 8. März 1926. Die angehende Schriftstellerin berichtet darin ihrem väterlichen Mentor von einer – nicht erhaltenen – Erzählung mit dem Titel «Das Kind Michaele Tannert». Sie bezeichnet, obwohl *Lisa Wenger* ihn «nett» gefunden habe, den Text allerdings selbst als «unfertig» und traut sich zu: «... ich kann noch etwas anderes daraus machen.»*[1]

Der Erstlingsroman «Matka Boska», mit welchem Cécile Ines Loos 1929 der literarische Durchbruch gelang, nimmt, phantastisch verkleidet und verfremdet, eine ganze Reihe von Themen und Motiven gleichsam vorweg, die später «Der Tod und das Püppchen» gestalten wird: das Schicksal der Herrschaftsmagd, welche ihr eigenes Leben nicht leben darf (Meliska/Anna), die Verdrängung eines Kindes (Lelia/Michaela) aus dem Hause frommer Verwandter sowie das folgenschwere Erlebnis der Armenanstalt. Das Thema des früh verwaisten jungen Mädchens und der lieblosen Stiefmutter (Witwe Dase/Amelie Küpfer) findet – allerdings eher am Rande – auch im zweiten grossen Roman von Cécile Ines Loos, in «Die Rätsel der Turandot», der phantasievollen, romantischen Lebensbeschreibung der Tänzerin Turandot Manoville, wieder Verwendung.

Die früheste erhaltene *direkte* Vorstufe zu «Der Tod und das Püppchen» ist ein Abschnitt des Textes «Über mein Leben und Werk», der 1930 in der Zeitschrift des Zürcher Lesezirkels Hottingen abgedruckt wurde.*[2] Darin erzählt Cécile Ines Loos als eine persönliche Kindheitserinnerung jene Geschichte mit den Brotkügelchen und deren fatalen Folgen, wie sie auch im Roman vorkommt; sie schildert ganz knapp auch den Aufenthalt in der

*[1] Die Briefe an den früheren KV-Sekretär Arnold Schimpf-Kull befinden sich im Nachlass der Dichterin in der Universitätsbibliothek Basel. Dasselbe gilt, wo nicht anders vermerkt, für alle in diesem Essay zitierten unveröffentlichten Briefe und Dokumente von C. I. Loos.

*[2] «Der Lesezirkel», 17. Jahrgang, 1929/30, Heft 10, S. 101–103

Armenanstalt, die inquisitorische Behandlung, das schliessliche Geständnis und die brutale Bestrafung. Die kindliche Wunschvorstellung von einer neuen, besseren Kirche fehlt dabei ebensowenig wie jene Episode mit dem grösseren Anstaltsmädchen, welches das so hart bestrafte Kind tröstet.
1935, im «Schweizer Frauenkalender»*[1], ist dann unter dem Titel «Wie sich ein Kind die Busse vorstellt» ein Beitrag von Cécile Ines Loos wiedergegeben, der, von wenigen Unterschieden abgesehen und stilistisch noch leicht holprig, praktisch dem ersten Kapitel von «Der Tod und das Püppchen» entspricht. Es handelt sich um eine Auftragsarbeit für die Herausgeberin des «Frauenkalenders», *Clara Büttiker*, und ausser Cécile Ines Loos berichten *Cécile Lauber*, *Enrica Anderegg*, *Anna Richli* und die Herausgeberin selbst über «ihr eigenes Erleben in der Jugendzeit». Dafür, dass Cécile Ines Loos beabsichtigt hätte, mit dieser Episode einen eigentlichen Roman einzuleiten, gibt es keinerlei Anhaltspunkte. Ohnehin befand sich die Dichterin nach ihren Erfolgen mit «Matka Boska» und «Die Rätsel der Turandot» damals in einer akuten Schaffenskrise. Schon mit dem 1929 beendeten Buch «Die leisen Leidenschaften» – der Gestaltung ihrer Begegnung mit indischer Religion und Denkweise – hatte sie ihren deutschen Verlag, die Stuttgarter «Deutsche Verlagsanstalt», nicht mehr zu überzeugen vermocht, und als das Buch 1934 bei Rascher in Zürich dann doch noch erscheinen konnte, fand es kaum Beachtung. Mit anderen Versuchen war sie schon in den Anfängen steckengeblieben. So hatte sie sich im Anschluss an eine Gruppenreise nach Griechenland und Palästina (1932) an eine lyrische bzw. feuilletonistische Verarbeitung ihrer Reiseerlebnisse gemacht und war damit gescheitert. Darauf hatte sie sich der Malerei zugewandt, errang aber auch mit ihren auf anthroposophischen Einsichten und östlich-mystischen Symbolen basierenden Bildern nur ganz bescheidene Anerkennung. Etwa zu gleicher Zeit beschäftigte sich Cécile Ines Loos, angeregt durch *Alfred Fankhauser*, erstmals intensiv mit Astrologie und konnte mit der Herstellung von Horoskopen für den weiteren Bekanntenkreis etwas dazuverdienen. Indirekt scheint aber doch die Malerei sie wieder zur Dichtung zurückgeführt zu haben. Dank der kollegialen Bekanntschaft mit dem Maler *Coghuf*, der seit 1934 im Jura tätig war und bei dem sie mehrfach einige Ferientage zubrachte, kam sie im zweiten Drittel der dreissiger Jahre wieder mit dem Jura in

*[1] «Schweizer Frauenkalender», herausgegeben von Clara Büttiker, Aarau 1935, S. 29–32

Berührung, den sie während ihrer Kindheit als Pflegetochter der Burgdorfer Familie *Langlois* kennen und lieben gelernt hatte. Eine besonders nachhaltige Anregung, sich mit ihrer eigenen Jugend- und Familiengeschichte zu befassen, erfuhr sie zudem durch die Übersetzungsarbeit an *Monique Saint-Héliers* Roman «Strohreiter» – eine im Jura sich abspielende Kindheits- und Familiengeschichte, die in Cécile Ines Loos' Übertragung 1939 im Zürcher Morgarten-Verlag erschien.

Wann genau der Roman «Der Tod und das Püppchen» als ganzer geschrieben und fertiggestellt worden ist, lässt sich nicht mehr rekonstruieren. Jedenfalls ist, als am 6. Mai 1939 in Zürich die Landesausstellung eröffnet wird, auf Cécile Ines Loos' Tafel in der Abteilung «Buch und Schrifttum» unter anderem folgendes aufgeklebt: zwei Kinderbildnisse, darstellend die Dichterin im Alter von fünf und sechs Jahren, und das Manuskript mit dem Anfang des zweiten Kapitels von «Der Tod und das Püppchen» (die Geschichte der Magd Anna) als Beginn eines neuen, demnächst zu erwartenden Romans.*[1]

Es gibt aus späteren Jahren mehrfach briefliche Äusserungen der Dichterin, die belegen, dass sie das Buch am liebsten wieder bei der «Deutschen Verlagsanstalt» untergebracht hätte. Dort scheint das Manuskript aber nicht auf Gegenliebe gestossen zu sein, und dies lag wohl nicht nur an den veränderten politischen Umständen gegenüber 1931, sondern auch am Text selbst, der eine ganz andere, nüchternere Stillage und eine sehr viel weniger ‹internationale›, weniger ‹romanhafte› Thematik repräsentierte, als es bei «Matka Boska» und «Die Rätsel der Turandot» der Fall gewesen war.

So liegt das Manuskript im Sommer 1939 beim Zürcher Morgarten-Verlag, für den Cécile Ines Loos ja gleichzeitig als Übersetzerin tätig ist, als Professor *Walter Muschg*, der den Weg der Dichterin seit ihren ersten Talentproben mit Sympathie mitverfolgt hat, ihr empfiehlt, den Roman doch bei den «Schweizer Bücherfreunden», ebenfalls in Zürich, einzureichen. Es ist dies ein halb clubmässig organisiertes, halb auf den Buchhandel ausgerichtetes Verlagsunternehmen mit betont schweizerischer Zielsetzung, in dessen Vorstand unter dem Präsidium des Zürcher Rechtsanwalts *Othmar Lehner* auch Walter Muschg selbst eine Zeitlang mitwirkt. Bereits am 11. Oktober 1939 kommt es zu einem Vertragsabschluss (Cécile Ines Loos steht ein bei Vertragsabschluss vorausbezahltes Honorar von Fr. 1200.– zu),

*[1] Die Dichter-Tafeln der LA 39 sind heute in der Schweizerischen Landesbibliothek in Bern einsehbar.

und auf Weihnachten des gleichen Jahres werden die Bücher den (nicht sehr zahlreichen) Mitgliedern der «Bücherfreunde» sowie der Presse zugestellt. Zu einem wirklichen öffentlichen Verkauf im Buchhandel kommt es jedoch nicht. Cécile Ines Loos beschwert sich in Briefen mehrmals beim Verlag, dass weder sie selbst noch ihre Bekannten das Buch irgendwo in einer Buchhandlung bekommen könnten. Doch die Briefe werden nicht beantwortet. Erst viel später erfährt sie, dass das Unternehmen anfangs 1940 liquidiert worden ist und die noch vorhandenen Buchbestände ins Eigentum der St. Galler Druckerei Zollikofer übergegangen sind. Als Cécile Ines Loos schliesslich durch Vermittlung des Schweizerischen Schriftsteller-Vereins bei Dr. Othmar Lehner anfragen lässt, wer denn nun die Rechte an ihrem Buch und an einem bereits geplanten weiteren Band verwalte und wo die Abrechnungen geblieben seien, teilt Lehner am 23. Dezember 1940 dem Schriftsteller-Verein mit, er kenne Frau Loos nicht, und es sei «nicht Pflicht eines ausgeschiedenen Verwaltungsrates oder Präsidenten, sich der Angelegenheiten anzunehmen, die nur die von ihm früher vertretene juristische Person und nicht ihn privat angehen.» Er verweist auf die Verantwortlichkeit der Buchdruckerei Zollikofer in St. Gallen und beendet von sich aus die Affäre mit dem Hinweis: «Ich könnte einen persönlich mit mir geführten Briefwechsel nicht fortsetzen.»*[1]
Als es Cécile Ines Loos nach endlosem Hin und Her um das noch immer nicht im Buchhandel erhältliche Buch im März 1942 gelungen ist, *Martin Hürlimann* dafür zu interessieren – im Atlantis-Verlag ist inzwischen die Herausgabe des mit «Der Tod und das Püppchen» eng verwandten Romans «Hinter dem Mond» in Vorbereitung –, verhindert die Buchdruckerei Zollikofer die Übernahme durch den Zürcher Verlag, indem sie vorgibt, die Restbestände des Buches mit einem inzwischen angefertigten neuen Umschlag in den Handel bringen zu wollen – was jedoch niemals geschieht.*[2]
Sieben Jahre später, am 15. März 1949, erhält Cécile Ines Loos überraschend Post aus Zürich: einen Brief von eben jenem Rechtsanwalt Lehner, der doch mit den «Bücherfreunden» nichts mehr hatte zu tun haben wollen. Darin teilt er der Autorin mit: «Die Verlagsgenossenschaft Schweizer Bücherfreunde in Liq. besitzt von

*[1] Das Schreiben ist im Besitz des SSV-Sekretariats in Zürich.
*[2] «Sie werden sicher verstehen, dass wir unter diesen Umständen einer Neuherausgabe in einem andern Verlag nicht tatenlos zusehen.» (Brief des Zollikofer-Verlags an den SSV vom 27. 4. 1942, im Besitz des SSV)

Ihrem Buch Der Tod und das Püppchen noch 1540 Exemplar gedruckt, gefalzt und zusammengetragen. Sie wäre bereit, diesen ungebundenen Bestand zum Erstellungswert Ihnen oder Ihrem jetzigen Verlag abzutreten...»*[1]
So macht sich denn Cécile Ines Loos erneut auf die Suche nach einem Verlag für «Der Tod und das Püppchen». Aber sowohl Atlantis als auch Oprecht winken, wie die Autorin am 6. August 1949 dem SSV-Sekretär *Franz Beidler* berichtet, ab. Im Spätherbst des gleichen Jahres erfährt Cécile Ines Loos durch eine Bekannte, «Der Tod und das Püppchen» sei in einem Warenhaus und mit dem Überdruck «Feuz-Verlag Bern» zu kaufen gewesen. Als sie der Sache nachgeht, weiss niemand etwas davon. Doch die Leidensgeschichte des Buches ist noch nicht zu Ende. Drei Jahre später begegnet die Autorin ihrem Buch bei einem Besuch in der «Clinica militaria» in Novaggio (TI). Der glückliche Besitzer der erstklassigen Verlagsrarität hat den Band in der Ostschweiz in einem Migros-Laden erworben. Cécile Ines Loos, die unter deprimierenden Bedingungen als Hilfsarbeiterin von Basler Bibliotheken ihren Lebensunterhalt verdienen muss – wenn sie nicht gerade von der Armenunterstützung lebt –, kann und will nicht begreifen, dass da jemand mit ihrem Buch, für das sie ein einziges Mal 1200 Franken erhielt, Geschäfte macht. So wendet sie sich wieder an den SSV, und der stellt schliesslich nach langwierigen Abklärungen fest, dass die Restbestände des Buches von Zollikofer an die Firma Schibli-Doppler in Birsfelden, ein bekanntes Grossantiquariat, verkauft worden sind. Dort hat eine Migros-Genossenschaft einen Teil des Bestands aufgekauft und im Rahmen einer Bücher-Aktion zu einem Ramschpreis an ihre Kunden abgegeben. Die Schriftsteller-Standesorganisation muss sein in kaufmännischen Dingen unerfahrenes Mitglied Cécile Ines Loos belehren, dass dies alles zu Recht geschehen ist und dem Verfasser tatsächlich keinerlei Anteil an solchen Geschäften, ja nicht einmal eine Benachrichtigung darüber, zusteht.

2. «DER TOD UND DAS PÜPPCHEN» ALS KERNSTÜCK EINER UNVOLLENDETEN AUTOBIOGRAPHIE

«Ich wünschte selber am meisten, dass dieses Buch ‹Der Tod und das Püppchen› noch zu seiner Geltung käme. Mieux vaut tard que jamais!» schrieb Cécile Ines Loos am 12. Mai 1942 an den Verlag

*[1] Briefkopie im Besitz des SSV

Zollikofer.*[1] Dass die Autorin selbst ihrem Buch einen hohen Stellenwert zumass, belegt nicht nur der leidenschaftliche Eifer, mit welchem sie sich über zehn Jahre lang um dessen Verbreitung bemühte. Das lässt sich auch am Gewicht ablesen, welches diesem Roman innerhalb ihrer autobiographischen Äusserungen insgesamt zukommt. Die Dichterin, für welche die Kindheit ohne Abstrich als Höhepunkt des Lebens galt, hat nämlich folgerichtig keine andere Phase ihres eigenen Lebens so ausführlich und präzise nachgestaltet wie ihre frühesten Kinderjahre. «Der Tod und das Püppchen» ist ohne Zweifel die gelungenste Frucht ihres Bemühens, nach der romanhaft verschlüsselten Verarbeitung in «Matka Boska» und «Die Rätsel der Turandot» ihr Leben ein zweites Mal, und diesmal weitgehend unverstellt, nachzugestalten.

Obwohl einige Jahre vor «Der Tod und das Püppchen», nämlich 1933, entstanden, bildet die Novelle «Das Königreich Manteuffel» zeitlich das nächste, auf diesen Roman folgende Bruchstück der Autobiographie. Nachdem scheinbar der Welschland-Aufenthalt von 1899 und die Kindergärtnerinnen-Ausbildung an der Berner «Neuen Mädchen-Schule» (1901/02) – die drei auf den Anstalts-Aufenthalt folgenden Jahre also – nichts Berichtenswertes erbracht hatten, behandelt dieser Text Cécile Ines Loos' langjährigen Aufenthalt als Zofe und Kindermädchen der Familie *von Manteuffel* in Ohringen bei Winterthur. Es gelang der Dichterin dabei meisterhaft, die wechselvolle Geschichte der deutschen Adelsfamilie und deren phantastisches Hochstaplerdasein mit ihren eigenen Erlebnissen zu verknüpfen, ohne sich selbst in unzumutbarer Weise in den Mittelpunkt zu stellen.

Der autobiographische Bericht über die an die Ohringer Zeit (1902–1906) anschliessenden Lebensepisoden – ein kurzer Paris-Aufenthalt und die Jahre als Kindermädchen einer adligen Familie in Birmingham – ist wohl in den späten vierziger Jahren entstanden. Er ist nie im Druck erschienen, trägt den Titel «Liebhabertheater» und befindet sich heute als Typoskript im Nachlass der Dichterin in der Basler Universitätsbibliothek.

Obwohl er die Lebensgeschichte einer Schwester von Cécile Ines Loos zur Vorlage hat, enthält doch auch der 1940, also unmittelbar nach «Der Tod und das Püppchen», entstandene, erstmals 1942 gedruckte und heute innerhalb der Edition «Frühling der Gegenwart» wieder zugängliche Roman «Hinter dem Mond» bruchstückhaft autobiographische Elemente. Dies betrifft einmal die in beiden

*[1] Briefkopie im Besitz des SSV

Büchern zur Darstellung gelangende allerfrüheste Kindheit, als Michaela Tanner, die Protagonistin von «Der Tod und das Püppchen», und ihre Schwester Susanna, die Hauptfigur und Ich-Erzählerin von «Hinter dem Mond», noch im gleichen elterlichen bzw. grossväterlichen Hause leben. Später, nach der Trennung der Kinder, erlebt Susanna die Geschichte des Hauses von Travo aus der Ferne mit, wobei alle Personennamen in beiden Büchern genau korrespondieren. So ist von einer Visitenkarte die Rede, «unterschrieben von Herr und Frau von Travo-Küpfer»*[1], und als Susanna ihrer kleineren Schwester Michaela anlässlich eines Besuches der von Travo in Basel mitteilt: «Ich bin deine ältere Schwester Susanna», antwortet Michaela: «Das weiss ich nicht, ich gehöre zu Papa und Mama, zu Tatana und zum Hund Schnauz.»*[2] In «Hinter dem Mond» ist aber auch jener autobiographische Text von Cécile Ines Loos enthalten, welcher zeitlich am weitesten ins Erwachsenenleben der Dichterin hineinreicht – weiter noch als «Matka Boska», «Die Rätsel der Turandot» und «Die leisen Leidenschaften», Texte, die immer etwa bis 1928 reichen – und zugleich als spätes Appendix zu «Der Tod und das Püppchen» angesehen werden kann. Susanna besucht nach einem entsagungsvollen Leben als Frau eines Pfarrers in der südamerikanischen Stadt Curinos (Curityba, Brasilien), eben Witwe geworden, in Basel ihre jüngere Schwester. Dabei wird mit ziemlicher Genauigkeit jene Lebenssituation geschildert, in welcher Cécile Ines Loos alias Michaela Tanner während der späten dreissiger Jahre in Basel lebte: Sie arbeitet als Hilfskraft in einem Universitätsinstitut, malt Bilder, erstellt Horoskope und lebt in einem Atelier, das sie von einem Maler übernehmen konnte. Susanna fragt die Schwester, ob sie «ein gutes Leben» gehabt habe, und sie bekommt die Antwort: «Ich bin gesund und verdiene Geld.»*[3]

Nach «Hinter dem Mond» hat Cécile Ines Loos sich meines Wissens nie mehr direkt porträtiert, wenn sie auch, wie in «Konradin» (1943), Personen aus ihrem weiteren Familienkreis – die Russlandschweizer-Familien *Faesy* und *Luchsinger*, welche in «Der Tod und das Püppchen» für das russische Milieu sorgten, treten in «Konradin» als handelnde Figuren auf – als literarische Vorbilder verwendet.

*[1] Cécile Ines Loos: «Hinter dem Mond. Roman». Mit einem Nachwort versehen und neu herausgegeben von Charles Linsmayer. «Frühling der Gegenwart», Band 27, Ex Libris-Verlag, Zürich 1983, S. 63

*[2] «Hinter dem Mond», a. a. O., S. 63

*[3] a. a. O., S. 151

Auf das unlösbar mit dem eigenen Erleben verknüpfte Thema Kindheit dagegen kam Cécile Ines Loos bis zuletzt immer wieder zurück. In der 1943 erschienenen Erzählung «Requiem an ein totes Kind» erzählt sie von einem kleinen Kind, das sich, ähnlich wie sie selbst und wie Michaela Tanner in «Der Tod und das Püppchen», mittels eines den Tod symbolisierenden «Etwas» vor dem bedrohlichen Zugriff einer verständnislosen Erwachsenenwelt zu schützen vermag: «Es hielt sich an etwas. Dieses Etwas konnte man nennen, eine Wand oder einen Schutz, aber vielleicht auch den Baum der bitteren Todeserkenntnis.»*[2] Und auch im Jeanne d'Arc-Roman «Jehanne» von 1946 ist es die innere Geborgenheit des kleinen Mädchens Jehanne, der die Dichterin die wundervollen und eindrücklichen ersten Seiten des Buches widmet. Das ist im letzten noch veröffentlichten Roman, in «Leute am See» (1951), nicht anders: auch in diesem Buch gewinnen kindliche, gewissermassen noch einer unberührten Welt angehörende Gestalten wie Armin von Schippis' Adoptivtöchterchen Kirwan oder der mythische Knabe, welcher den Tod zu verkünden hat, starke dichterische Leuchtkraft.

3. DICHTUNG UND WAHRHEIT – DER AUTOBIOGRAPHISCHE HINTERGRUND DES ROMANS

Es sollte inzwischen klar geworden sein: die Betroffenheit, welche der Roman «Der Tod und das Püppchen» im Leser auslöst, ist in starkem Masse darauf zurückzuführen, dass die Autorin hier von etwas erzählt, was sie selbst erlebt hat und was als eine existenzielle Erfahrung, als ein schockartiges Erlebnis sozusagen, mit grosser Intensität in ihrer Erinnerung fortlebte. Und tatsächlich leitet die Dichterin auch in späten Lebensjahren noch ihr als verfehlt empfundenes Lebensschicksal davon ab, dass sie so früh ihre Eltern verlor und dass ihr Grossvater auch noch das ihr zustehende Vermögen den Missionen verschenkte. «Der schnelle und unerwartete Tod beider Eltern», schrieb sie am 10. Mai 1951 an die Adresse von Walter Muschg, «die ich nicht einmal je sah, und die Hinwegnahme unseres Geldes durch meinen Grossvater und die Verschenkung davon an die Mission – genau das ist ein richtiger heimtückischer Schlag für die ganze Lebensroute, dem sich alles

*[1] «Requiem an ein totes Kind». In: «Schweizer Frauenkalender», Aarau 1943, S. 11–16, S. 12

andere leicht anfügen konnte. So kam es auch heraus, dass ich nirgends eine Heimat fand ausser bei mir selbst...»

Obwohl «Der Tod und das Püppchen» erst in der zweiten Lebensphase des Kindes, während seiner neuen Geborgenheit in der Pflegefamilie, die es zunächst für seine eigene hält, einsetzt, ist diese in «Hinter dem Mond» etwas ausführlicher dargestellte Vorgeschichte, welche bereits zweimal den Tod mit ins Spiel bringt, von grosser Bedeutung sowohl für die Biographie der Dichterin als solche, als auch für deren Gestaltung im Roman. In Wirklichkeit sah diese Vorgeschichte folgendermassen aus:

Cécile Ines Loos kam am 4. Februar 1883 als fünftes und jüngstes Kind des Organisten *Christian Bernhard Felician Loos* (*1851) und seiner Ehefrau *Sara Charlotte Loos-Stuckert* (*1857) in Basel zur Welt. *Friedrich Wilhelm Stuckert* (1821–1897), in erster Ehe mit einer Frau aus dem Hause *Burckhardt* verheiratet, aber bereits 1858 ein erstes Mal Witwer geworden, muss die Ehe seiner Tochter mit dem Organisten der Basler Französischen Kirche als Mesalliance angesehen haben und enterbte sie und ihre Kinder, wie in «Hinter dem Mond» dargestellt, auf Drängen seiner zweiten Frau, einer Pastorentochter aus Süddeutschland. Kurz nach ihrem zweiten Geburtstag, am 29. Mai 1885, verlor Cécile Ines Loos ihre Mutter. Auf dem Totenbett hatte Sara Charlotte Loos ihr jüngstes Kind, um es vor der Armenanstalt zu bewahren, der Schulfreundin *Emma Charlotte Langlois-Mollissing* (*1858) aus Burgdorf anvertraut. An Walter Muschg schrieb die Dichterin am 15.12.1946: «... die Langlois versprachen meiner sterbenden Mama hoch und heilig, ich werde immer ihr Kind sein.» Das angestrengte Adoptivverhältnis, das allerdings nie legitimiert werden sollte, erwies sich bald als sinnvoll und notwendig, denn 1887, mit 4 Jahren, verlor Cécile Ines Loos auch ihren Vater. Die Burgdorfer Jahre zwischen 1885 und 1892 scheinen für Cécile Ines Loos nicht nur im Roman, sondern auch in Wirklichkeit die Zeit einer glücklichen Kindheit gewesen zu sein. Das Leben im Hause des grossbürgerlichen Verlegers und Buchhändlers *Alfred Eduard Langlois* (1854–1907), der intensiven Kontakt mit russischen Freunden und Verwandten pflegte, scheint der Phantasie des aufgeweckten Kindes reichlich Nahrung geboten zu haben. Ausser der Pflegemutter, die Cécile Ines Loos im Roman ebenso behutsam wie liebevoll als Mama zeichnet, widmete sich dem Kind auch die weltgewandte, in Russland ausgebildete ledige Schwester des Hausherrn, *Ida Langlois* (1858–1947), im Roman als Tatana eingeführt. Von der hohen Wertschätzung, welche Cécile Ines Loos Ida Langlois entgegenbrachte, zeugt übrigens auch die

Widmung, die sie 1929 dem (russisch inspirierten!) Roman «Matka Boska» voranstellte: «Mein erstes Werk, Ida Langlois in die Hände gelegt.»

Dass auch die russische Puppe Olga, zentrales Symbol des Romans «Der Tod und das Püppchen», ein konkretes Vorbild in der Wirklichkeit gehabt haben könnte, gibt die Dichterin 1942 in einer mit «Biographie» überschriebenen kurzen Selbstdarstellung zu verstehen, wo es heisst: «In diesem Kreis verkehrten die russischen Verwandten dieser Familie, deren Söhne an schweizerischen Hochschulen erzogen wurden. Ich besass russische Spielzeuge und *russische Puppen* und kam zur Überzeugung, dass wir eigentlich alle Russen seien.» Auch der erste Teil des Romantitels offenbart seinen Bezug zur Wirklichkeit, wenn es im nächsten Satz des gleichen Textes heisst: «Aber auch hier blieb mir der Tod auf den Fersen, und so verlor ich mit acht Jahren wiederum die Mutter, darauf wurde ich in einem Internat abgegeben, ebenfalls in der Nähe Berns.»*[1]

Dieser zweite Mutterverlust, die neue Heirat des Pflegevaters und die Verschickung in die Armenanstalt sind in Cécile Ines Loos' späteren Darstellungen – sowohl in brieflichen Äusserungen als auch in «Der Tod und das Püppchen» – enger miteinander verquickt und zeitlich näher zueinander verschoben, als es wohl in Wirklichkeit der Fall war. An Walter Muschg schrieb die Dichterin beispielsweise am 15. Dezember 1946: «Nach acht Jahren starb Frau Langlois ebenfalls, an einem Kind, Papa Langlois heiratete zum zweiten Mal, und nach einer Woche sass ich in der Armenanstalt, mit Spitzenkleid und Pelz als sehr delikates Kind. Die zweite Mutter hatte das arrangiert.»

Nach den zivilstandsamtlichen Daten spielte sich das für das Kind auf jeden Fall tragische Geschehen wie folgt ab: Emma Sophie Charlotte Langlois, die Pflegemutter, starb 1892 an der Geburt ihres ersten, nicht lebend geborenen Kindes – ganz so, wie es im Roman erzählt ist. Am 21. August 1893 wurde Cécile Ines Loos – im Alter von etwas mehr als 10 Jahren also – in die Waisenanstalt der Viktoria-Stiftung in Wabern bei Bern aufgenommen. Wenn es stimmt, dass die spätere zweite Frau Langlois, die aus Wartau (SG) stammende, 1857 geborene *Emilie Seifert* (die Amelie Küpfer des Romans also) die Bekanntschaft der Langlois anlässlich eines Kondolenzbesuchs für die verstorbene Hausherrin gemacht hat, so könnte es allerdings sehr gut möglich sein, dass sie, wie im Roman

*[1] «Biographie», 4 Typoskriptblätter aus dem Jahre 1942, im Nachlass der Dichterin in der Basler Universitätsbibliothek

dargestellt, auf die Erziehung des Adoptivkindes schon bald einmal Einfluss nahm und dessen Einweisung in eine Armenanstalt befürwortete, obwohl die Eheschliessung mit Alfred Eduard Langlois erst 1896 stattfand.

Auch der im Roman geschilderte unmittelbare Anlass für die Verschickung in die Anstalt, die Geschichte mit den Brotkügelchen und die Lügengeschichte in der Schule, hat ganz offensichtlich sein Vorbild in der Wirklichkeit. «Das Unrecht bestand darin», berichtet die Dichterin 1930 am bereits erwähnten Ort, in der Zeitschrift des Lesezirkels Hottingen, «dass ich einem Erwachsenen ein paar Brotkügelchen ins Gesicht geworfen hatte.» Und in einem Brief an *Elli Muschg* vom 20. Juni 1954 steht zu lesen: «Eines Tages ging ich eine Viertelstunde früher in die Schule. Ich verlegte verschiedene kleine Gegenstände – um zu beweisen, dass eben nicht immer alles kontrolliert werden kann, Dinge geschehen, man weiss manchmal nicht, durch was ... Ich sagte, vielleicht hat es ein Engel getan. Man sieht ihn eben nicht. Aber das half natürlich nichts, und es wurde durch meine arme hysterische Tante eine ganze Machenschaft daraus. Aber ich behauptete mich quer durch alles. Ich sagte mir: Das gebe ich jetzt nicht zu, dass ich das selber getan habe. Ich will nicht haben, dass mein guter Papa ein Lügenkind besitzt ...»

Die Waisenanstalt der Viktoria-Stiftung, in welche Cécile Ines Loos 1893 eintrat, ist eine Gründung des Burgdorfer Bankiers *Jakob Rudolf Schnell* (1778–1856). Er hat die Anstalt, die sich bis 1961 in Wabern bei Bern und seither in Richigen (BE) befindet, per Legat für seine früh verstorbene Gemahlin *Viktoria* gestiftet. Das streng protestantisch orientierte Haus scheint, wie Cécile Ines Loos nicht nur in ihrem Roman drastisch dargestellt, sondern auch in Briefen immer wieder bestätigt hat, eher in einem unversöhnlich-spartanischen als in pestalozzianischem oder auch nur christlichem Geist geführt worden zu sein. An Weihnachten 1952 schrieb sie beispielsweise an *E. F. Knuchel*, sie sei dort «eigentlich durchaus nicht unterrichtet, sondern einfach zu Arbeitsleistungen herbeigezogen, gescholten und verprügelt» worden, «wie alle andern auch. Das nannte man christlich. Aber es war alles andere als Erziehung. Item, es geht ja Millionen Menschen so, wiewohl Pestalozzi längstens gerade in Burgdorf gelebt hatte.»

Es ist zu vermuten, dass die Glaubwürdigkeit und Überzeugungskraft, mit der einem der Roman «Der Tod und das Püppchen» entgegentritt, noch weiter verstärkt wird durch den Umstand, dass nicht bloss die Hauptfigur Michaela Tanner, sondern auch zwei weitere wichtige Protagonisten – von ihren tatsächlichen Vorbildern in der Wirklichkeit einmal abgesehen – gewisse autobiographische Momente übertragen bekommen haben: Katarina von Travo (Tatana) und die Magd Anna. Katarina von Travo, die an sich gutherzige Frau, die ein gefühlsmässig akzeptiertes Kind aus verstandesmässigen Überlegungen heraus von sich stösst und es im gleich Moment schon wieder bereut, erlebt, wie z. B. in der Abschiedsszene vor dem Waisenhaus deutlich wird, genau jene inneren Kämpfe, welche Cécile Ines Loos selbst durchzustehen hatte, als sie ihrem zehnjährigen unehelichen Sohn Leonardo 1921 aus materiellen Gründen keinen anderen Aufenthaltsort bieten konnte, als eben jene Institution des Waisenhauses, die sie selbst als derart qualvoll in Erinnerung hatte. Um 1938, als der Roman entstand, war zudem das für Cécile Ines Loos so schicksalhafte Problem mit dem illegitimen Sohn durch den nur noch psychologisch zu erklärenden Versuch einer völligen Absage und Trennung vom ehemals heiss geliebten Kind erneut virulent geworden*[1], und man hat bei der Beschreibung der Tatana des Romans das Gefühl, hier habe das schlechte Gewissen der Autorin zeitweise die Feder geführt und das reale Vorbild mit eigenen schlimmen Erfahrungen ausgestattet. Jedenfalls wirkt die Gestalt der Tatana merkwürdig ambivalent, obwohl ihr die eigentliche Entscheidung bei der Versorgung des Kindes zufällt, während Amelie Küpfer, die schliesslich nur als Beraterin fungiert, in den düstersten Farben gemalt erscheint.

Aber auch in der Magd Anna, die als eine zweite heimliche Hauptfigur des Romans angesehen werden kann, sind Erfahrungen und Erlebnisse verkörpert, welche der Dichterin selbst schwer zu schaffen gemacht hatten. Auch sie hatte schliesslich schon als Kindermädchen in England erfahren müssen, wie viel tiefer das bezahlte Personal unter den verzärtelten Herrschaftskindern zu stehen hat, und sie hatte, nach ihrer mit der unehelichen Geburt in ursächlichem Zusammenhang stehenden schweren Krise von 1911–1913 das Leben an verschiedenen Orten zwischen Bern und Basel von der untersten sozialen Stufe her als Verkäuferin und Serviertochter kennenlernen müssen, ehe ihr ab 1923 in Basel langsam der Aufstieg zur Sekretärin und später zur freien Schriftstellerin geglückt war. Und das Problem, dessentwillen der Leser diese Magd Anna herzhaft belächeln darf, die mangelnde Schönheit

*[1] Der Verfasser hat die Geschichte von Cécile Ines Loos und ihrem tragischen Verhältnis zum einzigen Kind ausführlich dargestellt im Nachwort zur Neuausgabe von «Hinter dem Mond».

und die Erfolglosigkeit bei der Suche nach einem geeigneten Lebenspartner – stand nicht gerade diese von vielerlei objektiv unberechtigten Komplexen begleitete und bestimmte Erfahrung jahrzehntelang als existenzielle Not im Mittelpunkt von Cécile Ines Loos' Denken und Trachten? Kein Zweifel, das Wort «Nie sitzt jemand auf dem zweiten Stuhl», mit dem Anna ihre Not zum Ausdruck bringt*[1], hatte für Cécile Ines Loos selbst seine tragische Gültigkeit, und es zeugt von ihrem hohen dichterischen Rang, dass sie gerade so etwas in eine zum Lachen animierende Karikatur einbringen konnte!
Um noch konkret eine zwar eher nebensächliche, aber nicht untypische Parallele aufzuzeigen: die Sache mit Annas Jugendphotographie, die auch später noch ihre Dienste erfüllen muss, und mit deren Hilfe sie sozusagen immer ein junges Mädchen bleibt. Als Cécile Ines Loos 1925 mit der Märchenerzählung «Schivagrudel» erstmals einen Preis in einem literarischen Wettbewerb gewinnt, schickt sie dem «Schweizer Familienwochenblatt» auf dessen Forderung nach einer Porträtphotographie hin eine Aufnahme, welche spätestens 1905/06 während ihrer Ohringer Zeit entstanden sein kann. Sie wollte ihren Einzug in die literarische Welt ganz offensichtlich als junges Mädchen halten – oder nachholen! –, und niemand sollte vorerst merken, dass es sich bei der Debütantin um eine 42jährige Frau handelte, die bereits Schweres und Schwerstes durchgemacht hatte.

4. ANSÄTZE ZU EINER MÖGLICHEN INTERPRETATION DES ROMANS

«Der Tod und das Püppchen» und «Hinter dem Mond» haben nicht nur gewisse Figuren und teilweise den Schauplatz gemeinsam, die beiden kurz hintereinander entstandenen Romane sind auch im Hinblick auf den in ihnen erreichten hohen Grad an motivischer und bildmässiger Verdichtung miteinander vergleichbar. Wie bei «Hinter dem Mond» wird man auch dieser Kindheitsgeschichte, obwohl hier wie dort fast alle Protagonisten und die meisten Ereignisse realen Vorbildern und tatsächlichen Geschehnissen nachgezeichnet sind und vieles zur Erhellung von Cécile Ines Loos' Biographie hergeben, keineswegs gerecht, wenn man sie auf eine blosse dokumentarische Chronik reduziert. Was die Dichterin aus

*[1] «Der Tod und das Püppchen», in unserer Ausgabe S. 26

dem Stoff ihrer Kindheitserinnerungen gestaltet hat, ist nämlich, genauer besehen, weit entfernt von einem vordergründigen Realismus und beweist augenfällig ihr ausserordentliches Talent im Umgang mit Bildern, Zitaten, Symbolen und weitgespannten motivischen Verflechtungen. So symbolisiert, um nur das bedeutsamste Sinnbild herauszugreifen, z. B. die Puppe Olga, die das kleine Mädchen ganz konkret als Weggefährtin durch seine Kindheit begleitet, gleichzeitig die märchenhaft-phantasievolle Welt ihrer russischen Herkunft, eine der Verständnislosigkeit der Erwachsenen entgegengesetzte kindlich-verspielte Existenzform, ein gewisses Gefühl von Geborgenheit und etwas Namenloses, Transzendentales, das in jenem Moment, als ihm das Beten verboten wird, für das Kind sogar einen Augenblick lang «Gott» heisst. Für die übrigen Anstaltskinder aber verkörpert sich im gleichen harmlosen Spielzeug eine sehnsüchtig herbeigewünschte bessere, reichere und liebevollere Welt. Und dann ist für sie das Püppchen auch noch der Talisman, der sie in ihrem zunächst heimlichen und dann immer offeneren Aufbegehren gegen die Repression zusammenhält und bestärkt.

Dieser kunstvollen, aber absolut unaufdringlichen Symbolisierungs- und Kompositionstechnik entspricht andererseits eine Sprache, für die das Wort realistisch schon fast wieder eine Untertreibung bedeutet, gelingt es Cécile Ines Loos doch in ungewöhnlich einfühlsamer Weise, jede Figur so sprechen und denken zu lassen, wie es ihr angemessen ist: die Magd Anna naiv und holprig und doch treuherzig gerade, Tatana vornehm und kompliziert, aber nicht ohne Wärme, Amelie Küpfer dagegen gespreizt und mit falschen Tönen, das Kind Michaela wiederum natürlich und stark bildhaft, assoziativ, einfach und arglos phantasievoll.

Am bedeutsamsten von allen in «Der Tod und das Püppchen» behandelten und variierten Themen ist dasjenige der Kindheit als einer beglückenden Erfahrung, die das ganze Leben eines Menschen bis zum Tode massgeblich beeinflusst. Diese optimistische Variante einer in der modernen Psychologie geläufigen Ansicht prägt und beherrscht das ganze Buch und führt letztlich dazu, dass «Der Tod und das Püppchen» trotz der erschütternden Anstaltsbeschreibung und trotz des engen Bezugs zum Tode als ein eher heiter gestimmtes, wenn auch nicht überschwenglich frohes Buch gelten kann.

Kindheit ist ein Glückszustand, ein Höhepunkt des Lebens; Kinder sind dem Göttlichen, dem Heiligen und dem Paradiesischen von allen Menschen noch am nächsten. Eine Schlüsselstelle dafür ist jene Szene nach der Einlieferung Michaelas in die Anstalt, als den von Travos angesichts des leeren Kinderbetts auf einmal ihre Abwesenheit bewusst wird. «Wer weiss, was ein leeres Kinderbett ist!» heisst es da. «Am Tag mag man sich zu den Kindern stellen, wie man will, und auch nicht immer gleich freudig; aber des Nachts, wenn sie schlafen, ist die Versöhnung da. Das friedliche, erhabene oder bekümmerte Kindergesicht im Schlaf ist gleich wie ein Gesicht der Heiligen, fern, gut und unantastbar. Plötzlich weiss jeder wieder, das war ich auch! Mein Gott, so war ich: fern, gut, unantastbar. Erst im Tod kann ich noch einmal so werden wie als Kind.»*[1] Auch an anderer Stelle wird der Bezug zwischen der Kindheit und dem Bereich des Göttlichen und Heiligen hergestellt. Ganz am Schluss des Buches etwa, da, wo von jener «Todesschar der heiligen Kinder auf der ganzen Erde»*[2] die Rede ist, die «lächelnd» zurückkehren aus Unglück, Abgrund und Tod.

Die Auffassung von der Unantastbarkeit des Kindes, das auch negative Einflüsse und betrübliche Verhältnisse ungefährdet übersteht, ist natürlich, auch wenn Cécile Ines Loos sie ausserhalb von eigentlichen literarischen Texten äussert, weit eher ein dichterisches Bild als eine psychologisch-pädagogische Tatsache. Für Michaela Tanner in «Der Tod und das Püppchen» erhält dieses Bild gerade da am meisten suggestive Kraft, wo es sich am weitesten von der Rationalität entfernt: als sie sich, durch unlesbare kyrillische Schriftzeichen animiert, für eine «Prinzessin Gottes» zu halten beginnt, der eigentlich niemand mehr etwas zuleide tun könne, nicht einmal die Armenanstalt.

Nicht nur mit Gott, der sich in den verschiedenen Stadien der kindlichen Entfaltung immer wieder etwas anders präsentiert – als eine Art Deus ex machina, der «wie ein Blitz» ist und «alles ändern» könnte; als Massstab für die verlogene Strafmoral der Erwachsenen; als geheimnisvoller Bezugspunkt einer selbsterdachten unorthodoxen Frömmigkeit schliesslich –, nicht nur zu diesem stets rätselhaft bleibenden Göttlichen hat Michaela Tanner eine arglose, spontane Verbundenheit, sie hat auch zu den übrigen Erscheinungen und Dingen der sichtbaren und unsichtbaren Welt einen unbekümmerten, direkten Zugang, für den alles unverbunden nebeneinandersteht und alles in konkreten Bildern fassbar wird. So verweist für das Kind, das noch keine abstrakten Begriffe kennt, das

*[1] «Der Tod und das Püppchen», in unserer Ausgabe S. 92
*[2] S. 159.

Wort «Busse» keineswegs auf das, was die Erwachsenen von ihm fordern, sondern auf den kindlichen, mundartlichen Namen für «Katze», womit sich ein ganz neuer, origineller Bedeutungszusammenhang ergibt, der den Erwachsenen verborgen bleibt.

Überhaupt: der Graben zwischen Kind und Erwachsenen! Er ist für Cécile Ines Loos tief und beinahe unüberbrückbar. Nicht nur in «Der Tod und das Püppchen», auch in andern Texten äussert sie immer wieder die Meinung, dass der Mensch in seiner Kindheit am besten und vollkommensten sei und durch das, womit die Erwachsenen dem Kind beizukommen versuchen, durch die Erziehung, nur verdorben werden könne. 1949 schrieb sie z. B. in einem autobiographischen Aufsatz: «Übrigens ist jeder Mensch in seiner Kindheit besser als im Alter. Und ich glaube, man sollte ihn nicht allzuviel erziehen in der Jugend, sondern erst, bevor er stirbt. Da sieht er plötzlich die Notwendigkeit ein.»*[1]

Abgesehen von ihrer hohen Meinung vom Kind als einem in sich ruhenden, vollgültigen Lebewesen hängt die negative Einschätzung von Erziehung bei Cécile Ines Loos natürlich stark mit ihren unerfreulichen Erfahrungen als Anstaltsschülerin zusammen. Wie *Jakob Schaffner* war sie ein Waisenkind, und wie dieser machte sie in der Anstalt die deprimierende Erfahrung, ein Mensch zweiter Qualität, ein bloss aus christlich-humanen Erwägungen überhaupt geduldeter Erdenbürger zu sein. In Jakob Schaffners Roman «Johannes», wo teilweise Anstaltsszenen geschildert werden, die denjenigen in «Der Tod und das Püppchen» frappierend ähnlich sehen, muss der kleine Johannes Schattenhold, als er den Schulvorsteher mit Tannzapfen beworfen und die Tat nachher lange Zeit geleugnet hat, nach seinem schliesslich doch noch abgegebenen Schuldgeständnis folgendes hören: «Vergiss nicht, dass du ein armes Kind bist. Wenn du fortfahren willst, Leute, die dir wohlwollen, vor den Kopf zu stossen durch Mangel an Vertrauen und Gegenliebe, so wirst du es nicht leicht haben, in der Welt vorwärts zu kommen.»*[2] Ganz ähnlich heisst es ja in «Der Tod und das Püppchen» anlässlich eines vergleichbaren kindlichen Streiches: «Ein Adoptivkind ist nicht ein gewöhnliches Kind ... Ein Adoptivkind ist ein Ehrenkind. Das bringt keine Schande.»*[3]

*[1] Cécile Ines Loos: «Mein Leben». In: «Atlantis-Almanach 1949», Atlantis-Verlag, Zürich 1948, S. 67–76, S. 68

*[2] Jakob Schaffner: «Johannes. Roman einer Kindheit», Stuttgart 1922. Hier zitiert aus der Ausgabe des Verlags Paul Zsolnay, Wien 1936, S. 168

*[3] «Der Tod und das Püppchen», in unserer Ausgabe S. 61

Bei Jakob Schaffner wie bei Cécile Ines Loos wird die Waisenanstalt zum Paradigma eines verfehlten, nicht kindgerechten Erziehungssystems und darüber hinaus zu einem Sinnbild für eine ganze Gesellschaft. Während die Anstalt Demutt bei Schaffner jedoch dem kleinen Johannes Schattenhold immerhin noch eine gewisse Geborgenheit innerhalb einer von starken und in ihrer Art auch faszinierenden Persönlichkeiten geprägten hierarchisch-klösterlichen Welt bietet, die das Religiöse zeitweise zum Erlebnis machen kann, wird die Anstalt für Michaela Tanner zu einem Ort völliger Fremdheit, zu einem Jenseits, aus dem es kein Zurück mehr gibt: «Wenn man in sie eingetreten war, war man von ihr aufgefangen wie von einem Ungeheuer und wurde selber darin Teil dieses Ungeheuers.»*[1] Das Erlebnis dieser Anstalt, wo die Kinder mittels eines brutalen Straf- und Zuchtsystems gefügig gemacht werden sollten und wo man sie sozusagen für das Leben nach Vorstellung der vermeintlich christlich denkenden Erwachsenen zurechtprügelte – dieses Erlebnis wirkte so nachhaltig in Cécile Ines Loos nach, dass sie noch 40 Jahre später in ihrem Buch dazu aufruft, man solle «Seelen, die man später in Anstalten schickt, furchtbar warnen, sich auf Erden zu verkörpern, denn Anstalten sind die unwirtlichsten Gegenden im Menschenleben.»*[2] Und tatsächlich ist die Anstalt in «Der Tod und das Püppchen» ein Reich des Todes, und der tiefste Sinn des Titels ist vielleicht die Aussage, das Kind habe diese Fahrt ins Totenreich nur dank seiner im Symbol des Püppchens verkörperten wunderbaren Unantastbarkeit heil überstehen können.

Trotz solchen Verdammungsurteilen der Institution Waisenanstalt gegenüber schildert jedoch Cécile Ines Loos das Leben in der Anstalt keineswegs nur in Schwarzweissmanier. Sie anerkennt z. B. verständnisvoll, dass die Erzieher so sehr in ihrer Welt und in ihrem Wertsystem verhaftet sind, dass sie gar nicht anders handeln können, als sie es tun. Und gerade die überstarke Repression durch sture Erzieher ermöglicht doch auch das beglückende Erlebnis der verschwiegenen Solidarität unter den Kindern, und schliesslich führt dieses Zusammenstehen der Anstaltszöglinge ja zur Verbesserung der Zustände, wie sie gegen Ende des Buches mit dem Einzug der jungen, aufgeschlosseneren Lehrerinnen Wirklichkeit wird. Zudem zwingen gerade die brutalen, totalitären Erziehungsmethoden, denen sie ausgesetzt ist, Michaela Tanner, sich selbst Freiräume in der Phantasie zu schaffen. Dazu gehört die Vertiefung jener

*[1] «Der Tod und das Püppchen», in unserer Ausgabe S. 93
*[2] S. 94

utopischen Vorstellung von einer neuen, besseren, glücklicheren Kirche, dazu gehören aber auch die ersten, noch kindlich-rührenden Versuche, sich schreibend von diesem Druck zu befreien, Versuche, die ja, rückblickend vom dichterischen Werk der Cécile Ines Loos her gesehen, Vielversprechendes und auch für andere Tröstliches einleiteten.

Gleichsam im Nebenhinein und doch höchst kunstvoll und psychologisch meisterhaft behandelt die Dichterin in «Der Tod und das Püppchen» auch ein Thema, welches in ihrem persönlichen Leben, aber auch in den meisten ihrer Werke, eine kaum zu unterschätzende Rolle spielt: das Problem der unterdrückten und verdrängten Sinnlichkeit und Erotik. In diesem Sinne ist die Magd Anna, die, wie bereits angetönt, zum Teil Erfahrungen der erwachsenen Cécile Ines Loos autobiographisch nachvollzieht, eine Schlüsselfigur. Wie die «lustigen Figuren» in vielen Werken der Weltliteratur bringt auch diese bäuerliche Magd dem Leser, während sie ihn über sich lachen lässt, tiefsinnige Wahrheiten bei. So fühlt sie trotz ihrer Unfähigkeit, Gefühle in Worten zu artikulieren, unbestechlich das Richtige und kann als einzige Person seiner näheren Umgebung das Leiden des Kindes echt nachempfinden. Auch ihr entsagungsvolles Verhältnis zur Sinnlichkeit wird nicht erklärend-argumentativ dargestellt oder analysiert, sondern teilt sich dem Leser in starken Bildern mit.
Wichtig ist zunächst einmal die Rolle, welche die aus ihrer Mädchenzeit stammenden Photographien für Anna spielen. Sie lebe «in ihrem eigenen Bilde»*[1], heisst es in diesem Zusammenhang von ihr, und das kann doch nur meinen, dass sie, getrieben durch ihre lieblose Umwelt, ihre eigene Körperlichkeit verachten gelernt und an deren Stelle das gut geratene Bild gesetzt hat, in welches sie sich nach und nach selbst verliebt. Dass sie schliesslich nach vielen Enttäuschungen eines der ihr so kostbaren Bilder Michaela Tanner schenkt, wirkt zwar rührend naiv, ist aber durchaus konsequent, gilt das Geschenk doch jenem Menschen, der auch seinerseits mit kindlicher Unvoreingenommenheit die schöne Seele hinter der scheinbaren bäuerlichen Grobschlächtigkeit zu erkennen vermochte. Zudem besitzt gerade das «geschlechtslose» Wesen Anna jene Mütterlichkeit, die bei all den andern vermeintlichen Müttern, die Michaela erziehen und formen wollen, letztlich blanker Zynismus ist.

*[1] «Der Tod und das Püppchen», in unserer Ausgabe S. 17

Im Mittelpunkt von Annas sinnlich-erotischen Erfahrungen steht jene Behandlung beim Zahnarzt, die sie wie eine Hochzeitsnacht mit unmittelbar anschliessendem Kindbett durchlebte. Eine Erfahrung, an die sie sich beglückt zurückerinnert, obwohl es sich bei der Rosskur (Ziehung sämtlicher Zähne und Verpassung eines künstlichen Gebisses) in Tat und Wahrheit um eine kalt berechnete, vorsorgliche kostensparende Massnahme ihrer Brotgeber handelte. Anna findet sich schliesslich endgültig damit ab, als Frau keine Erfüllung zu finden. Und dieser Abschied von der Sinnlichkeit hängt eng mit der Erfahrung des Todes zusammen und entspricht ganz ihrem naiven Welt- und Menschenverständnis. Als sie das frühe Sterben ihrer Brotgeberin miterlebt hat, sagt sie sich, «dass es auch nicht viel nützt, zu heiraten. Man muss doch weg, und zu was erst anfangen mit Mann und Kind, bloss um sie wieder zu verlassen.»*[1] Ein scheinbar belangloses Erlebnis schenkt ihr später nochmals einen Trost und vermittelt ihr jene Erkenntnis, die auch für die Dichterin selbst eine beglückende Vorstellung gewesen sein muss: die Erkenntnis vom unwiederbringlichen Glück des Kindseins. In jener Szene im Kirchlein zu Lützelberg, während Annas letztem Auftritt sozusagen, schenkt sie ihre Zuneigung ganz und ungeteilt diesem Kind Michaela Tanner und all den Anstaltskindern, die aussehen «wie eine Schar von Auferstandenen»: «Anna kommt es vor, man könnte dieses Leben mit diesen schönen Kindern noch einmal von vorne anfangen.»*[2]

Es ist wohl keineswegs Zufall, dass Cécile Ines Loos, wie das die Tafel an der LA 39 nahelegt, 1938/39 die Ausweitung der bereits früher entstandenen Kindheitsgeschichte «Wie sich ein Kind die Busse vorstellt» zum Roman ausgerechnet mit dem Bericht über die Magd Anna beginnt und dass diese tragikomische Gestalt in ihrem Buch so grosses Gewicht gewinnt. Mit dieser Figur – die als einzige in dem Roman berndeutsch spricht und die bei den Stadtleuten mit einer Photo von sich wirbt, auf welcher sie, einen Edelweissstrauss in der Hand, in Bernertracht vor Eiger, Mönch und Jungfrau steht – hat Cécile Ines Loos nebst vielem anderen wohl auch ganz bewusst eine Gegenposition zur langsam wieder in Mode kommenden Schweizer Heimatliteratur bezeichnen wollen, wo doch bekanntlich das Bäuerliche, die Hoheit der Berge und die Tracht als Ehrenkleid der Heimat eine grosse Rolle spielten. Cécile Ines Loos fühlte sich ja

*[1] «Der Tod und das Püppchen», in unserer Ausgabe S. 52
*[2] S. 152

ohnehin der Deutschschweizer Literatur ihrer Zeit nur bedingt zugehörig. Als sie am 6. August 1949 den SSV-Sekretär Franz Beidler in einem Brief fragte, ob er ihr keinen Rat wisse, wie «Der Tod und das Püppchen» neu zu verlegen wäre, dachte sie auch daran, das Buch einem amerikanischen Verlag anzubieten: «Die Schweizer Autoren haben eben nur ihr Schweizer Publikum, und zu dem gehöre auch ich nicht. Mich interessiert tatsächlich sozusagen nie ein Schweizerbuch. Es fehlt darin das Seltsame ... Der Mensch begehrt zu seiner Erholung nicht immer nur urchige Kartoffeln!»*[1]
Es ist schwer auszumachen, wie weit die als Karikatur verpackte Kritik an der Zeitströmung «Heimatliteratur», die ja in der scharfen Abrechnung mit der Religion und mit dem Erziehungssystem ihr unverstelltes Pendant hatte, wie weit also solche negative Positionen im Landi-Jahr 1939 einem Buch wie «Der Tod und das Püppchen» abträglich gewesen sein könnten. Da das Buch seine Leser aus verlagsgeschichtlichen Gründen nicht erreichte, stellte sich die Frage in diesem Falle ja ohnehin gar nicht. Für den Leser von 1983 aber vermitteln gerade solche skeptisch-kritischen Ansätze dem Roman eine Ehrlichkeit und eine Glaubwürdigkeit, welche vielen Büchern, die 1939 als schweizerische Meisterwerke gelobt und gefeiert wurden, abgeht.
Dennoch wäre es verfehlt, «Der Tod und das Püppchen» als politisches Buch aufzufassen. Was diesen Roman noch heute und hoffentlich auch in Zukunft lesenswert macht, ist vielmehr dies: dass hier eine grosse Dichterin versucht hat, aus ganz persönlichen schmerzlichen Erfahrungen heraus das Phänomen Kindheit als etwas Einmaliges, Beglückendes für den erwachsenen Leser nochmals erahnbar zu machen. Ob ihr dies tatsächlich gelungen ist, muss ein jeder für sich selbst entscheiden.

Charles Linsmayer

*[1] Der Brief befindet sich beim SSV in Zürich.